北からの使者

麻野　涼

Asano Ryo

文芸社文庫

目次

朝鮮民主主義人民共和国周辺の地図

平壌～北京間国際列車

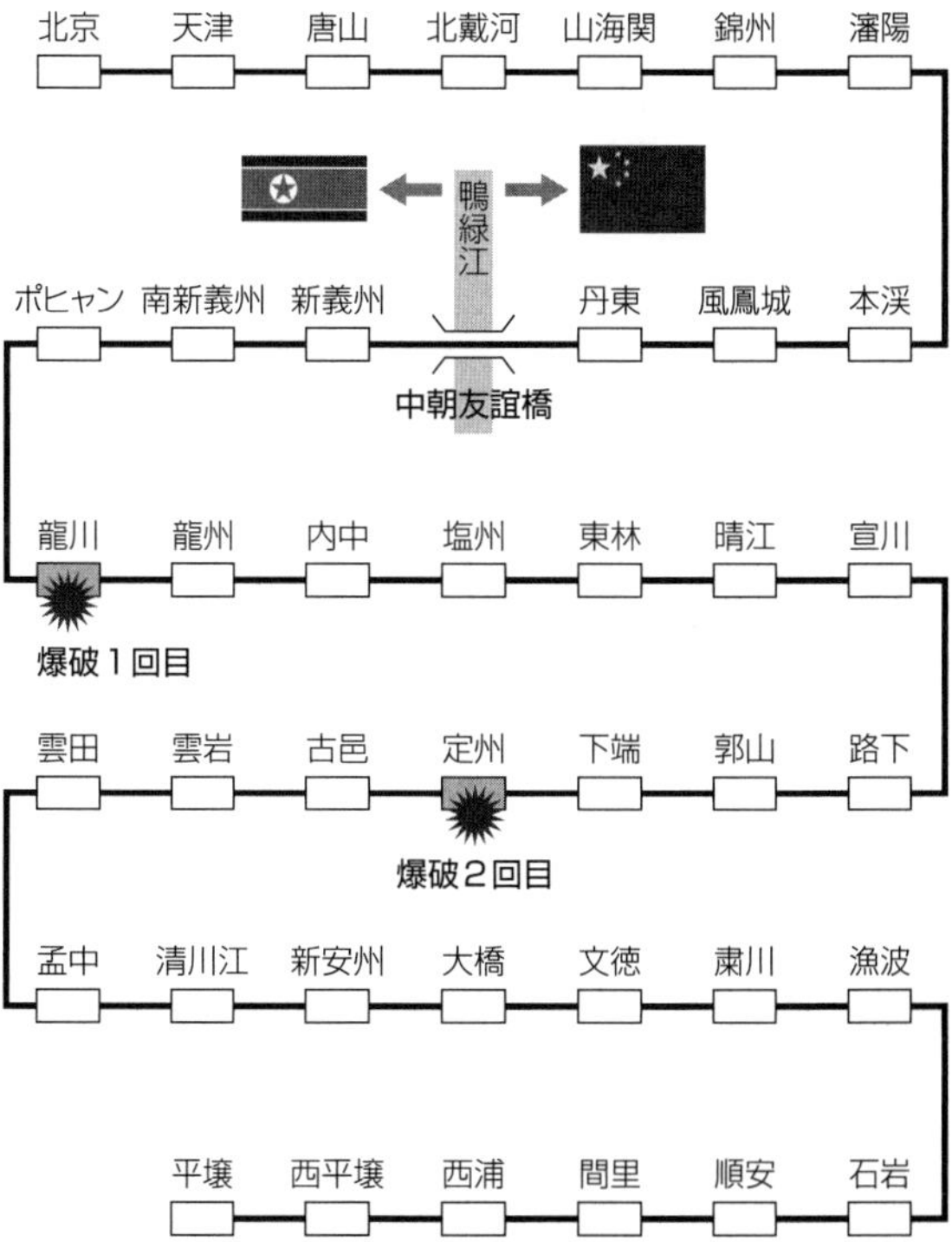
北京
天津
唐山
北戴河
山海関
錦州
瀋陽
鴨緑江
ポヒャン
南新義州
新義州
丹東
風鳳城
本渓
中朝友誼橋
龍川
龍州
内中
塩州
東林
晴江
宣川
爆破1回目
雲田
雲岩
古邑
定州
下端
郭山
路下
爆破2回目
孟中
清川江
新安州
大橋
文徳
粛川
漁波
平壌
西平壌
西浦
間里
順安
石岩

プロローグ　横浜寿町

　ＪＲ根岸線を挟んで東側には横浜中華街が広がる。そこから歩いて五、六分のところに寿町がある。東京の山谷、大阪の釜ヶ崎と並ぶ日本三大ドヤ街の一つだ。女は元々大阪西成区の出身で、一九七〇年代の半ばまでは大阪で暮らしていた。しかし事情があってその後は日本各地を転々とし、東京に流れ着いたのは八〇年代の終わり頃だった。

　若い頃は新宿や赤坂でホステスをしながら生活してきた。美人ではないが、男を惹きつける色香をかもし出しているのか、どの店でも重宝がられた。それも四十代までだった。

　名前の知られたクラブで働いていたが年齢とともに声がかからなくなり、最後は場末のスナックのカウンターで客の相手をした。若い頃の不摂生な生活がたたって身体を壊し、同時に生活保護費の受給者となり、寿町の市営アパートの四階で暮らすようになった。長男がいるが、消息不明でどこで暮らしているのかもわからない。しかし、年に一度、長男から百万円単位の金が口座に振り込まれてくる。そのことを横浜市に申告すれば生活保護は打ち切られるので、長男は行方不明のまま通している。実際、どこにいるのかわからなかった。

その日、いつもの病院で定期検査を受け、薬局で肝臓の薬をもらいアパートに戻った。テレビをつけると、「小泉首相が平壌《ピョンヤン》を電撃訪問」というテロップが流れていた。北朝鮮による拉致問題解決のための訪朝だと報じられた。

小泉首相は金正日《キムジョンイル》総書記と会い、北朝鮮側は日本人の拉致を認め金正日が直接に謝罪した。女はリモコンスイッチでテレビを切った。

――見たくもない。

小泉訪朝から一週間後、どのテレビ局も拉致された日本人の帰国問題を連日のように報道していた。

女は医師から入院するように勧められていた。肝臓はがんに侵されていた。今、手術すれば助かる可能性があるからと、CT写真を見せられくどくどと病状の説明を受けた。しかし、女はこれ以上生きたいとも思っていなかった。医師は放置すれば、激しい痛みに襲われると言ったが、そうなればそうなった時に入院すればいいだけのことだ。

2DKのアパートは一人暮らしには広いくらいだ。キッチンのテーブルの上に水切り用の金網のザルが置かれ、その中には色とりどりの錠剤が入っている。女は今もらってきたばかりの薬の入った袋を放り投げた。生活保護のために医療費は全額公費負担になるせいか、通院するたびにいろんな薬が処方される。ザルから薬があふれ出そうになっている。どの薬が痛み止めなのか、肝臓の薬なのか女にはわからなくなっていた。もっとも飲んで治そうなどという気持ちが最初からないのだから、そんなことは一向に気にならない。

ではなぜ病院に行くのか。重篤な症状であれば生活保護費を打ち切られることはない。医師が薬の処方箋を書いてくれる。それを持って薬局に行くと、お大事にと薬がぎっしりと詰まった袋を渡される。食前、食中、食後と指示された通りに薬を飲めば胃腸を壊すのではないかと思えるほどの量だ。それらの薬の効用説明書を見て、女は思わず声を出して笑った。用意のいいことに胃腸薬まで入っていたからだ。

当然、横浜市の担当者も大量の薬と診断書があれば、生活保護費を打ち切ろうなどとは考えもしない。女にとって通院は生活保護費を得るための最低限の労働のようなものだった。

夕方から関東地方に台風が接近し、アパートの窓ガラスを雨が激しく叩きつけた。窓からは簡易宿泊所の前でカップ酒をあおりながら雨宿りをしている日雇い労務者の姿が見えた。

その晩、女は黄金町のスーパーで買ったパック入りのユッケジャンスープに、昼間たいたご飯の残りで夕飯をすませた。料理を作ろうとしても多く作りすぎて不経済になってしまう。できあいのものを買って食べた方がはるかに安く済むし、後片付けも楽になる。もう何年も自炊などしたことがなかった。

風呂に入り、いつものように早々と布団に潜り込んだ。窓の外は雨だけではなく、風も強くなってきたらしく、うなるような風の音が聞こえてくる。しかし、女は間もなく眠りに落ちた。

夜中に目を覚ましたのは、台風の雨風のせいではない。耳元で人の声がした。夢ではない。確かに男の声だ。

――ハルモニ(ばあさん)、起きろよ。

しかも韓国語を交えて話しかけてきた。おそらく在日の社会で生きてきた二世か三世なのだろう。

「ヌグヤ?(誰だね)」

突然、部屋の明かりがついた。寝顔を覗き込むようにして立っている男が二人いた。

女は慌てるでもなく、布団をはいで半身を起こした。

「あんたら強盗に入る家を間違えているよ。こんな貧乏人の家に金があるわけがないだろう。とっと帰りな」

　女はまた横になった。

「手紙をもらいに来たんだ」

　男が枕元に身をかがめて言った。もう一人の男は夜中だというのにサングラスをかけ野球帽を深々とかぶったままだ。まだ残暑が厳しいというのに皮の手袋をしている。

「手紙……。何を寝ぼけたことを言うとるんや、このアホが」

　使い慣れた関西弁が出た。

「北から届いてるのはわかってるんだ。早く出せや」

　男は苛立ったように女の耳元でつぶやいた。

「誰なんだ、お前は」

　女はカッと目を見開き男の顔を見つめた。

「お前か」

　落胆と侮蔑がこもる声で言った。

「ろくでなしオヤジの血を引いたようだな」

「いつまでもこんな臭い部屋に俺もいたくない。さっさと出せや」

「お前もアホやなあ。そんな手紙がここにあるわけないやろ。はよ帰らんかい」

　女は布団をかけ直し、横になろうとした。

「やれ」

男は立ち上がり、サングラスをかけた男が身をかがめた。手にはサバイバルナイフが握られていた。

首に一瞬、電流が流れたような感覚が走った。同時に温かいものが首筋から流れ落ち、肩のあたりを濡らした。

口から血を噴き出す女に目もくれず、男たちがタンスの中のものを放り出している気配がしたが、それも数秒の間しか女にはわからなかった。部屋の蛍光灯はついているのに、女には暗闇しか見えなかった。

第一章　コリアンタウン

朴昇一《パクスンイル》は朝から落ち着かなかった。井の頭公園の近くに建てた自宅から、毎朝自分の車で新宿にある事務所まで通勤している。明治通りと職安通りの交差点付近の雑居ビル五階にオフィスがある。ここで彼が経営するパチンコ店、焼き肉店、風俗店の経理をすべて一括して扱っている。

伊丹夏生と会ったのはいつだったのか。それさえも思い出せない。所在を突き止めるのに一年もかかってしまった。タイ国境に近いミャンマー側で、軍事政権に抵抗するカレン民族解放軍の傭兵として戦っているという噂を、陸上自衛隊の元仲間から聞き出した。

カレン族と聞いても朴昇一にはまったく知識がなかった。ミャンマーの少数民族で、軍事政権と対立し、タイ国境に近いジャングルにマナプロウという自治区を設けて、独立を掲げて戦ってきたが、一九九五年にマナプロウが陥落した。伊丹はその頃からカレン民族解放軍に加わったらしい。

マナプロウを追われたカレン族は、コートレイに拠点を移して抵抗を続けた。カレン族を率いていたボーミャ議長が二〇〇〇年に亡くなると、民族解放軍は求心力を失ったが、それでもミャンマー国軍との散発的な戦闘は続いているらしい。

軍事政権下のミャンマーから逃れて来日し、難民申請をしているミャンマー人は多かった。彼らを通じて民族解放軍と密かに連絡を取ることに成功し、伊丹に帰国を促したのだ。

朴昇一が経営する焼き肉店が歌舞伎町と新宿駅西口近くにある。西口店の方は炭火焼き肉の店として何度もテレビや雑誌に取り上げられていた。商談に利用する客が多く個室も多い。

約束の八時までにはまだ二十分もある。朴昇一は六人用の個室で伊丹の到着を待った。

八時ちょうどにドアをノックする音がした。

「社長、お見えになりました」

従業員の後ろに日焼けした男が立っていた。十月半ばだというのにTシャツにジーンズという格好だ。

伊丹には昔の面影はまったくなかった。昔の面影と言っても、帯広駐屯地で会ったような記憶が微かに残っているだけだ。その時の印象は、自衛隊の任務に果たして耐えられるのか、そんな心配がよぎったことだけは覚えている。しかし、目の前の伊丹からはそうしたものはいっさい感じられない。

　両腕には戦闘で傷ついたのか、ケロイド状の傷が何ヶ所も見られた。額にも傷痕が残っている。

「私のことを覚えているか」

「父の友人、母の恩人、帯広駐屯地で面会」

　伊丹は単語を並べただけの返答を戻してきた。

　戦場での命令、伝達の癖が取れていないのだろうか。

「いつ日本に着いたんだ」

「四時間前」

　朴昇一はテーブルに備え付けのベルを押した。すぐにウェイトレスがやってきた。

「食事を持ってきて」

　焼き肉の盛り合わせと野菜、キムチ、それにビールと真露がテーブルに並べられた。テーブルの蓋が取られ、そこに七輪が置かれた。「お焼きしましょうか」というウェイトレスに「二人でやる」と答えた。

「好きなだけ食え」

　伊丹はすぐに肉を焼き始め、ビールは飲まずに真露をグラスに注ぎ、黙々と肉を食らい、焼酎を飲み続けた。朴昇一は話す機会を失った。

食い方は味わって食べるといったものではない。火にさらし焦げ目が入る程度の肉をそのまま呑み込んでいるだけだ。そして速い。二十分もしないで三人分の盛り合わせを一人ですべてたいらげていた。

「まだ入るか」

「もう十分です」

グラスに真露を注ぎ、一気に飲み干して言った。

「ご用件をお願いします」

「淑美さんが殺されたのは知っているな」

「はい」

「統連の仕業に違いない。犯人もほぼわかっている」

朝鮮統一連合会は一九四五年十月に結成された。金日成《キムイルソン》を支持する在日朝鮮人組織で、一般的には朝鮮統連、あるいは統連と呼ばれた。

「それで」

「これを読め」

朴昇一は胸の内ポケットから一枚のコピーを取り出した。

「本物は彼らが絶対手出しのできないところに保管してある。今日はそこから特別にコピーして持ってきた」

　コピーを手渡すと、伊丹は文面に目を走らせた。

「頭に入れたな」

　伊丹が無言で頷いた。

　それを朴昇一に返した。朴昇一はコピーを七輪の中にくべて燃やした。

「彼らはこの手紙の存在に気づいているのですか」

「淑美さんの部屋は放火された。燃えてしまったと思っているだろう」

「差出人がとんでもない人物ですが、手紙は本物なんですか」

「本物だからこそ、淑美さんが殺された」

　北朝鮮から手紙が突然届いた経緯を朴昇一は淡々とした口調で説明した。

「それで私に何をしろというのでしょうか」

　伊丹は鋭い視線を朴昇一に投げかけてきた。その日、初めて二人の視線が絡み合った。

「アメリカからもう一人帰国する。彼の帰国を待って計画を実行に移したい。協力してほしい」

　朴昇一は計画を説明した。伊丹は一瞬たりとも視線を外さずに朴昇一の話に耳を傾けていた。話を聞き終えて伊丹が答えた。

「わかりました」

朴昇一はもう一度、ベルを押した。ウェイトレスがすぐに部屋に入ってきた。

「店長を呼んでくれ」

入れ替わりに店長が入ってきた。手に封筒と携帯電話を持っていた。

「当面の生活費だ」

封筒には二百万円が入っている。

「それと淑美さんの墓がある霊園の住所だ」

伊丹夏生は無言のまま頭を下げ、封筒と携帯電話を受け取り店から出ていった。


伊丹が帰った後、朴昇一は一人で真露を飲みながら昔を思い出していた。伊丹の風貌は父親にそっくりだった。

しかし、身体からかもし出される雰囲気には父親と対照的に暗いものを感じた。生まれた時から父親の罪科を背負わされたような人生だったに違いない。子供の頃は何度も伊丹に会っているが、朴昇一には伊丹の笑っている顔を見た記憶がない。

今でも夢にうなされる夜がある。

顔をすっぽりと覆える布製の袋が伊丹の父親にかぶせられ、首にはロープが巻かれている。最後に言い残す言葉はないかと、死刑の執行官に尋ねられ、「韓国に生まれていれば、こんなことにはならなかった。恋人と生まれたばかりの子供にすまない」と涙声で答える。

伊丹の父親が立つ足元の板が開き、天井から吊るされたロープが真っ直ぐに伸び、ゆっくりと揺れている。そこで決まって朴昇一は眼を覚ました。

死地に赴く伊丹の父親をどうして救えなかったのか。後悔は今も古傷となって朴昇一の心の奥底で、沼のヘドロのように澱んでいる。

朴昇一は大阪の生野区で生まれた。物心つく頃には両親は離婚していた。母親によって育てられていたが、その母親に新たな男ができて大阪を離れた。朴昇一は養護施設に預けられたが、そこで激しいいじめに遭い、何度も脱走した。いじめというより徹底した差別だった。

生野区に戻り、何度も施設に連れ戻された。そんなことを繰り返しているうちに、

「昇一、うちの子になるか」

と声をかけてくれた女性がいた。生野区の在日でも指折りの貧しい家があった。トタン屋根で、雨の降る日は雨漏りがした。朴昇一と同じように親から見捨てられた子供が何人も暮らしていた。

施設にいれば、食べるものには困らなかった。しかし、在日であるという理由で繰り返される暴力には耐えきれなかった。朴昇一はその女性の家で暮らす道を選んだ。

貧しい在日が暮らす長屋で、伊丹夏生の祖母が暮らす家だった。年齢は伊丹夏生の父親より朴昇一の方が五歳年上だったが、一日中二人で何をするでもなく過ごしていた。

朝から始まる怒鳴り合いの夫婦喧嘩。登校前の子供たちの喧騒、周囲に漂うキムチの匂い……。

二人は同じ環境で育ったと言っても過言ではない。

中学を卒業すると、朴昇一は生きていくために必死に働いた。しかし、伊丹夏生の父親は、朴昇一とは違い、高校、そして大学に進んだ。

大阪の大学で学んでいる頃、朴昇一は一緒に酒を飲んだ。

「俺たち在日朝鮮人・韓国人二世、三世が日本で人間らしく生きられる。そんな時代が来るとしたら、俺たちのような在日を生み出した世界のありように、俺たち自身が光を投げかけた時ではないだろうか。俺たちはその瞬間に差別から解放される」

熱い口調で語る彼の言葉の意味を朴昇一は理解することができなかった。朴昇一は昼間は工場で働き、夜は水商売を手伝ったり、パチンコ店の景品交換の仕事をしたりして、開業資金を貯めていた頃だった。

彼にまつわる噂は度々耳にしていた。

〈学業をそっちのけで政治活動にのめり込んでいる〉

それが噂などではなく事実だと知ったのは、一九七四年の暑い夏の日だった。日本の新聞、テレビすべてが彼のニュースを報道した。

伊丹夏生が生まれたのは、その年の暮れのことだった。


伊丹淑美の墓は東京都八王子市にある南多摩霊園にあった。山一つを崩して造成した霊園で、八王子市街を一望できる斜面の一角に伊丹淑美の墓はあった。墓石には「伊丹家之墓」と記され、伊丹淑美の名前と死亡年月日だけが刻まれていた。母親の本当の名前は李淑美《イスックミ》で、在日韓国人二世だが、夏生が生まれた直後に日本に帰化し、伊丹を名乗ってきた。

何故、伊丹という姓名を付けたのか、尋ねたことがある。

「日本人になるけど、せめて名字くらいは韓国に最も近い場所にしようと思ったのさ」

母親に言わせると、大阪でいちばん韓国に近いのは伊丹空港ということらしい。特定の宗教を信仰していたわけでもないし、戒名もない。遺体を朴昇一が引き取り、ここに埋葬してくれたのだろう。つくづく縁の薄い親子だったと思う。

母と子一人の家庭だった。父のことについて母親から直接聞いたのは、確か中学生になった頃だった。しかし、大阪の在日韓国人・朝鮮人の社会で生きていれば、自分の父親が何をしでかしたのか、かなり早い時期に知ってしまう。

伊丹夏生は二十一歳の時に日本を出国し、時折帰国していたが、母親と最後に会ったのは四年前だったか、五年前だったのか、はっきりしない。その頃、母親はまだホステスをしていたと思う。以前とは比べようもなく安いアパートで暮らしていた。そこで二、三日滞在してすぐにタイに戻ったことは記憶している。バンコクから国境を越え、カレン民族解放軍に合流した。

夏生が高校卒業後、自衛隊に入隊すると言った時も、内心では複雑な思いがあったのだろうが、「好きにしたらいい」とひとこと言っただけだった。帰化したが、母親は最後まで在日の世界から抜け出すことはできなかった。その世界から少しでも離れるために、もがき苦しみながら夏生の出した結論が自衛隊への入隊だった。

朴昇一は「伊丹家」の墓を作ってくれたが、その墓に入れるような人生があるとも夏生には思えなかった。

霊園の入り口前にある花屋で買った花を供え、手を合わせた。数え切れないほど仲間の死を見てきた。そのせいか母親が惨殺されたと聞いても涙も出なかった。墓前にきても悲しいという感情さえ湧いてこない。

――オフクロ、また来るよ。

こう言って「伊丹家之墓」から離れた。来た時から百メートルほど離れたところで、伊丹を見張っている二人組の存在に気づいていた。一人は濃紺のスーツにブルーと茶のストライプの入ったネクタイをしめて、サングラスをかけている。もう一人の男はジャケットの下はTシャツだった。

昨晩は新宿歌舞伎町に近いビジネスホテルに宿泊した。いつもの習慣で、日の出の頃には目が覚めてしまう。七時から始まる朝食バイキングを食べてすぐにホテルを出た。まだ十時にもなっていない。秋の柔らかい日差しが霊園の木々に降り注いでいる。サングラスをかけるほどの強い日差しではない。

二人の男は明らかに伊丹を監視している。気づいていないふりをしながら、足早に霊園の門に向かった。彼らも慌てた様子で尾行してきた。

門を出たところで、彼らが伊丹の両側に並んだ。二人とも三十代前半といった風情だ。

「伊丹さんだろ？」

スーツ姿の男が聞いた。

「そうだ」

「そこまで付き合ってくれ」

伊丹は何も答えなかった。黄色に色づき始めた銀杏並木の下にレクサスが止めてあった。運転席には二人よりも若い男が座っていた。後部座席に二人に挟まれるようにして乗せられた。車はすぐに発進した。

車は南多摩霊園を離れ、国道二十号線に出ると相模湖方面に向かった。中央線高尾駅前を過ぎ、高尾山登山道入り口も通過すると、道の両側にラブホテルが立ち並んでいた。車はすぐに大垂水峠を登り始めた。急カーブの連続だった。二人は伊丹が無抵抗なのに安心しきっている様子だ。

予め下見はしてあったのだろう。速度を落とし、車一台がようやく入っていけそうな林道にレクサスを進入させた。林道はすぐにカーブし、国道からはまったく見えなくなった。そこでエンジンを切った。

「聞きたいことがある。外に出てくれ」

二人に挟まれながら伊丹は車の外に出た。伊丹が逃げ出しはしないかと警戒しているらしい。思わず口から笑みがこぼれた。それが気に障ったのかTシャツの男が「何がおかしい」とすごんで見せた。

「いや、別に」伊丹が答えた。

「オフクロさんから手紙をもらったはずだ。出してもらおう」

ネクタイをした男が事務的な口調で言った。

「手紙……」

「とぼけるなよ。早く出せよ」

「とぼけていない。オフクロから手紙など一度ももらったことがない」伊丹が男に答えた。

男がTシャツの男に目で合図を送った。Tシャツの男はジャケットの下に隠し持っていたサバイバルナイフをホルダーから取り出した。刃渡りは十五、六センチ程度。一撃で殺すには急所深くまで刺す必要がある。

二人は伊丹が怖気づいてすぐに手紙を出すと思っているようだ。伊丹はナイフを持った男に無表情で近づいた。右手にナイフを握った男は抵抗する気配も見せない伊丹に、不気味さを感じ取ったようだ。しかしまったくの無警戒。Tシャツの男が気づいたときは手遅れだった。

伊丹はナイフを握る相手の右手を、握手でもするように全握力で掴んだ。男は「ウッ」と短いうめき声を漏らすと激痛のために両膝を折った。指の二、三本は骨折しているだろう。指の関節が砕ける感触が手のひらに伝わってくる。

ネクタイの男は何が起きているのかわからない様子で、「早くやれ」とTシャツの男に命令した。

伊丹はナイフを握ったままの相手の右手を、男の左太腿に少しずつ近づけた。男の顔が恐怖でひきつる。ナイフを手離そうとするが手のひらを開くことも、ナイフの向きを変えることもできない。

サバイバルナイフが男の左太腿に突き刺さる。ズボンに鮮血が同心円状に滲んでいく。男が喉をつぶされたような悲鳴を上げた。ネクタイの男は血の染みたズボンと三センチほど突き刺さったナイフを見て、ようやく何が起きたのか理解したようだ。

「止めろ」

予期していなかった展開に慌てふためいている。

「仲間が一生足を引きずって歩くようになってもいいのか。誰に頼まれたのか答えろ」

「知らん……」

伊丹は相手の答えを聞き終える前に、右手に力を込めた。ナイフの刃先が左太腿を貫通し、ズボンを突き破っている。

「仲間の左足がなくなっていいのなら黙っていろ。もう一度聞く。誰に頼まれた」

ネクタイの男は失禁しながら、「全啓寿《チョンゲス》先生だ」とかすれるような声で答えた。伊丹は握っていた拳の力を抜いた。

Tシャツの男は「抜いてくれ」と泣きわめいた。右手の人差し指と中指は打ち損ねた釘のように折れ曲がっていた。自分の太腿に垂直に食い込んだナイフを左手で抜き取ろうとした。枯れた雑草の上に、コーヒードリップのように血が滴り落ちていく。

伊丹はネクタイの男に近づき言った。

「よかったな。答えなければ、今頃はお前の片足もあんなふうになっていたぞ」

男はワナワナと震えながら、激痛に泣き叫ぶ仲間のところに駆け寄り、ナイフを引き抜こうとした。ナイフの背面はセレーション（鋸刃）になっている。激痛が走り、麻酔なしで引き抜くことなどできるはずがない。

それでもネクタイの男は両手でナイフグリップを掴み、引き抜こうと力を込めた。

Tシャツの男は、子供のように泣きじゃくり、右足をばたつかせた。

その様子を見ながらからかうような口調で伊丹が言った。

「いいこと教えてやるよ」

男が手を止めて、伊丹の方を見た。

「止血しないで抜き取れば、あっという間に血が噴き出して出血多量で死んじまうか、ショック性の失血死を引き起こすだけだぞ」

情けない声でネクタイの男が叫んだ。

「頼む、助けてやってくれ」

伊丹は何も答えずに、レクサスに乗り込んだ。運転手はガタガタ震えていた。

「高尾駅まで頼む」

タクシーの運転手に告げるように言った。窓を開けて怒鳴った。

「何のためにネクタイをしているんだ。少しは自分の頭で考えろ」

車はバックで走り出した。自分のネクタイを外し、仲間の左太腿に巻きつけている姿が見えた。カーブを回ると、すぐに国道二十号線に出て、今来た道を高尾駅に向かった。

駅に着き、伊丹を降ろすとレクサスはよほど焦っているのか、タイヤを軋ませながらUターンをして再び大垂水峠に向かった。

伊丹は券売機で新宿までチケットを購入し、高尾発の特別快速電車で新宿に戻った。

車谷基福《くるまたにもとふく》はアメリカン航空でニューヨークに向かった。日本での仕事のことを考えるとニューヨーク滞在は一泊二日が限界だ。この間に、父親から頼まれた件を片づけなければならない。

父親の車忠孝《チャチュンヒョ》は釜山生まれで、三歳の時に母親とともに下関に着いたらしい。それからは日本各地を転々としながら、肥料会社を設立し、一代で日本国内有数の肥料製造会社に育て上げた。

基福には一つだけ父親に申し訳ないと思っていることがあった。父親に相談もなく帰化した。車という韓国姓を残したくて車谷という日本名を作った。会社を経営し、銀行との折衝にはやはり日本国籍の方が圧倒的に有利だった。それに生産した化学肥料を輸出するにも、朝鮮籍では自由に海外を旅行することもできない。韓国籍に切り替えるのは可能だが、妻は日本人であり、子供たちも日本で生きていくことになる。基福は早々と帰化の道を選んでいた。

戦後、食糧難を解消するために各地方の荒れ地に満州からの引揚者が、開拓団として投入された。当時は群馬県伊勢崎に住んでいた。化学肥料などなく、多くは家畜の糞と藁を混ぜた堆肥、あるいは肥溜めで発酵させた人糞が田畑を肥えさせる貴重な肥料になった。

車谷基福の祖父母は戦後の混乱期に身体を壊し、貧困に喘ぐ生活をしていたらしい。父の忠孝はその頃の話をしないし、基福もあえて聞こうとはしなかった。車忠孝は体格がそれほどいいわけではない。しかし、病に倒れた両親を養うために、若い頃から糞尿にまみれた生活をしてきた。

そんな車忠孝と両親の生活ぶりを見て、周囲の在日仲間は北朝鮮への帰還を勧めたようだ。

「共和国はすべての生活を保障する」「医療費も無料」

こうした宣伝文句が在日の中に飛び交っていた。しかし、車忠孝の両親は、新潟港から北朝鮮への船旅どころか、伊勢崎から新潟までの汽車の旅にも耐えられそうにもなかった。車忠孝は釜山生まれとはいえ、その頃の記憶などまったくないし、日本にも親戚はいたのだろうが交流はなかった。

極貧に喘いでいた車忠孝にチャンスが訪れたのは、日本がようやく落ち着きを取り戻し始めた昭和三十年代半ば頃だった。車忠孝の親孝行ぶりと勤勉な働きぶりを見ていた南相万《ナムサンマン》が自分の娘との結婚を勧めた。それが南美子《ナムミジャ》で、車谷基福の母親である。

南相万一家は古物商から身を起こし、経済的には成功を収めていた。北朝鮮への帰還にも興味を示すことはなかった。形式だけの結婚式が行なわれ、車忠孝と南美子は夫婦となった。翌年に長男の基福が誕生した。

車忠孝は結婚してからも相変わらず牧畜業者から畜糞を買い集め、堆肥を開拓農家に販売していた。しかし、その頃から化学肥料が少しずつだが出回るようになってきた。南相万の古物商にも陰りが見え始めていた。そこで南相万の出資で、同一化学工業という会社を興し、小規模な化学肥料製造工場を建設したのだ。

日本が高度成長を迎える直前に工場は稼働を開始した。農家の二男、三男は工場労働者として都市部に移動していった。そうした労働者に食料を供給するために、農家にはそれまで以上の増産が求められた。化学肥料はいくら生産しても需要に追いつかなかった。同一化学工業はこの時期に盤石な経営基盤を構築した。

車忠孝の両親は、掘立小屋同然の家から、鉄筋三階建ての家に移り、南美子の手厚い看護と車忠孝に見守られながら最期の時を迎えることができた。

南相万が亡くなった時は社葬で送りだした。

現在は同一化学工業の代表取締役には車忠孝が就任しているが、実質的な経営は長男の車谷基福があたってきた。

「取締役をお前に渡すから会社を継いでくれ」

これに対して「四十歳前の社長就任は対外的にも問題が多すぎる」と基福は先延ばしにしてきた。母親の南美子ががんで死亡すると、車忠孝はますます会社を引き継ぐように言ってきた。

会社経営もアジアへの輸出が軌道に乗り、悠々自適の生活を望んでいるのかと基福は考えていた。

「やり残していることがある」

こう告げられたのは数ヶ月前だ。

父親の車忠孝は北朝鮮が祖国と考えて、様々な支援を惜しまなかった。自宅には金日成、金正日の写真が飾られ、共和国から贈られた勲章がつい最近まで飾られていた。

生産工場は群馬県前橋市にあるが、本社は千代田区神田小川町に自社ビルを構えている。車忠孝は様々な思い出がある群馬県を離れたくないらしく、前橋市のマンションで一人暮らしをしていた。身の回りの世話は毎日、お手伝いさんがきてくれるので、生活の心配はする必要がなかった。

父親のマンションに呼び出され、予想もしていなかった計画を打ち明けられた。その計画を遂行するために、車谷基福はニューヨークに向かっているのだ。会社の役員も臨時株主総会を開き、代表取締役は車忠孝から車谷基福へと交替した。

空港からタクシーでセントラルパークに向かった。以前に宿泊した時はニッコー・エセックスハウスだったが、現在は経営が替わりウェスティンとなったホテルにチェックインした。

会う場所も時間も、すべて車忠孝が決めていた。約束の午後九時までにはまだ時間がある。車谷基福は目覚ましをセットして、時差ボケを取るために身体を休めることにした。ビジネスクラスの座席を取ったがやはり熟睡はできなかった。

「きっと承諾してくれるはずだ」

父親からはそう聞かされているが、そんなに簡単に話が進むとは思えなかった。それを考えると眠るどころではなかった。結局、一、二時間程度まどろむくらいで眠ることはできなかった。

ニューヨークのコリアンタウンは五番街とブロードウェイの間の三十二丁目。ブロードウェイよりのところにソウル館というレストランがある。車谷基福は八時過ぎにはホテルを出た。

父親から会ってくれと依頼された男は高橋勇男、アメリカに帰化しているらしい。約束の時間よりも二十分も早く着いてしまった。店内は韓国人が多いものとばかり思っていたが、ほとんどがアメリカ人の客だった。入り口にいたウェイターに名前を告げると、個室に通された。店内の喧騒は個室には届かない。静かにジャズが流れている。

高橋勇男が姿を見せたのはぴったり午後九時だった。ノリのきいたワイシャツにアルマーニのネクタイにスーツ、黒ぶちの眼鏡といった姿で、ウォール街で成功を収めたトレーダーかIT企業経営者といったふうに見受けられた。若い印象を受けるが、年齢的には車谷よりも一回り年上だろう。

「車谷基福です。車忠孝の長男です」

先に基福が名乗った。

高橋は名前も名乗らず、不機嫌な表情を浮かべながら椅子に座った。「右耳にあずき大のホクロがあるから本人だとすぐに確認できる」と父親が言っていた。そのホクロが右の耳たぶにあった。

「何か料理を取りましょう」

車谷がオーダーを取ろうとすると、「食事をするつもりはない。用件を」とだけ言った。無愛想で無礼な男だと思ったが、父親の依頼を受けニューヨークまできて、何もしないで日本に戻るわけにもいかない。

「父親があなたに会いたがっています。祖国のためにすぐにでも帰国してほしい」

「今はアメリカが私の国です」

「では、言葉を変えましょう。来日してほしい」

「お断りします」

高橋は席を立とうとした。

「来日するかどうか、決めるのはあなただからいやなら来なくてもかまわない。父からは断られたらこれを見せろと手紙を預かっている」

車谷は腕時計のバンドを緩め、テーブルの上に置かれていたフォークで時計の裏蓋を外した。中から小さく折りたたんだコピーが出てきた。それを高橋に渡した。

高橋は立ったままコピーに目を通した。椅子に座り直すと、ポケットからライターを取り出し、コピーを灰皿の中で燃やした。

「本物だという証拠は」

「偽物をわざわざニューヨークまで運んでくるほど私もヒマではない」

「ではこれが日本に届いた経緯を説明してほしい」

「聞きたければ日本に来て、直接自分で確かめることです。何故なら、私も経緯を聞かされていない」

高橋は目をつぶり二、三分ほど沈黙した。重苦しい雰囲気に耐えきれず、再度、答えを求めようとした時、高橋は目を開いた。

「すぐに帰国するのは不可能です」

「ではいつなら来日できるのですか」

「身辺整理に一ヶ月かかる」

「では一ヶ月後、東京でお目にかかりましょう」

車谷が答えると、高橋は何も言わずに部屋から出て行った。

ソウル館では結局一人で食事を摂る羽目になった。ホテルに戻り、温かいシャワーを浴びた。ベッドに身を横たえるとすぐに眠りに落ちていた。

朝目を覚まし、午後のフライトで東京に戻った。

成田空港に着き、迎えのハイヤーに乗り込むと、父親に連絡を入れた。

「身辺整理をするのに一ヶ月、来日はそれからということだった」

父親からは「わかった」とだけ返事があり、電話はすぐに切れた。

第二章　興南《フンナム》工業地帯

北京からは高麗《コリョ》航空で平壌国際空港に向かった。久しぶりの祖国訪問だが、車忠孝は平壌に近づくに連れて気持ちが暗く沈んでいくのを感じた。

朝鮮民主主義人民共和国を初めて訪れたのは、金日成生誕六十周年の記念式典が盛大に行われた一九七二年のことだった。その前年から初代の万景峰《マンギョンボンホ》号が就航するようになり、車忠孝はその船で新潟港から共和国の清津《チョンジン》に渡った。

その時は清津の港に近づくにつれて、車忠孝の胸に熱いものがこみ上げてきた。港が見えてくると甲板に立った。

「祖国だ」

わけもなく涙があふれ出た。それが民族の血というものだろうと思った。万景峰号から下船すると、国を奪われた亡国の民がようやく祖国の地を踏んだという感激、流浪の民族が自分たちの国家を建設しているという高揚感、それが感じられた。しかし、今はその思いはない。

車忠孝が生まれたのは、朝鮮半島が日本に植民地支配されるようになってから三十年目のことだった。父親の話では半農半漁の貧しい生活を送っていたらしい。貧しい生活から抜け出すために、力仕事には自信のあった父親は、釜山から下関に渡り、九州の炭鉱を転々としながら家族に仕送りをしていたようだ。

しかし、日本に来いとも、釜山に帰るとも言わない夫に、一人息子の忠孝を背負って母親は玄界灘を渡り、筑豊炭鉱で働いていた夫と三年ぶりに再会した。それから日本全国を転々とし、車忠孝が終戦を迎えたのは五歳の時で、群馬県伊勢崎だった。隣接する邑楽郡大泉町には中島飛行機製作所があり、戦前は戦闘機が製作されていた。戦後、アメリカ軍によって接収され、キャンプドルーと呼ばれる東京補給倉庫部隊本隊が置かれ、兵站基地の役割を担っていた。

キャンプドルーで車忠孝の父親は米軍のゴミ収集の仕事をしていた。戦後しばらくの間、まだ幼かった忠孝は父親の仕事を手伝い、残飯の入ったドラム缶をリヤカーに載せ、一緒になって引いていた。夏などは腐敗臭の中で汗だくになりながら、アメリカ兵やその家族が食い残した残飯を処理した。

兵士専用の食堂から出された食い残しのソーセージや肉などは車忠孝の胃の中に消えた。在日も日本人も食糧難で残飯さえも口に入れなければ生きてはいけなかった。

そこで身に付けた片言の英会話がその後の車忠孝の生き方を大きく変えた。

アメリカ人は使役している日本人、在日朝鮮人をまるで野良犬を見るかのような目で見下していた。アメリカ兵の各家庭から出たゴミの回収も車親子の仕事だった。家の前に出されたバケツのゴミをドラム缶に移し替えていく。真冬でも父親も忠孝もシャツ一枚だった。作業をしていると家の中からまだ五、六歳の男の子が飛び出してきた。

男の子は手に大きな板チョコを持っていた。数メートル近くまで走り寄ってくると、まるで犬に餌を与えるようにチョコレートを車忠孝に向けて放り投げた。チョコレートは車忠孝の足下に転がった。何が起きているのかわからずに、男の子を見ていると、すぐに家の中に入り、父親と一緒にドアから顔を出して車忠孝の方を見ていた。

チョコレートを拾い上げドアの方を見ると、二人とも満足げな顔をしてドアを閉めた。彼らには日本人も朝鮮人も見分けようがない。腹を空かせた親子が予想外の報酬を恵んでもらい、喜ぶ姿でも見たかったのだろう。

こうしたアメリカ人は一人二人ではなかった。それが同情というよりも人間を見下した醜い優越感の表れだとすぐに気づいた。キャンプドルーに出入りしているうちに、差別するのは日本人だけではなく、民主主義だの自由だのと高邁《こうまい》な理想を語るアメリカ人もまったく同じだと思うようになった。

しかし、殺意を覚えるほどの差別をアメリカ人から受けたことはなかった。一方、日本人を殺してやりたいと思ったことは一度や二度ではない。地元の小学校、中学校で学んだが、差別された記憶しかない。

そして車忠孝自身も、両親も差別に立ち向かう術を持ちあわせてはいなかった。両親は擦り切れたボロ雑巾のようになるまでただひたすら働き、耐える人生を送ってきた。両親の姿を見るにつけ、同じ人生は絶対に送りたくないと車忠孝は思わずにいられなかった。

差別するのは、もちろん差別する側が悪いに決まっている。しかし、それだけだろうか。朝鮮民族は日本人に国を奪われ、支配され、日本語を強要された。それに抗するだけの国力も民族の力もなかった。亡国、流浪の民族になり下がった。差別される理由は、自らにもあるのではないか。車忠孝にはそう思えた。

差別されない民族を再生するためには、他国に侵略されない強固な国家が必要であり、民族文化を盤石なものにするには揺るぎのない経済力を国家が保持することだ。そうすれば日本人から差別されることもなければ、アメリカ人の子供からチョコレートやガムを恵んでもらうような屈辱を味わうこともない。

戦争は日本の農業を荒廃させた。極端に生産が落ち込んだところに満州や朝鮮から引揚者が帰国し、軍人が復員してきた。食糧難は深刻で、荒廃した土地や山間部に農業開拓団を送り込み、食糧の増産に必死だった。畜産も盛んに奨励された。

父親も車忠孝もキャンプドルーの仕事だけではなく、日銭を稼ぐために地元農家の家々を回りドラム缶に下肥を入れ畑に撒く仕事もしていた。車一家の運命は糞尿まみれの仕事を請け負ったことから大きく変わった。

畜産農家から出された畜糞は金を出して購入しなければならなかった。それほど豚や牛から排出された糞は貴重な肥料だった。

「あんたはキャンプドルーに入って、アメリカ人の残飯を集めているんだろう。それをうちに回してくれないか。そうすればただで畜糞は持っていってもかまわんよ」

まさに物々交換だった。キャンプドルーから排出された残飯は、豚の貴重な餌となった。豚の糞をただでもらい受け、それを農家に譲った。米軍からもらう手間賃と物々交換の豚の糞を利用した堆肥が一家の収入になった。

キャンプ内の各家庭を回るが、中には将校もいて、チョコレートどころかパイナップルの缶詰、ウィスキー、タバコと引き換えに、庭師の仕事を任されることもあった。庭師といっても庭の草むしり程度だが、その報酬は魅力的だった。闇市に回せば高値で飛ぶように売れた。

その日もある将校から草むしりを頼まれた。車親子の体から漂ってくる異臭に顔をしかめた。自分では気づかないが下肥や堆肥の臭いが染み付いたシャツを着ていた。異臭のわけを将校に説明すると、キャンプ内には終戦直後、肥料会社から押収した化学肥料が大量にあることを教えてくれた。進駐軍が日本を占領し、日本軍の武装解除を行なうとともに、隠匿物資の摘発を行なった。将校はその一部を車親子に分けてくれた。

隠匿物資は旧日本軍が国民から供出させた貴金属やダイヤモンド、さらには戦後のどさくさにまぎれて軍需工場から持ち出したものまで多岐にわたった。銃弾薬と同じように爆薬に利用できる化学肥料にも進駐軍は目を光らせ、生産工場から押収した化学肥料があった。

その押収物資を管理しているのがその将校だった。それを闇市に流せば莫大な利益を生むことになる。車忠孝は父親に代わってその化学肥料の横流しができないか、それとなく将校に尋ねると、利益の六割を戻せば山積みの化学肥料を譲るといってきた。元手はゼロで利益の四割が手元に残るのなら、こんな儲け話はない。

しかし、大っぴらにやれる商売ではない。進駐軍への根回しはその将校が担当した。伊勢崎O地区周辺の山の斜面には防空壕が掘られ、それがそのまま残っていた。キャンプから密かに持ち出された肥料は防空壕に分けて保管した。東京近郊はなるべく避けて、肥料は埼玉、群馬、茨城、栃木の農家や開拓団に売ったり、闇市で売れる米などに交換したりした。

米軍から横流ししてもらった化学肥料を大々的に売り出すことができたのは、朝鮮戦争の真っ最中だった。肥料の横流しに協力してくれた将校が朝鮮半島で戦死してしまった。車忠孝の父親は律儀にも蓄えた金すべてを遺族に渡した。その代わり防空壕に残された肥料はすべて自分の所有物にしてもらった。

濡れ手に粟とはこのことだと思った。それでも車一家は派手な生活は避け、以前と同じ下肥と畜糞を集める生活を続けた。ある程度の金が貯まると、車一家は土地を購入した。車一家は密かに一財産を築いていた。

朝鮮戦争は三年間続いたが、停戦協定が結ばれ砲声は止んだ。北朝鮮の指導者、金日成は日本にいる在日同胞を迎え、ともに社会主義国家を建設しようと呼びかけた。朝鮮統一連合会も共和国を「地上の楽園」と宣伝し、「発展する社会主義祖国」「教育も医療も無料、祖国はすべてを保障する」「完全就職、生活保障」「住居を与える」と夢のようなスローガンを在日同胞に掲げた。

一九五九年から始まった北朝鮮への帰還者は、一九六〇年に四万九千三十六人が帰国し、その数は二年間で五万千九百七十八人に上った。一九六七年までに八万八千六百十一人に達し、以後三年間は中断するものの一九七一年から再開され、一九八四年までにのべ九万三千三百八十人が北朝鮮へ帰還した。

帰還事業が一気に熱を帯びたのは、朝鮮統連の帰国を煽る宣伝があったことも事実だが、日本での差別に満ちた生活と、貧困から解放されたいという思いが強かったのも大きな一因だった。

高まる帰国熱に、車忠孝自身も共和国への帰国を考えなかったかと言えばそれはウソになる。しかし、両親もそして車忠孝自身も韓国の釜山出身で、両親は釜山で死にたいとしきりに訴えていた。両親は戦後の過酷な労働に、身体を壊し、休戦協定が発効した頃には、床に伏せっている時間の方が長くなっていた。

それまでに購入した土地を売却すれば、釜山で商売を始めるくらいの資金にすることはできた。その頃はまだ日本の治安は不安定で、韓国への密出国、韓国からの密入国がかなり自由に行なわれていた。目的は朝鮮特需で復興した日本の製品を韓国に密輸出することだった。しかし、密出国、密入国で一時帰国した同胞から寄せられる情報では、釜山は一時北朝鮮軍に占領され、荒廃しきっているという話だった。

「今は帰国の時期ではない」

誰もが口を揃えたように言った。

朝鮮半島は停戦と同時に、三八度線以北をソ連が、南側をアメリカ軍が分割占領した。それが南北分断につながるとは誰も考えてはいなかった。しかし、犬や猫に餌を与えるような目で自分たちを見るアメリカ人が三八度線以南を占領した。それだけでもアメリカ人に反発を覚えた。

車忠孝は大韓民国民団ではなく統連に加盟した。金を儲けさせてくれたのはアメリカ軍だったが、そのアメリカ軍が統治している韓国よりも、社会主義国家を自ら建設しようと呼びかける金日成に共感を覚えた。それは差別されるばかりのそれまでの人生の反動だったのかもしれない。しかし、両親を残して自分一人が共和国に帰還する気持ちもなかったし、混乱の残る韓国に引き上げるつもりもなかった。

もう一つ、共和国への帰国を思いとどまったのには理由がある。南美子との結婚を機に、義父の南相万と組んで同一化学工業を起こしたのだ。資金を南相万が出し、土地を車一家が提供した。その事業が軌道に乗り、予想以上の利益を上げた。以前とは比べようもない豊かな生活を送るようになった車忠孝の両親も、釜山に帰りたいとは言わなくなった。

数年もすると共和国に帰国した家族から物資を求める手紙が舞い込むようになっていた。宣伝ほど共和国の建設は進んでいないのではと思うようになったことも、共和国への帰還を思いとどまった一因でもある。

肥料製造事業は順調で、車忠孝は朝鮮統連の中で商工人としては立身出世の人物として知られるようになった。北朝鮮への経済的貢献度も十指に数えられる。経済的には共和国の再建に貢献してきたという自負心はある。どこの国からも侵略されない強力な国家を再建し、差別などされない民族を確立するために、車忠孝は会社の利益を惜しげもなく北朝鮮に注ぎ込んできた。

港区高輪に建てられた自宅にも、一人暮らしをする前橋市のマンションにも金日成、金正日父子の写真はもとより、共和国から贈られた勲章やメダルが飾られていた。

車忠孝が共和国の発展ぶりを自分の目で確かめようと、初めて北朝鮮を訪ねてから三十年以上が経過した。あの時の高揚感は今でも鮮明に覚えている。しかし、いつの頃からだろうか、そうしたものは薄れ、逆に息苦しさと鬱陶しさだけが車忠孝の心を占めるようになった。


高麗航空は旧ソ連時代に造られたイルユーシンやロシア製のツポレフを使用しているが、騒音だけではなく安全性にも問題がありEU諸国への高麗航空機の乗り入れは禁止されている。北朝鮮国営の航空会社だが、さすがに気分は落ち着かない。

車忠孝を乗せた高麗航空機は降下を開始した。眼下に広がるのは、岩肌をむき出しにした荒涼とした山々ばかりだ。旋回すると窓の向こうに滑走路が見えた。

高麗航空機はまたたく間に降下し、主脚の車輪が軋むような音を立てて着陸した。ブレーキとともに体が前のめりになる。二つの滑走路があるものの実際に使用されているのは一本だけで、海外のエアラインもこの空港では見ることができない。国際定期便は中国国際航空だけで、まさに鎖国状態と言ってもいい。

空港ターミナルビルから機体に横付けされるボーディングブリッジはなく、乗客はタラップを下り、バスでターミナルに向かう。空港には迎えの車が待機しているはずだ。

朝鮮統連が発行した朝鮮民主主義人民共和国の旅券を提示し、入国審査を終えてロビーに出た。国際ターミナルなら免税店があり、海外旅行にでかける旅行客や海外からの旅行客で華やかな雰囲気に包まれるが、この空港にはそうした雰囲気はいっさいない。

到着ロビーに出ると、指導員の安昌順《アンチャンスン》が満面の笑みを浮かべながら待っていた。共和国に滞在する間、車忠孝の案内をするのが彼女の役目だが、車忠孝の動きを監視するのが本来の任務だ。

四十代で美人だ。独身で労働党の党員。安昌順との付き合いは十年近くになるが、私生活について彼女が語ったのは独身で、平壌市内で暮らしているということだけで、車忠孝はそれ以外は何も知らない。

共和国の女性にしてはふくよかな顔立ちと体形をしている。化粧はほとんどしていないが、肌は二つに割ったリンゴのように白くみずみずしい。

「車同志《トンジ》、お待ちしていました」

同志という呼ばれ方をし、一時期はささやかな感動を覚えたものだ。国家建設、復興に加わっていることを祖国が認めてくれたような思いがした。自分も朝鮮民族の一員であると実感できたからだ。

安昌順が握手の手を差し伸べてきた。シャネルの白のタートルニットに淡い黄緑色ツーピースを着ている。タートルニットは前回訪朝した時に、車忠孝が彼女に贈ったものだ。それをさりげなく着ている。ツーピースはどことなく日本の戦後を思わせる古いデザインだが、腰のくびれもはっきりと浮かび上がり、体にフィットするように仕立てられたものだとわかる。

「いつ見ても安同志は若くてきれいだ。共和国に来たかいがあるというものだ」

車忠孝は日本語で言った。朝鮮語は理解できるが、今では日本語の方が話しやすい言葉になっている。一方、安昌順の日本語能力も完璧で、苦手とされるPとB、TとD、ZA行の発音も彼女はほぼ完璧に発音した。

車忠孝の荷物はスーツケースが一つと機内に持ち込んだキャリーバッグだけだった。

「お荷物はこれだけですか」

「そうだ」

車忠孝が答えると、彼女が右手を上げただけで、少し離れたところにいた中年の男が駆け寄ってきた。中年の男がトランクを運び、ロビーを出たところには黒塗りのベンツが止まっていた。

中年の男は運転手のようで、車のトランクを開けた。運転手はスーツケースをトランクにしまった。安昌順が後部座席のドアを開けた。

「どうぞ」

車忠孝は後部座席に一人で座り、安昌順は助手席に乗った。

「高麗ホテルにお部屋はお取りしました」

空港から平壌市内まで三十分もかからない。距離的にも近いが、この国には渋滞というものがない。車の台数がそもそも少ないからだ。

高麗ホテルは平壌駅から普通江《ポトンガン》に向かって北に伸びる蒼光山《チャングアンサン》通り沿いにある四十五階建てのホテルだ。チェックイン手続きを済ませた。ベルボーイがカードキーとスーツケースを持ってエレベーターに導いた。安昌順も一緒に付いてくる。高層ホテルで、部屋数は五百と言われているが稼働しているエレベーターは二基だけだ。

四十階の部屋に荷物を運び入れた。窓からはアパートが見えるが、閑散としていて活気が感じられない。走っている車もまばらだ。ベルボーイが部屋を出ると、安昌順が手帳を広げた。

「明日からの日程ですが……」

車忠孝はキャリーバッグからビニールの袋を取り出しながら言った。

「打ち合わせは一階ロビーでコーヒーでも飲みながらしませんか」

安昌順が手帳を閉じた。

一階のコーヒーショップにも客はほとんどいなかった。ウェイトレスがすぐオーダーを取りに来た。コーヒー二つを注文した。

テーブルの上にビニールの袋を置き、彼女の方に差し出した。

「女性の趣味はわからないので、日本で今流行しているものを買ってきました」

中身は成田空港の免税店で買ったルイ・ヴィトンの財布だ。

「いつもお気づかいありがとうございます」

安昌順は丁重な礼の言葉を述べたが、頭を下げるわけでもなくさも当たり前の様子で受け取った。財布の中にはやはり成田空港で両替した百ドル紙幣の新札が十枚入っている。これまでに何度となく安昌順にはコーディネートを依頼してきた。指導員として車忠孝の世話をするのが彼女の役目だが、共和国で仕事を滞りなく進めるには特別な報酬を用意しなければ何一つとして動かない。車忠孝は仕事の難易度に応じて、最初に手渡す報酬額を変えた。

自宅に帰り、財布のドル紙幣を見て、安昌順は今回の車忠孝の訪朝目的が並々ならぬものであることを知るはずだ。帰国する時も、その達成度に応じて報酬を増減させた。

今回は興南の化学肥料工場の視察が目的、と安昌順には伝えてある。車忠孝の肥料会社は八〇年代に入り目覚ましい成長を遂げた。今では日本国内はもとより中国、東南アジアにまで化学肥料を輸出するまでになっていた。その間も、車忠孝は統連を通じて祖国に様々な援助を惜しまなかった。

興南には車忠孝が合弁で築いた興南肥料化学合弁会社がある。その稼働状況を視察したいと共和国当局に申し込んだ。合弁とは名ばかりで、車忠孝が私財を注ぎ込んで建設したと言ってもいい。

日本の植民地時代に、興南に朝鮮窒素肥料会社が造られ、戦前の興南は化学工業都市として発展を遂げた。しかし、朝鮮戦争が勃発すると、興南はアメリカ軍の空爆と艦砲射撃で破壊された。やがて休戦が成立するとソ連、東ドイツなどの支援によって復興、北朝鮮の工業都市として発展してきた。

ソ連が崩壊した後、在日の商工人が代わって興南への支援を行なってきた。車忠孝もその一人だった。共和国で化学肥料が生産できれば、農業生産量も飛躍的に伸びるはずだ。そう考えて化学肥料製造のプラントを建設した。

その工場が順調に稼働していれば、人民が飢えるはずがないのだ。生産に支障をきたしている理由があれば、改善策を見つけ、共和国に再び貢献したいと車忠孝は訪朝目的を伝えておいた。

「明日、午前八時に平壌を出発して興南に向かいたいと思います。私は七時にお迎えに上がります」

安昌順はそれだけしか説明しなかった。興南肥料化学合弁会社で生産されている肥料がどれくらいなのか、予めデータを用意してほしいと言っておいたが、そうしたものはいっさいなかった。事前に工場の稼働状況について説明があると思ったが、それもなかった。共和国ではすべてが秘密のベールに覆われ、どこに行っても国家安全保衛部や社会安全部の目が光っている。平壌市内を一歩歩くにも、労働党の許可が必要となる国家なのだ。安昌順自身、指導員と呼ばれているが、保衛部に所属している可能性もある。

安昌順が帰ると、部屋から日本に連絡を入れた。無事に平壌へ着いたと報告するだけで、それ以上のことは何も話さなかった。どこかに盗聴器が仕掛けられているからだ。

高麗ホテルは党幹部や外国人が宿泊する特級のホテルだが、夜になると周囲は暗く、日本の寂れたシャッター商店街以下だ。平壌に住めるのは共和国の中でもエリート層だが、電力不足はそれほど深刻な状態なのだろう。

車忠孝は一階のレストランで簡単に食事を済ませ、部屋に戻り浴槽に湯を満たした。予想した通りぬるま湯で熱くはならない。しかし、平壌を離れてしまえば、風呂どころかシャワーさえ浴びることができなくなる。その晩はぬるま湯につかり、早々とベッドに身を横たえた。

翌朝、ちょうど七時に電話がなった。

「よくお休みになれましたか」

安昌順の控え目な声が聞こえてきた。

「すぐ降ります。一緒に朝食を」

車忠孝はエレベーターで一階に降りた。途中一度もエレベーターは止まらなかった。宿泊客は極端に少ないのだろう。ロビーには安昌順と昨日とは違う運転手が待っていた。運転手は白いワイシャツに黒のズボンという姿だが、運転だけではなく今回の旅行のボディガード役も兼ねているのはすぐにわかった。肩の筋肉の盛り上がり方や鋭い視線は、鍛え抜かれた軍人の体型だった。

「張奉男《チャンボンナム》です」

ニコリともせずに握手を求めてきた。

三人でテーブルに着いたが、朝食はバイキング方式で、品数も量も豊富だ。日本のホテルと何ら変わるところはない。伝えられているような国民の飢餓状態は想像できない。張奉男は一言も発することなく黙々と食事をしているだけだった。

平壌から興南まで鉄道を利用しようと思えば鉄道で行けるが、とにかく電力不足でほとんど麻痺状態と言ってもいい。日程が立たないのだ。

「四日遅れなら正常、一週間遅れなら普通、十日でも大丈夫」

こんなことが平然と囁かれている鉄道では、いつ目的地に着くかわかったものではない。

平壌から日本海に面した元山《ウォンサン》までは、南北に走る彦真山脈《オンジンサンメック》、馬息嶺山脈《マシックリョンサンメック》を貫いて高速道路が結び、約二百キロの道程だ。そこから海岸線にそって百キロ北上すれば興南に着く。

何十回となく訪朝してきたが、車でこれほど長い距離を移動するのは、車忠孝にとっても初めての体験だ。在日同胞の祖国訪問団は万景峰号で清津に入港し、そこからは寝台夜行列車での移動が多い。それは昼間の光景を在日同胞に見られたくないからだ。たとえそれを見られたとしても、日中移動をあえて許可したのは、共和国当局が車忠孝の支援に多大な期待を寄せているからだろう。

食事を早々と済ませ、一行は平壌市内を抜けて高速道路に入った。高速道路といってもガードレールがあるわけでもなく、道路の端を人が歩いている。まず目につくのは、冬に備えて暖を取るための枯れ草や枝をかき集めて、背中に背負っている人たちの群れだ。着ているものも粗末で、日本のホームレスでもあれほど惨めな衣服を着ている者はいないだろう。山の木々は燃料にするためにすべて伐採され、いたるところで山の斜面から崩れ落ちた土石が道路にまで流出していた。

時たますれ違ったり追い抜いたりする車に出くわす。例外なく白い煙を上げ、ノロノロと今にも止まってしまいそうな速度で走っている。トラックは旧ソ連製のものをモデルに製造した「勝利五八型《スンリオパルヒョン》」でジープは「更生六八型《ケンセンユックパルヒョン》」だ。平壌市内でも、郊外に出ても、故障しているのはどちらかの車両だ。

燃料のガソリンが不足しているために両方とも木炭車に改造してある。車体後部に木炭ガス発生炉を設け、木炭やマキを燃やし不完全燃焼を起こさせる。発生した一酸化炭素が高温になったところで水を加え、水蒸気を一酸化炭素と結合させ、木炭ガスを発生させる。そのままでは炭素が多いので、遠心分離機、ろ過器、清浄器を通してきれいにして、そのガスをエンジンで燃焼させるのだ。エンジン出力はガソリンとは比べようもなく低く、登坂力は極端に弱くなった。

日本でもガソリンが不足し、木炭車が走っていた時代が終戦まで続いた。しかし、物資が枯渇した日本でさえ、木炭を用いていた。共和国には木炭もなく、トウモロコシのキビを燃料に用いていた。

車忠孝は思わずため息をついた。

〈共和国は日本の戦前以下だ〉

助手席に座っている安昌順が後ろを振り返りながら言った。

「何か……」

「いやなんでもない」
「もう少しで元山に着きます。そこで昼食にしましょう」
張奉男がアクセルを踏み込んだ。前にはエンジンが破裂しそうなけたたましい音を上げ、真っ白な煙を撒き散らしながら「勝利五八型」トラックが走っていた。追い抜くと荷台には、どこかの農場に労働奉仕に行くのか、立錐の余地もなく男も女も立ったまま、追い抜いていくベンツをうらやましそうな視線で見つめていた。

張奉男は運転している間はほとんど何も話すことはなかった。元山市内の地理にも詳しいのか、安昌順が何も指示を出していないのに、最初の目的地にベンツを止めた。巨大な金日成の銅像が立っていた。

車忠孝は慣れたもので、ベンツから降りると銅像の前で敬意を表してお辞儀を繰り返した。金日成像にお辞儀をする三人を遠くから通行人が眺めている。銅像の背後には元山革命博物館があり、さらにその裏手には元山国際ホテルがあった。

元山は興南、咸興《ハムフン》と並ぶ北朝鮮の工業都市で、植民地時代には元山は日本とを結ぶ港町としても知られていた。しかし、潮の香りがする港町には活気というものが感じられない。

「昼食はホテルでする予定になっています」安昌順が言った。

再びベンツに乗り、張運転手はホテルに着くと駐車場に車を止めた。一階にあるレストランの窓際のテーブルに三人は座った。正面に真っ青な海が広がり、浜辺には砂浜が続いている。東海岸最高と言われる松濤園海水浴場《ソンドウォンヘスヨッジャン》だ。美しい真っ白な砂浜が広がるが、砂浜には観光客らしき人影はない。夏になれば子供を連れた海水浴客でこの松濤園がにぎわうという説明だが、本当なのだろうか。それくらい人一人いない寂しい砂浜だ。

右手には葛麻半島《カルマバンド》、左手には虎島半島《ホドバンド》が細長く突き出ている。湾の中に浮かぶのは今にも沈没しそうな老朽化した漁船だけだ。北朝鮮でいい暮らしができるのは「幹部、漁夫、寡婦」と言われている。賄賂《わいろ》が横行し、労働党、政府機関、保衛部、安全部の幹部はそれぞれの権利を不正に利用して私腹を肥やす。漁夫は中国を相手に魚の密売をして外貨を稼ぐことができる。寡婦は幹部の愛人になり、生活の面倒をみてもらえる。それが楽に暮らせる理由だ。

しかし、元山の寂れきった港町に漂う重苦しい雰囲気からは、漁民が魚の密売をして潤っているとは到底思えなかった。

ホテルのレストランには、東海で獲れた魚を使った料理のメニューが並んでいた。

「何を召し上がりますか」安昌順が尋ねた。

「お任せしますよ」

車忠孝にはアワビ粥とタコの炒め物のナクチポックム、カニの漬物のケジャン、彼女と張奉男には海鮮鍋のヘムルタンを注文した。ホテルで食事をしている限り、この国が飢餓状態にあることなど想像もつかない。

東西冷戦が続いていた一九六〇年代は旧ソ連の援助もあり、食糧の配給もあれば労働者への給与の支払いも滞ることはなかった。金正日は六〇年代後半からは「親愛なる指導者」と呼ばれていたが、七〇年代からは「共産主義未来の太陽」と称賛され、この頃から金日成から金正日への権力の移譲が始まった。それと同時に食糧の配給量が減ってきた。

八〇年代は「人類が生んだ傑出した英雄」と称えられたが、人民大衆は「英雄」の下で食糧を手に入れるために狂奔するようになる。味噌、醤油、塩、食用油の配給もあったが、いつの間にかそれもなくなり、米は本来配給されるべき量の一五パーセント、多い時でさえ三〇パーセントの配給で、それを補充するのはトウモロコシだった。

人民は配給票を持って朝早くから並んで配給物資を受け取った。いつなくなるかわからないから、配給日には長蛇の列ができた。配給物資は各地方の食糧事業所から配給所へと運搬されるが、運搬用のトラックが手配できずに事業所に配給物資が留め置かれてしまう事態が起きた。トラックが手配できてもガソリンが手に入らなかった。

こうした時には、食糧事業所から配給物資の輸送に貢献した人民に、つまり配給物資を背負って運んだりガソリンを闇で仕入れてきたりした者に優先的に配給が行なわれた。

人民大衆は八〇年代まではなんとか自分たちの力で生き延びてきた。こうした現実を知ったからこそ、車忠孝は食糧増産に貢献したいと化学肥料工場を築いたのだ。しかし、北朝鮮の農業生産量は増えるどころか減少する一方で、九〇年代になると餓死者が出るようになった。

九〇年代に入り、世界の社会主義国が崩壊していった。一九九四年に金日成が死亡し、金正日は「偉大なる領導者」と崇められた。皮肉にも平壌以外の都市部でも、さらに地方都市、農村では給料の不払いが常態化し、配給物資が途絶えるようになった。

こうした情報は断片的にだが、共和国を家族訪問した在日の友人からそれとなく伝わってきた。車忠孝は統連に所属していたが、共和国に帰還した家族はいなかった。興南に化学肥料工場を建設した後は、会社の実質的な経営は長男の基福に譲り、統連とも距離を置くようになった。力の限りは尽くしたという思いもあった。それでも寄付を求められれば、それなりの資金は拠出していた。後は若い人たちが共和国に貢献し、支援をしていくだろうと思った。

しかし、長男の基福は共和国に対する父親の関わり方を覚めた目で見つめていた。金日成、金正日から贈られた勲章やメダルなど名誉が欲しくて工場を建設したのではない。それは基福も十分にわかってくれていた。差別と闘い貧困から這い上がってきた父親を敬ってくれたし、貧しさに喘ぐ同胞を救いたい一心だということも理解してくれた。だが基福は共和国に対しても、民族に対しても車忠孝とはまったく違う考え方をしていた。基福は車忠孝に相談もせず、日本に帰化し、車谷基福を名乗っていた。これからも日本で生きていく以上仕方のないことで、車忠孝はそのことについて何も言わなかった。

車忠孝が訪朝を控えるようになったのは年齢的な衰えもあるが、もう一つは拉致問題が明らかにされたことだ。中学生を拉致して北朝鮮に連れていくなど、どんな理由であれ許されることではない。

〈自分としてはやれるだけのことはやってきた〉

そう自分に言い聞かせて、拉致事件の情報には目をつぶり、耳を塞ぐような生き方をしてきた。しかし、二〇〇〇年に入り訪朝した友人から看過できない情報が伝えられたのだ。車忠孝が私財を投じて建設した肥料工場が完全に廃墟と化していたというのだ。それが工場視察の訪朝につながったのだ。

車忠孝はアワビ粥を半分ほど食べたところで箸を置いた。しかし、連れの二人は遠慮するということを知らないのか、ヘムルタンをたいらげ、残ったスープに白米を入れた雑炊をウェイトレスに作らせた。車忠孝がほとんど手を付けなかったケジャンにむしゃぶりついている。

ケジャンは新鮮なカニをコチュジャンや醤油で漬けたものだが、手に持って甲羅をかじり、カニの肉を絞り出すようにして食べる。

車忠孝は窓に目をやり、なるべく二人の食べているところを見ないようにした。外を歩く人民大衆は誰もがやせ細り、そして日本人に比べると背が低く、貧弱な体型をしていた。十分な栄養を摂っていないのは歴然としている。

一般の人民は製粉所で細かく砕いたトウモロコシの粉を粥にしたり蒸したりして食べていた。粥には野菜を入れるか、野菜がなければ食べられる野草を入れ、塩で味付けできればごちそうの部類に入った。キムチなどはぜいたく品の一つになっていた。

目の前の二人は平壌市内で恵まれた生活を送っているのだろう。それでも新鮮な海の幸をふんだんに使ったヘムルタンやナクチポックムは珍しいのか、黙々と食べている。二人は米粒一つ残さず食べきった。器は犬が嘗めたようにきれいだった。朝鮮の風習では少し残すのが礼儀とされ、すべてを食べきってしまうのは卑しい行為とされていた。

食事をしている間、レストランの窓からは海岸に流れ着いた海藻や貝を拾っている数人の老婆が見えた。二人には何の感慨もないのだろうか。食べ終わると、「チャルモゴッスムニダ（ごちそうさまでした）」と満足げに安昌順が言った。

二人の口の周りはコチュジャンで赤く染まっていた。二人があさましく思えた。食べる姿がだらしないというのではない。自分たちの母親ほどの年齢の老婆が、砂浜を何度も往復しながら食糧を探している姿に心を痛めている様子などまったくなかったからだ。二人にとってはぜいたくな食事にありつけるのも役得の一つなのだ。

元山を出発すると海岸線に沿って北上する幹線道路を走った。

「咸興市までどれくらいかかるの？」安昌順が張奉男に聞いた。

「二時間くらいはかかると思います」

元山から咸興までは百キロ程度の道程だが、幹線道路とはいえあちこちに穴が開き、スピードを出して走ることができない。高速道路とは違って外の風景をよく観察することができる。

元山を出ると文川《ムンチョン》、川内《チョンネ》、平壌からの鉄道が交差する高原《コウォン》、さらに金野《キムヤ》、定平《チョンピョン》を経て咸興市に入るが、この間に故障し、立ち往生している「勝利五八型」トラックを何台も見た。馬力が弱すぎて坂道は登れないらしく、トラックから労働者全員が降りて押していた。

元山から海岸線に沿って清津、羅津《ラジン》、ロシア国境に近い先鋒《ソンボン》まで鉄道が結んでいるが、鉄道輸送は電力、燃料不足でいつ走るのかわからない状態だ。信頼できる輸送手段は「勝利五八型」か、徒歩しかなく大人も子供も、男も女も背中に籠を背負って歩いている姿が目立った。

咸興市と興南はわずか数キロの距離だが、興南には適当な宿泊施設がないらしく、咸興市の麻田観光休養所《マジョンカァングァンヒュヤンソ》に宿泊すると、咸興市に着いてから安昌順が言った。

翌朝、ベンツに乗り込むと燃料計は満タンになっていた。安昌順か張奉男のどちらかが予め手配させておいたのだろう。

興南肥料化学合弁会社の現実は車忠孝の予想をはるかに上回っていた。安昌順に生産状況を知らせてほしいと頼んだが、返事はいっさいなかった。答えようがなかったのだ。化学肥料の生産はゼロだった。

工場入り口にベンツが着くと、守衛らしき人物が黙って錆びついた門扉を開けた。車を中に入れると、守衛室から見覚えのある男が出てきた。地元の党幹部でもある孫《ソン》工場長だった。

「オレガマンイムニダ（お久しぶりです）」

ベンツから降りた車忠孝は握手するのも忘れて、呆然と工場を見つめていた。稼働している音も聞こえなければ、労働者の姿も見えない。

「いったいどういうことなんだ……」

車忠孝は思わず声を荒らげた。

「車同志が驚かれるのは無理もありません」

しかし孫工場長には責任を感じている様子はない。

「今、ご説明します」

孫工場長は守衛室に車忠孝と安昌順を導き入れた。

「偉大なる領導者の下で、車同志の献身的祖国愛に応えるためにも、労働者一丸となって速度戦、突撃戦を果敢に挑んできました。帝国主義者たちは不遜にも偉大なる領導者がお導き下さる朝鮮民主主義人民共和国に対して、様々な妨害工作を仕掛けてきています。それに屈する我々ではありません。偉大なる領導者が共和国の農民のために建設してくださった興南肥料化学合弁会社で、全労働者は一丸となって総突撃戦を展開しているところです。自立更生に向けて現在邁進しているところであります」

孫工場長は車忠孝には理解しがたい説明を始めた。声もひと際大きい。話を聞いているのは車忠孝と安昌順だけだ。安昌順は表情一つ変えずに話を聞いている。聞いているというより聞き流していると言った方がいいだろう。

孫工場長はなかなか守衛室から出ようとしなかった。さらに声が大きくなりくどくどと同じ説明を繰り返している。車忠孝にも孫工場長の思惑が理解できた。守衛室には盗聴器が仕掛けられているのだ。地元の党幹部は、車忠孝の一挙手一投足を監視するように中央の党本部から指令を受けているのだろう。

「孫同志ら皆さんが偉大な領導者の下で、革命的に献身的に共和国に尽くされているのはよくわかりました。私たち日本に住む同胞が今何をなすべきか、それを知るためにも工場内の様子が知りたいのです。案内をしてくれますか」

車忠孝もひと際大きな声で言った。

「もちろんです」

ようやく孫工場長は守衛室を出た。

工場は廃墟と化していた。日本から持ち込んだ蛍光灯ランプはすべて外されていた。万景峰号に交換用のランプも大量に持ち込み、運んできたがおそらく闇市に流れて一本もないだろう。化学肥料を生産するパイプラインはすべて取り外され、跡形もなくなっていた。

工場内には電源を入れるスイッチボックスが壁際に備えられていたが、スイッチどころか電線がことごとく引き抜かれていた。

モーターも何もかもが失われていた。十億円以上の私財を注ぎ込んだ工場は、まさに廃屋だった。しかし、そんな工場にも労働者数人が、何をするでもなく腰を下ろして視察する車忠孝らを見つめていた。

「偉大な領導者が我々のために建設してくださった工場の設備を反革命分子が盗み、

ご覧の通りのありさまです。これ以上の盗難を防ぐために交替であぁして警備をしているのです」

孫工場長は歩きながら、安昌順の存在を気にして小声で説明した。彼の話では電力不足は一九八〇年代後半から深刻になり、肥料を生産しようにも電力が供給されず、原料も運ばれてはこなかった。一九九〇年代に入ると事態はさらに深刻な状態になり、給料は支払われず、食糧の配給も止まってしまった。

労働者は交替で工場を守ろうとしたが、反革命分子がこっそりと工場に忍び込み、盗みを働いたということのようだ。しかし工場の荒廃ぶりからはこっそり盗みを働いたとは到底思えなかった。

パイプライン、大型モーター、ベルトコンベア、ローラーコンベア、どれを取っても簡単に運びだせるものではない。組織的な犯行であることには疑いの余地がない。蛍光灯ランプのように闇市で売れるような品物でもない。おそらく今頃は中国のどこかの工場で利用されているに違いない。

給料ももらえず、食糧の配給がなければ、労働者が働くはずがない。働いたあげくが餓死ではたまったものではない。食糧を得るために何でもするだろう。

工場の設備に目をつけるのは当然だ。興南化学肥料合弁会社に関係する地元党幹部だけではなく、保衛部、社会安全部も関与しているだろう。そうしなければ輸送が不可能だ。鉄道で吉州《キルジュ》まで運び出し、そこから国境の町、恵山《ヘサン》まで搬出し鴨緑江を越えて中国側に売却するか、あるいは清津まで運び、豆満江《トゥマンガン》沿いの茂山《ムサン》まで輸送し、中国に売り渡す。そうして得られた金は幹部で山分けにする。

荒れ果てた工場だが、見張り役を置いているところを見れば、まだ売れるものが残っているのだろう。いずれにせよ化学肥料の生産は不可能だ。設備が完璧に残されていたとしても電気もなく、原料も運ばれてこないのであれば、解体し設備を売却し、一人でも二人でも生き延びた方がまだましなのかもしれない。しかし、末端の労働者にまで利益はいきわたらない。

工場を再建するためには、もう一度最初から建設しなければならないほど、何から何まで奪われていた。

「孫同志、貴重な時間をありがとうございます。早速日本に戻り、我々がなしえる支援を同胞と考えたいと思います。その時にはどうかお力添えをください」

こう言って車忠孝はさらに工場を案内しようとする孫工場長を制して、踵を返した。工場に着いてからまだ三十分も経っていない。

「善は急げ。平壌に戻りましょう」

車忠孝は安昌順を促した。

「車同志、工場の視察はこれでよろしいのでしょうか」

安昌順も呆気に取られている。

しかし、それ以上、その場にいたくなかった。

日本人から差別され、石を投げられ、血を流しながら、それでも死に物狂いで働いてきた。国家を再興することこそがその差別をはねのけるための手段であり、その国家を民族が一丸となって建設する。そのために人生を捧げてきた。十億円という金が急に惜しくなったわけではない。

復員してきたシベリア抑留兵が当時の生活を記した本を読んだことがある。飢えや寒さと闘いながらの強制労働。多くの日本兵がシベリアで亡くなった。ある復員兵が最も苦しかったのは、飢えでも寒さでもなく、穴掘り労働だったと書いていた。

ソ連兵から穴掘りを命じられ、必死に穴を掘る。自分の身長ほどの穴を掘ると次は土を元に戻し、穴を埋めるように命令される。次も場所を変え、穴を掘る。そして埋める。これを何度も繰り返すように命じられるのだ。休めば懲罰が待っている。

何度も繰り返すうちに、日本兵はそれが拷問だと気づく。どんなに必死に汗を流して働いたとしても、誰もそれを評価しないし、自分自身でもまったく意味のないことをさせられている事実を悟る。自分の行為が無意味だと知りながら、果てしなく繰り返さなければならないとわかった時、それは最大の精神的な拷問だったと回想していた。

車忠孝は一九九〇年代に入り、北朝鮮を訪問する機会は減った。横田めぐみをはじめとして、日本人の多くが北朝鮮の工作員によって北に拉致連行されていた事実が明らかにされた。

何度も北朝鮮を往復している車忠孝でさえ、そんな話は最初信じられなかった。しかし、もはやそれが否定しようのない真実だとわかると、北朝鮮への訪問を躊躇《ためら》わざるをえなかった。日本の公安当局の尾行が車忠孝には四六時中付いた。車自身は公安の監視など歯牙にもかけなかった。

長男の基福からは何一つ文句を言われたことはなかったが、会社経営上やはり北朝鮮への支援は支障をきたすようになった。基福の立場も考慮せざるをえなかった。

肥料工場を建設し、共和国再興に自分なりに貢献し、民衆のためにも可能な限り支援をしてきたという自負はある。自分の中では、それで決着をつけたつもりでいた。

車忠孝自身は悠々自適の老後を過ごしていたが、やり残した最後の仕事に決着をつけるつもりで訪朝したのだ。工場見学は、北朝鮮当局を欺くためのものだ。

車忠孝はさっさとベンツに戻り、後部座席に座った。工場視察の後、孫工場長らとの昼食が用意されていたのだろうが、そんなものはもはやどうでもよかった。

張奉男が運転席に座ると、「平壌に戻りましょう」と急かせた。

車の外では安昌順が孫工場長に言い訳めいたことを言っていた。しかし、安昌順の態度は横柄で、彼女の地位の方がはるかに上であることは傍目にもわかる。彼女が助手席に座ると、ベンツはすぐに走り出した。

その日の夕方には平壌市内の高麗ホテルに戻っていた。

ホテルのチェックイン手続きをすませ、一階のコーヒーショップでコーヒーを飲みながら車忠孝が言った。

「明日、またホテルに来てくれますか。お願いしたいことがあります」

「どんなご希望でも遠慮なさらずにお申し付けください」

「ありがとう。安同志には明日から無理難題をお願いすることになりますが、なにとぞよろしくお願いします」

興南視察は予定通りに消化することができた。車忠孝の訪朝の目的は翌日からの日程にかかっていた。

「どのようなご要望でしょうか」

安昌順の表情にわずかだが不審と不安の色が滲んでいる。

「今晩、よく整理しておきます」

こう言って車忠孝は部屋に入った。

結局、肥料工場は鉄クズのかたまりと化していた。金日成は「人民に米と牛肉のスープを」とスローガンに掲げていたが、米の替わりにトウモロコシの粉を食い、牛肉スープの替わりに野菜クズや野草のスープをすすっているのが共和国の現実だ。工場で生産される肥料で人民の暮らしが楽になるなどというのは、車忠孝が描いていた夢物語でしかなかった。

工場から運び出されモーターや銅線、様々な備品などの売却益が回ってくる幹部はまだいい方だろう。しかし、一般の労働者はどうやって生きているのだろうか。朝鮮半島の東側は平野も少なく、戦前から工業都市として繁栄してきた。興南の近くには炭鉱があるが、電気がなければ当然、採炭量も減少する。

炭鉱労働者には優先的に食糧の配給が行なわれていたが、それも一九九〇年代に入ると、減り始め、今では炭鉱労働者にも食糧配給は届かない。彼らはツルハシとスコップで掘り出した石炭を、食糧と交換したり、売ったりしてかろうじて生活を維持している。

咸興、興南の工場労働者たちは、金を出し合って石炭を購入する。その石炭を自分たちで担ぎ、売却しささやかな利益で生活するのだ。元山から咸興、興南までの道路で見かけた人々は籠を背負っていた。中身は石炭や物々交換可能なものが入っていた。

あるいは集めた金を元手に中国国境の咸鏡北道《ハムギョンブックド》の茂山、両江道《ヤンガンド》の恵山まで行き、中国産の小麦などや衣服を買い込み、それを共和国の闇市で売りさばき、その利益を皆で分けて生活する。そうでもしなければ末端の労働者はこの国では生きていけないのだ。

そうした行為は見つかれば当然罰せられる。しかし、保衛部も安全部も目をつぶる。党幹部や保衛部や安全部には、配給物資は優先的に回される。石炭などは「勝利五八型」トラックで炭鉱から運び出されて、各家に配達もされる。それを優先的に受ける見返りとして、彼らは一般労働者の違法行為を大目に見るのだ。

優先行為を最も受けられるのは、平壌に住む党幹部、軍幹部、保衛部、安全部の幹部クラスで、彼らには一般労働者とは異なる広くて設備の整ったアパートが与えられる。

健康で重労働に耐えられる働き手がいる家庭はまだ生きられる。しかし、男手を失った家庭では女性が働くしかない。子供が幼ければ、栄養失調で死んでいく。病死扱いになるが、実際には栄養失調、餓死で死亡する子供が八割から九割に達するのではないだろうか。

飢えをしのぐために、松の木の皮を剥いで、それを餅にして食べなければならないほど食糧は枯渇している。木の皮もすべて剥いでしまうと枯れてしまうので、一本につき五十センチまでとまことしやかに伝えられ、それ以上剥ぐと罰金刑が科せられると言われている。

中国との国境を流れる豆満江にはいくつかの橋が架けられている。共和国に入ってくる朝鮮族や中国人の商人に手紙を託し、延辺朝鮮自治州にいる親戚に支援を頼む人が橋の周囲にはあふれている。彼らは支援にきてくれるかどうかもわからない親戚を国境で待ち続けるのだ。

そして国境周辺には売春目的の女性も多い。中にはまだ十代と思われる少女さえいる。朝鮮族の商人や中国人相手に体を売れば、一晩の宿と温かい食事、そしてトウモロコシの粉で作った餅二十個を買う現金が手に入る。

北朝鮮の親戚を訪問してきた在日同胞は口を揃えたように言う。

「時間が止まってしまったようだ」

車忠孝はそうは思わなかった。時間が止まるどころか、北朝鮮は時間が過去に戻ってしまったと言い直すべきだと思った。そして朝鮮の歴史の中で、民が餓死するほど貧しかった時代はこれまでに一度もなかった。日本の植民地支配もここまでひどい収奪をしなかったのではないかと思う。現在の貧困はそれ以上で、人々から生きる気力も希望もすべてを奪ってしまったように思える。

第三章　破壊された農村

車忠孝は平壌から空路で帰国するのを取り止めた。止めたと言っても当局が認めなければ来た時と同じ高麗航空で北京に戻るしかないのだが。

興南から戻った翌日、二人で朝食を摂った後、「相談がある」と言って車忠孝は自分の部屋に安昌順を招き入れた。

「ご相談っていうのはどのようなことでしょうか」

安昌順に訝る様子がうかがえる。当然、二人の会話は盗聴器によって聞かれているだろう。車忠孝はひときわ大きな声で答えた。

「今回は鉄道で新義州《シニジュ》から中国側に入ってみたいんだ。新義州経由で日本に戻れるように取り計らってほしい」

安昌順に計画を打ち明けた。

「そんな大変な方法を取らなくても、車同志には高麗航空がお好きな日にお席をご用意します」

鉄道で新義州まで行くには、平壌を出ると、西平壌—西浦—間里—順安—石岩—漁波—粛川—文徳—大橋—新安州青年—清川江—孟中里—雲田—雲岩—古邑—定州青年—下端—郭山—路下—宣川晴江—東林—塩州—内中—龍州—龍川—楽元—南新義州を経て新義州青年駅に到着する。新安州、定州、新義州の三駅だけは末尾に青年駅と付くが、正式名を呼ぶものはほとんどいない。

「農業地帯を視察してみたい」

北朝鮮の穀倉地帯は黄海側の黄海南道《ファンヘナムド》、黄海北道《ファンヘブックド》それに平安南道《ピョンアンナムド》で、この三道で北朝鮮の水田面積の七割を占めると言われている。

黄海南道、黄海北道、特に黄海南道は三十八度線に近づくために、軍事施設が増えて視察するためには多くの困難が伴う。それで車忠孝は平壌の北にあたる平安南道、平安北道《ピョンアンブクド》を見て、新義州から中国に入りたいと希望を述べたのだ。

頭の回転の速い安昌順のことだ。最初に渡した一千ドルの意味を理解したはずだ。そして、車忠孝の期待に応えれば、新義州でさらに一千ドルか二千ドルの報酬が得られると計算しているに違いない。

「またどうして農業地帯の視察を希望なさるのでしょうか」

「興南の肥料工場を安同志の案内でつぶさに見学することができました。アメリカ帝国主義の策謀によって生産は一時止まっています。しかし、そんな謀略にわが民族が負けるはずがありません。金正日将軍の指導の下に、アメリカに怒りの鉄鎚を下さなければなりません」

普段は物静かな車忠孝が激した口調で話し始めた。彼女も車忠孝が自分にではなく、盗聴器に向かって話しているのを理解しただろう。ひとことも口を挟まずに聞いている。

「平安南道、あるいは平安北道では秋の収穫は終わっていると思います。そこで、土壌をつぶさに見て回りたいのです」

「土壌ですか」

安昌順にも、車忠孝の申し出は意外に思えたのだろう。

「そうです。私は化学肥料の専門家です。農業生産力を上げるためにはどんな肥料が必要なのか、実際に土壌を見て、今年の生産の様子を農民から聞けばだいたいはわかります」

地元の農民と直接話をするには、保衛部上層部の許可がいる。

「ご承知の通り、日本の制裁措置によって、今新潟港から肥料を共和国に運び入れることはできなくなっています」

日本は北朝鮮に様々な制裁措置を取っている。

「そこで一度中国に肥料を輸出し、それを共和国が買い入れるという方法で肥料を運び込み、わが祖国の穀物増産に貢献したいと考えています」

　事実が露見すれば、車忠孝は日本の警察に逮捕される可能性は十分にある。法を犯してでも肥料を運び入れると宣言しているようなものだ。安昌順がテーブルに身を乗り出し、車忠孝の顔を見つめた。

「肥料は丹東からトラックで運び込むのですか」

　丹東は新義州から鴨緑江《アムロクカン》を渡った中国側の街だ。

「トラックの二、三台分では足りないでしょう。船便で大連に運び、それを丹東まで輸送し、新義州から貨車で各地に肥料を順番に降ろしていきたいと思っている」

　安昌順から宝くじが当選したような笑みがこぼれる。この計画は、保衛部の決定だけでは不十分で、鉄道省も巻き込む話だ。そしてこの計画に関わる人間にとっては、何万ドルかを手に入れることのできるビッグチャンスなのだ。車忠孝が思い描いているように大量の化学肥料を持ち込んでも、その大半は再び中国側に売却され、その売上金が腐りきった共和国の高級官僚から末端の小役人、軍人らによってむしり取られていくのだ。おそらく目の前の安昌順にも数万ドルのおこぼれが回るはずだ。

「いろいろ難しい問題は出てくると思うが、私が共和国に寄せる思いを理解してもらい、最大限の便宜を図ってほしい」

　車忠孝は胸ポケットから一通の封筒を取り出し、無言で目の前の安昌順に差し出した。彼女も心得たもので、何も言わずにそれを受け取り、中身を確かめた。一千ドル入っている。

「車同志の気持ちは承りました。二、三日お時間をいただけますか。視察が可能かどうか、各方面に働きかけてみます」

伝えるべきことはすべて伝えた。安昌順の地位がどのくらいなのかわからないが、これまでにも無理な依頼はしてきた。彼女はそれにも応えてくれた。その経験から党幹部、軍部にも太いパイプがあることは想像できた。あとは安昌順が結果を出すか、それを待つしかない。

「今日これから特別な視察の希望がおありにならなければ、この件について早速調整してみたいのですが、よろしいでしょうか」

「私のことだったら気になさらずに、依頼の件を優先させてください」

安昌順は早速動き出した。保衛部、軍部、鉄道省とかけあう部署はいくつもある。飢えた人民のことなどまったく眼中にない連中が、彼女の周囲には蜜に集まる蟻のように群がってくるはずだ。腐敗した官僚たちは車忠孝に自由に視察をさせ、丹東から新義州に肥料を持ち込ませるためには、あらゆる便宜を図るだろう。

安昌順から朝と晩、一日二回は電話が入った。

「何かお困りのことはありませんか」

車忠孝はホテルの部屋にこもったまま外出することはなかった。平壌市内はほとんど歩き、行ってみたいと思うようなところはなかった。平壌で暮らす人民の多くは特権階級で、金正日体制の恩恵をこうむっている。そんな人民の顔など見たくもなかった。せいぜいホテルの周辺を散歩する程度だ。食事もすべてホテル内のレストランで済ませた。

三日目の夕方、安昌順がフロントから電話をかけてきた。

「ご報告したいことがあります」

結果が出たのだろう。盗聴されている部屋より、外のレストランの方が彼女も話をしやすいと思った。

「ホテル内のレストランは飽きたので、外で食事をしましょう」

高級レストランのテーブルにも盗聴器が仕掛けられている可能性がある。重要なことは歩きながら話せばいい。一階のロビーに降りると、安昌順はいつもより念入りに化粧をしていた。口紅はかなり濃い色を使い扇情的だ。

社会主義を標榜《ひょうぼう》していても、しょせんは儒教の影響を色濃く残している国だ。安昌順がどのような出自なのか知らないが、独身女性が指導員という地位にまで辿りつくには、それなりの試練があっただろう。女性としての色香もこの国では当然大いに役に立つのだ。

「どちらのレストランにしましょうか」

車忠孝の希望を尋ねる安昌順は少し疲れ、やつれているような印象を受けた。三日間、依頼されたことをかなえるために奔走していたのだろう。二人はホテルを出た。近くのレストランがいいだろうと思い、蒼光山通りを平壌駅に向かって歩き出した。すぐに平壌駅前デパートが見えてきた。ホテルや駅の周辺は労働党の庁舎や金正日の執務室もある。駅付近にはしゃれたレストランがある。駅前のレストランには党員も多い。

車忠孝は尾行する者がいないか、二、三度後ろを振り返った。不審者はいない様子だ。

「どうでしたか」

「結論から先に申し上げます。視察は可能になりました」

「よかった」安堵の吐息を漏らした。

「車同志、しかし、土壌を実際に見ていただく土地と農民の話を聞く農場については、こちらでご用意させていただきます。どうかその点だけはご理解ください」

「それで十分です」

その答えに安昌順は体中の筋肉が弛緩《しかん》するような表情を浮かべた。

「私も会社を子供に譲り、共和国に貢献するのも今までのように自由にするわけにはいきません。しかし、今回の計画は私財を投げ打ってでもするつもりです。今後もお世話になると思います。どうかよろしく。もちろんあなたにもそれなりの礼は尽くします」

これで車忠孝の意志は相手に十分伝わるはずだ。

「お心づかい感謝します」

レストランはそれほど混んではいなかった。平壌に住めるのは選ばれた人民とはいえ、一度の食事に何百ドルも使う豪勢な食事ができるのはさらに限られた数しかいない。しかし、そこでは視察計画の話を安昌順もしたくなかったようだ。

「出発は明後日の朝です。具体的な日程の相談は明日ホテルの部屋でしたいと思います」

それで車忠孝もすべてを悟った。気のつかいすぎかもしれないが、二人がレストランに入ると同時に鋭い視線を投げつけてきた二人の先客がいた。保衛部や社会安全部の公安関係者のように思えてくる。神経質になり過ぎているのかもしれないが、気をつけるに越したことはない。

二人はプルコギ定食と大同江《テドンガン》ビールを注文した。六本木ヒルズが四月にオープンしていた。彼女はどうしてそのニュースを知ったのかわからないが、六本木ヒルズについて聞いてきた。

「将軍様の指導の下に、平壌にも六本木ヒルズ以上の高層ビルが次々に建設されると思います」

安昌順が言いたいのは、一九八八年に韓国で開催されたオリンピックに対抗して、北朝鮮が建設中の柳京《リュギョン》ホテルのことらしい。「世界一の高層ホテル」を目指して一九八七年から建設に着手、しかし、九二年に工事は突然中断された。中断の原因は資金不足と電力、建設資材の欠如、建設機器の燃料が調達できないことだ。今は雨ざらしになり「世界一高い廃墟」と化していた。

「そうだな。一日も早く柳京ホテルも完成させ、共和国の偉大さを世界に知らしめたいものだ」

さしさわりのない話をしながら食事をした。安昌順は黙々と肉を口に頬張った。北朝鮮の人たちがそうなのか、あるいは彼女がそうなのか、会話を楽しみながら食事をするという習慣がないらしい。国民が飢えているのに、国防費に金を費やし、無駄なホテルを建設している。いつ食事ができなくなるかわからないといった潜在的な不安が、人民の心の底に淀んでいるのかもしれない。そんな政治状況では食事を楽しむどころではないのだろう。

食事を終え、ホテルに戻った。別れ際に言った。

「日程の打ち合わせは、明日の午後にしましょう。あなたの都合のいい時間にホテルに来てください」

平壌を離れれば、視察する農場で現地の党員に謝礼金を渡しながら、視察を進めることになる。日本的な感覚で言えば賄賂という言葉になるが、実際はたかりに近い。そうした煩わしい折衝はすべて彼女の仕事で、ほどほどの金額で便宜をはかってもらう。車忠孝は安昌順を信じ、言われた金額を出すようにしている。そうしなければ労働党党員は、恥知らずの額を平然と要求してくる。賄賂を出すのが当たり前といった表情を浮かべる党員の顔も見たくないし、そんな連中に直接金を渡したくもなかった。

当然、安昌順の果たさなければならない負担は大きくなる。体力を温存してもらうために、翌日の仕事は極力少なくするように配慮したのだ。どうせ日程を組んだところで、これまで一度もその通り進んだことなどなかった。この国では予定など目安でしかないのだ。

次の日の夕方、化粧をしないでラフな格好で安昌順は現れた。コーヒーに誘ったが、出発の準備があるらしく、日程だけを告げられた。

一日目は粛川《スックチョン》の農場、二日目が定州《チョンジュ》だった。車忠孝は共和国の地図を頭に浮かべた。

「三日目に新義州駅午後五時十三分発の北京行き国際列車に乗車してもらいます」

平壌から北京まではおよそ二十四時間かかるらしい。

「一日目は平壌から二時間もあれば十分です。出発は午前十時でいいかと思います」

「わかりました」

安昌順は伝えるべきことを伝えると帰っていった。車忠孝も部屋に戻り、荷物をまとめた。


第一日目、平壌の朝はかなり冷え込んできた。一人で朝食を済ませ、十時十分前にフロントでチェックアウトをしていると、背後に人の気配がした。安昌順だった。十分に睡眠が取れたのだろう。穏やかな顔をして、いつもの控えめな化粧をしている。

「おはようございます」

安昌順の横には、興南まで同行してくれた時と同じ運転手がいた。スーツケースを早々と黒のベンツに積み込んでいる。運転手の張奉男は相変わらず無愛想で、軽く会釈しただけで挨拶さえしない。親しくなるより、その方が車忠孝も妙な気をつかわず気楽だった。共和国では親しくなれば、それだけ出費がかさむ。

しかし、疎遠にしていれば、それはそれでまた不都合が出てくる。車忠孝はトランクを開けてもらった。すぐ横に張奉男がトランクを閉めるために立っていた。スーツケースを開け、中から成田空港で買ったセブンスターのワーカートンを取り出した。スーツタバコを空港でもらったＤｕｔｙＦｒｅｅと書かれた袋に入れ、胸ポケットの財布から彼にも見えるようにして百ドル紙幣三枚を抜き取り、袋の中に入れた。

「無理を言うかもしれないが、よろしく頼む」

こう言って、袋を彼に渡した。

平壌と新義州間は約二百キロ、列車なら四時間程度の距離だ。もっとも電力が通常通り流れ、停電しないならの話だが、そんなことは共和国ではありえない。必ず停電があるのだ。

平安南道はもともと石炭を産する地域だが、穀物生産地である黄海北道、黄海南道と並ぶ共和国の穀倉地帯だ。しかし、東側にそびえる狼林《ランリム》山脈の無秩序な伐採によって、大雨に見舞われると、穀倉地帯は集中豪雨の被害を受けた。

飛行機の上から見た北朝鮮の山々は緑ではなく岩肌がむき出しになっていた。燃料を確保するために山の木々を切りつくしてしまった結果だ。

水害を防ぐには植林をし、堤防やダムを造り、排水路などの治水工事を充実させるしか術はない。水害で荒れた田畑を肥料で地味豊かにしたところで、洪水で流されてしまえばそれまでだ。視察などしなくても結果はわかっている。

二人を乗せたベンツは平壌市内を抜けて北上した。平壌から順安《スンアン》、粛川、文徳《ムンドック》、安《アン》州《ジュ》、博川《パクチョン》まで高速道路が平義線《ピョンイソン》鉄道と並行しながら走り、博川からは東に方向を変えて熙川《ヒチョン》まで伸びている。金正日総書記は平壌周辺の電力難解消を図るために、熙川に水力ダム発電所の建設を計画中と言われている。何度か視察にも訪れている地で、そのために高速道路が整備されたのだろう。

　日本の高速道路のように歩行者や自転車の侵入を防ぐようなガードレールがあるわけでもなく、道路の両側を人が歩いている。車が視界から消えることはあっても、人が途切れることはない。籠や背負子を担ぎながら、男も女も、大人も子供も黙々と歩いていている。その横をベンツが時速七十キロのスピードで走っていく。もっと速く走れそうなものだが、ベンツは一九七〇年代型のもので、日本では走っているのを見かけたことはない。原油の精製技術も悪く、ガソリンそのものが劣悪なのかもしれない。

車内にも排気ガスの臭いが充満している。

　空は真っ青に澄み渡っている。道路の両脇にはポプラが植林され、高速道路に沿って続いている。眼前に広がる風景は、すでに収穫が終わったのか、あるいは収穫らしい実りがなかったのか、荒涼とした田畑が続く。

　車内に充満する排気ガスを新鮮な空気と入れ替えるために、窓を開けた。爽やかな風が空気を震わせながら流れ込んでくる。安昌順が後ろを振り返り尋ねた。

「寒くありませんか」

「いや、排気ガスの臭いがきついので入れ替えようと思って……」

　安昌順も運転手の張奉男もすぐに窓を開けて空気を入れ替え始めた。張奉男はほとんど口を開かないが、日本語が理解できるようだ。何度か同じことを繰り返した。そうしなければ未消化の朝食をすべて吐き出しそうな気分だった。

　粛川から文徳地域は十二三千《ヨルトウサムチョン》里《リ》平野《ピョンヤ》と呼ばれる穀倉地帯だ。定州から博川は雲《ウン》田平野《ジョンピョンヤ》、さらに中国国境に近い塩州《ヨムジュ》から龍川《リョンチョン》地域は龍川平野だ。大雨が降るたびにこれらの平野は洪水に見舞われ、農地が水没している。

　粛川は平壌より北に位置する穀倉地帯の入り口でもある。田畑は雑草一つなく整備されているように見えるが、作業をしている農民の姿は見えない。二時間も走らずに車は高速道路を下りて、粛川の市街地に入った。

　市街地といっても日本のように商店が立ち並ぶわけではない。どこが町の中心部に当たるのか、皆目見当がつかない。張奉男は道順をすべてわかっているのか、周囲の建物の中では立派に見える三階建てのビルの前に来て、車を止めた。

「着きました」安昌順が言った。

　労働党粛川支部のビルだった。一階と二階はオフィスになっているが、三階には宿泊施設が備わっているらしい。ベンツが到着したことがわかると、職員が飛び出してきて、三人を迎えた。張奉男が降りてトランクを開けると、職員がすぐにスーツケースとキャリーバッグをオフィスに運び入れた。

オフィスに入ると、金日成、金正日の写真が飾られ、その前にソファが置かれていた。

勧められるままにソファに腰を下ろすと、当然のことのように対面に運転手の張奉男と指導員の安昌順が座った。支部長らしき人物は、職員が運んできたパイプ椅子に腰かけた。二人の地位の高さを車忠孝は改めて思い知った。

昼食は支部が用意し、昼食が済み次第、農場を見て回るようにスケジュールが組んであるらしい。会議室に通されると、用意されたテーブルの上には、平壌のレストランのように豪華ではないが、食糧難といわれているのに肉料理から魚まで、とても三人では食べきれないほどの料理が並んでいた。その料理には支部長も手を付けない。

車忠孝は排気ガスのせいでそれほど食欲もなく、早々と食べ終えてしまった。

「先に失礼するよ」と言って席を立ち、車忠孝は一人ソファに座り、支部長を呼びつけた。

「水害に悩まされていると聞いている。どんな状況なのか説明してもらえまいか」

車忠孝の素性についてどのような説明を受けているのかわからないが、在日の重要人物程度の話は聞かされているのだろう。それが彼らの態度からうかがえる。

支部長は車忠孝の前に座ると、待っていましたとばかりに説明を始めた。

「金正日将軍様の指導の下に、我々は一致団結して自然災害に果敢に挑み……」

うんざりするが聞いているしかないのだ。おそらくどこかに盗聴器を彼ら自身が仕掛けているに違いない。支部長のくどい説明は労働党幹部に聞いてもらうための演説でしかない。

支部長の説明がひと段落した頃、食事を終えて二人が会議室から戻ってきた。

「困難な状況の中で、粛川の人民たちがいかに英雄的な労働を展開しているかをお聞きしていたところです」

車忠孝も歯が浮くようなセリフを返した。共和国では本音を語ることなどできないのは、百も承知だ。農場を視察し、農民から話を直接聞いたところで支部長と似たり寄ったりの話しか聞けないだろう。真実を語ろうものなら、国家安全保衛部が管理する強制収容所に本人と家族すべてが送り込まれてしまう。

再びベンツに乗り込み、支部長の案内で農地視察に出発した。後部座席には車忠孝と安昌順、助手席に支部長が座った。

支部長は十二三千里平野の南端を流れる小さな川に沿って走るように張奉男に告げた。それほど川幅のある川ではなく、水量も少ない。しかし、集中豪雨に見舞われると、すぐに氾濫し、堤防を破って濁流が田畑に流れ込む。堤防も盛り土をして叩いて固めた程度のもので、上流に降った雨が一気に流れてくれれば、決壊するのは目に見えている。その繰り返しなのだろう。

しばらく川沿いを走り、畑が一面に広がる地区にやってきた。不思議なのはその一帯だけ農民が鍬を握り、畑を耕し、畝を作っていた。支部長がきたのがわかると農民がすぐに集まってきた。車忠孝は土を手で取ってみた。素人が見ても土壌の改良が必要なのは明白だ。土に砂と砂利が混じっているのだ。氾濫した濁流によって川底の小石が畑に流れ込んでしまったのだろう。

「広大な土地が人民の偉大な領導者、金正日将軍様によって与えられ、我々はどんな試練にも打ち勝って、将軍様の期待に応えるべく総進撃を展開します。我々の団結の前には立ちはだかるものなどありません。それが自然の脅威であっても、我々には革命的前進あるのみです」

あらかじめ決められていたのだろう。一人が演説を始めると、その他の農民は演説に合わせて相槌を打った。拳を握り、空に向けて突き上げたり、胸を叩いたりしている。しかし、勇ましい掛け声とは裏腹にどの農民も顔の骨格がわかるほどやせ細り、目は落ち込み、目ヤニを付けているか、あるいは充血していた。十分な栄養を摂取していないのは明らかだ。

ひとしきり演説を打った後、農民は再び畑に戻ろうとした。支部長から指示を受けていた彼らの役目は終わったのだ。車忠孝が支部長に尋ねた。

「この畑では何をつくっているのですか」

「麦とトウモロコシです」

「米は栽培しないのですか」

支部長が答えに躊躇《ちゅうちょ》していると、年老いた農民が代わって答えた。

「このあたりは冷害にやられてしまう」

秋田県に相当する緯度なのに冷害にやられるようだ。寒さに強い品種を用いれば稲作も十分可能なはずなのにその対策も取られていない。

いつの間にか張奉男と支部長がベンツに向かって戻っていった。支部長がいなければ農民は本音をしゃべりやすい。安昌順の取り計らいなのだろう。

「麦やトウモロコシの収穫は順調ですか」

支部長がいないのがわかると農民は雄弁だった。

「収穫は以前よりもずっと少ない。土が流されてしまった」

車忠孝は小石が浮き上がった畑に視線をやった。

「昔に比べると、病虫害の発生が多くなっている。少し雨が降っただけでトウモロコシはすぐに虫に荒らされる」

肥料の他に農薬も必要だと彼らは訴えているのだ。土地はやせ、一度病虫害が発生すれば壊滅的な打撃を受けてしまう。地味を回復させるのと同時に、病虫害が発生した時には被害を最小限に留めるために農薬が必要になる。どれが欠けても生産量は向上しない。

「同志たちの活躍に私は今心を打たれています。日本に戻り同志諸君の期待に応えられるように私も全力を尽くします」

彼らは通り一遍の挨拶と受け取ったのかもしれない。しかし、車忠孝は真剣だった。

ベンツが止まっているところに戻ると、二人はセブンスターを吸っていた。

「化学肥料を保管できるような倉庫はありますか」

支部長に聞いた。唐突に思えたのか訝《いぶか》る表情をしている。

「あることはありますが……」

「見せてください」

タバコはまだ半分ほど残っている。捨てるのがおしいらしく、支部長は慌ただしく吸い始めた。フィルターをこがすところまで吸うと、「ありますが、農機具の保管庫に使っているものですよ」と答えた。

ベンツに乗り込み、倉庫へ移動した。五分も走らないで倉庫に着いた。農道の横に立つ倉庫というより掘立小屋に近いものだった。農機具の保管庫と言っていたが鍵もかかっていなかった。

車から降りてみるまでもなかった。

「貨車一、二台分の肥料を保管できる倉庫はありませんか」

支部長は後ろを振り返り、不思議そうな顔をして車忠孝を見つめている。それほど大量の肥料とは予想もしていなかったのだろう。それは安昌順も、運転手の張奉男も同じで、呆れた表情をして車忠孝に視線を送っている。

車忠孝は安昌順の方に視線をやった。

「無理を言ってすまないが、粛川駅に行ってはもらえまいか」

鉄道や駅の視察には鉄道省の許可がいる。それは車忠孝も知っている。今では衛星写真ですべて把握できる。鉄道のルートや駅など丸裸同然にされている。しかし、それは日本に住んでいるから理解できることだ。平義線は金正日が中国訪問の時に使うルートで、特に許可が下りにくい路線なのだ。

「平安南道、北道の農地に肥料や農薬を配給するには、丹東から貨車で輸送し、平義線の各駅に貨車ごと配給していくしかないと思う。列車の運行を邪魔しないで、駅構内に貨車を二、三台止めておく余地があるかどうか、駅長に直接聞いてみたい。タネを蒔くシーズンまで雨に濡らさないで保管しておくには貨車しかないだろう」

他の三人にも車忠孝の考えている計画が理解できたようだ。乗り気だったのは支部長だ。肥料と農薬が運び込まれれば、増産は可能だ。それに貨車二、三台分の肥料と農薬はどれほどの利益を生むかわからない。一部は自分が管轄する農地に用いても、大部分は中国に逆に密輸され、高額で取引されるはずだ。それが彼らの利益につながる。それを承知の上で、車忠孝は大量の肥料を丹東経由で持ち込むつもりなのだ。

躊躇っている二人を尻目に支部長が言った。

「駅長は私の幼馴染です。行くだけでも行ってみましょう」

粛川駅は労働党支部の建物と、目と鼻の先にあった。駅舎は白く塗られ、駅舎正面の壁面に金正日の写真が大きく飾られていた。ベンツから降りると、粛川支部長は一人足早に駅に入っていった。入ったきり十分たっても二十分待っても支部長は出てこなかった。交渉が難航しているのかもしれない。

いくら遅くなっても、あとは労働党支部に戻り休むだけだから時間は十分ある。共和国では一、二時間の待ち時間は待つうちには入らない。運転手は車から降りてタバコを何本も吸い、安昌順も居眠りを始めた。このくらいで苛立っていたら共和国では何一つとして片づけることはできない。

支部長が戻ってきたのはゆうに一時間が過ぎた頃だった。

「駅長が会うそうです」

駅構内の様子を見るだけの交渉にしては長すぎる。支部長は在日に化学肥料を送らせれば、濡れ手に粟の収入が得られるとでも説得していたのだろう。支部長に導かれて三人は駅構内に入った。日本のローカル駅のように閑散とし、客は誰一人としていなかった。駅の事務室には三人の駅員がいた。一日に数本の列車しか通らないのだろう。第一、この国では自由に旅行することが認められていないのだ。

改札口を出ると、そこがプラットホームになっていた。構内には平壌と新義州間の駅名を記した手書きのボードが壁に掛けられていた。

共和国の鉄道はすべて単線で、粛川駅には引き込み線はなかった。貨車を引き込み線に停車させ、そこに肥料を保管するという目論見はあてが外れた。

事務室から駅長が走り出てきた。

「今、同志から話を聞きました。ご覧の通りこの駅には引き込み線がないので、貨車を止めておくことはできません。可能なのは、平安南道では新安州と定州の二駅だけです。この二駅には石炭を積んだ貨車を停車させるので、幾台でも貨車を止められます。この二駅については駅長がお会いしてもかまわないと言っています」

話がそこまで進んでいたとは思わなかった。時間がかかったのはそのせいだろう。どの駅に肥料を積載した貨車を置くかによって、彼らの目論んでいる利益が多くもなり、減りもするのだろう。

「仮に二、三ヶ月、定州と新安州に貨車を止め置いた場合、他の列車の運行妨げになるようなことはないのですか」

「その心配はない」

駅長の説明によると、定州駅は引き込み線が三本、新安州駅は五本あり、国際列車や特別列車が普通列車、貨物列車を追い越す時は、そのどれかに退避させて、先に特別列車、国際列車を通過させることができるという説明だった。特別列車とは飛行機の移動を嫌う金正日を乗せた列車を指す。

「同志のお心づかいに感謝しますが、明日は定州を視察しなければなりません。日本に帰国し、可能な限り早い時期に丹東から肥料を送れるように手配したいと思う。今後も協力をお願いしたい」

粛川駅を離れ、労働党支部のビルに戻った。その夜、車忠孝は用意されたベッドに身を横たえると、すぐに眠りに落ちていた。


粛川から定州までの車窓の風景も、前日とそれほどかわり映えのするものではなかった。定州には定州ホテルという安そうなホテルがあり、そこで一泊する予定になっている。まずホテルにチェックインし、午後から視察というのは粛川と同じだ。

それぞれの部屋に荷物を運び入れ、昼食にはまだ早いが午後からの視察に備えてホテル内のレストランで早々と食事を済ませた。雲田平野も本来なら豊かな実りをもたらしてくれるはずなのに、この土地も洪水で食糧難に喘いでいると聞いていた。

午後からまた金正日将軍様を賛美する演説を聞かされるかと思うと、自分から視察を希望したのに気が重くなる。実際、荒れ果てた土地を見せてもらえば、どんな肥料が必要なのか検討はつく。しかし、これは安昌順が考え抜いた手はずなのだ。

――二年前、すでに興南工場は肥料の生産ができるような状態ではなかった。それでも原料が手に入り、停電にならない時間帯に稼働させてささやかだが生産をしていた。しかし、それから間もなくして工場は稼働を停止した。

　それ以来、車忠孝は密かにある人物の消息を安昌順に探ってもらっていたのだ。白《ペク》光泰《グァンテ》、東京大学農学部を中退し、一九六一年に家族とともに集団帰国事業によって共和国へ帰還。兄の白光秀《ペクグァンス》もやはり東大医学部を中退し、北に渡った。

　白光泰との出会いは工場を建設している最中だった。建設作業員として働いていた。建設中のプラントを化学肥料製造工場だとすぐに見抜いた。それがきっかけで徐々に車忠孝と話をするようになった。日本からの帰還者ということで白光泰は差別され、社会的地位は最底辺だった。

　しかし、白光泰の持つ知識は今後の穀物増産計画には有益だということを、興南の労働党幹部に進言し、製造プラントの現場責任者に取り立ててもらった。肥料を生産している間は、白光泰の地位も安定していたが、生産が中止になると白光泰の消息はわからなくなってしまった。

　兄の白光秀は金日成体制を批判して、強制収容所に送られ、過酷な労働に耐えきれず死亡したと聞いていた。

ようやく白光泰のいどころを突き止められた。再会するために考えついたのが、農地の視察だった。白光泰の行方を二年がかりで追ってくれた安昌順が車忠孝の意図を汲んで、白光泰が働く農場の視察をスケジュールに組み入れてくれたのだ。

昼食を済ませロビーに出ると、安昌順のところに人が集まってきた。定州の労働党支部の有力者なのだろう。彼女とは何度も会っているらしく、安昌順がすぐに紹介を始めた。最初に紹介されたのが支部長、次に定州の農業生産の管理に当たっている役員二人ということだった。共和国には名刺などというものはないらしく、名前と役名を聞かされただけではすべての人を覚えることなど到底できない。また覚える気もしなかった。

一通りの紹介が終わると、三人が農場を案内してくれる手はずになっていた。当然、三人にそれなりの報酬を渡さなければならない。案内に三人も必要ないし、農地の土を見せてもらうだけでも十分に用は足りる。しかし、彼らの目的が、車忠孝から手渡される金一封にあるのは明らかだ。土地を以前のように肥沃にして生産量を上げるなどというのは、彼らにとっては二の次なのだ。

彼らは共和国製のジープ「更生」に乗り込み、ベンツを先導した。ゆっくり走っているのか、スピードが出ないのか時速四十キロくらいだ。ホテルから三十分ほど走った。粛川と同じだった。農地は整地され、春になればすぐにでもタネが蒔けるような状態になっていた。

そこに十数人の農民が鍬を振るっていた。党中央からの視察に備えて、支部の連中はこうした土地を常に用意しているのかもしれない。そうとでも解釈しなければ、収穫を終えた時期にまったく意味のない整地であり、鍬で畝を作る意味などない。それでも農民たちは文句ひとつ言わず鍬を振るっている。文句を言う気力もないのかもしれない。精気が感じられない。

しかし、農民の姿が見えてくるにつれて、車忠孝は心が昂ぶっていくのを感じた。

〈あの中に白光泰がいるのだろうか〉

安昌順にはそのために特別な報酬を弾んできたのだ。安昌順はいつもと変わらぬ様子で車窓に目をやっている。共和国は相互監視システムが完璧に張り巡らされている。運転手の張奉男は間違いなく車忠孝と安昌順の監視役でもある。二人の間に特別な取引があることなど絶対に知られてはならないのだ。

「更生」が農道の途中で停車し、その後ろに張奉男がベンツを止めた。畑から農民が夢遊病者のように集まってくる。車忠孝は周囲の者に悟られないように、農民の中から白光泰を探した。しかし、白光泰の姿が見えない。

定州でも支部長が農民を前に金正日賛美の演説を始めた。しかし、明らかに農民の反応は粛川とは異なっていた。欲も得もなく呆然と支部長を眺めているだけだ。相槌を打つ余裕などないといった様子だ。

彼らが腹を空かせているのは明らかだ。顔の骨格がわかるほど頬や顎の骨が浮き出ているし、鍬を握る腕はまるで枯れ木のようにやせ細っている。おそらく立っているのが精いっぱいなのだろう。

くどくどと演説を続ける支部長に「いいかげんにしろ」と怒鳴りたい衝動に駆られる。しかし、耐えて聞くしかない。誰もがうんざりだと思っているのは支部長にもわかっているはずだ。支部長も止めれば密告される。そうなれば地位を失ってしまう。その恐怖感があるから中途半端には止められないのだろう。

北朝鮮には社会改革をしようとする人材はいないのかもしれない。いや、いたのだろうが、そうした人材は金日成、金正日父子によってすべて抹殺されてきた。それを知っているから誰もが無抵抗なのだ。

車忠孝は懸命に白光泰を探したが、畑にはいない様子だ。ようやく支部長の演説が終わった。例によって張奉男が支部長らを連れて「更生」に向かって歩き出した。張奉男に成田空港で買ったタバコと現金を渡しておいたのが効いたようだ。

車忠孝が腰をかがめ土をひと掴み手に取った。農民の中から綻《ほころ》びだらけの人民服をまとった老人が話しかけてきた。

「車先生、お久しぶりです」

最初は誰だかわからなかった。

「私です。白光泰です。お忘れですか」

忘れるはずがない。それでも目の前に立っている老人が白光泰だとは思えなかった。二年前の白光泰とは別人のようなやつれ果てぶりだった。車忠孝は歩み寄り、白光泰を抱きかかえた。

車に向かって歩いていた支部長らが足を止め、二人の再会の様子を怪訝《けげん》な様子で眺めている。

「興南工場では大変お世話になりました」

白光泰の手を握り締め、支部長らに向かって言った。

「この方は興南工場の現場責任者で化学肥料の知識をお持ちだ。工場にはなくてはならない方でした」

それにしてもこの落ちぶれ方は一体どうしたことだ。いや日本から帰還した在日の待遇はこれが普通なのかもしれない。

共和国では三代前まで遡って、反共和国的な人間がいなかったかどうか「出身成分」が徹底的に調べられる。金日成、金正日への忠誠度を基準に、人民は「核心層」「動揺層」「敵対層」の三つに分けられ、住民登録台帳にそれが記載される。一人でも強制収容所に送られた者が身内にいれば、「敵対層」という烙印が押される。万景峰号で帰還した在日は「動揺層」と記載され、様々な差別を受けているのだ。

「白先生の意見を聞かせてください。白先生の言う通りに日本から肥料を輸入します」

これで白光泰の待遇は少し改善されるだろう。支部長らが顔を見合わせ、ひそひそ声で白光泰の素性を話し合っている。

白光泰が雲田平野の土壌について説明をした。それをいちいち頷きながら車忠孝は聞いている。

「わかりました。先生の助言に報いるためにも、この土地を豊かな実りの地に変えるための肥料を一日も早く届けるようにします」

何が起きているのか、他の農民はわからずにキツネにつままれたような顔をしている。

白光泰をホテルに連れて行き、これまでの経緯を洗いざらい聞きたいが、それが許される体制ではない。

「白先生、お名残り惜しいですが、近いうちにもう一度会いましょう」

口をついて出たのは日本語だった。理解できるのは、安昌順と運転手の張奉男だ。他の連中にわかったとしても、不意に出てしまった言葉だ。それに問題になる内容でもない。しかし、この言葉には二人だけにしかわからない意味があった。

ずっとその場にいると、涙が流れ落ちそうになる。車忠孝は定州駅に向かうように安昌順を促した。


一行は次の視察場所である定州駅に急いだ。定州駅では駅長が出迎えてくれた。労働党定州支部の幹部は、丹東経由で化学肥料を運び入れる計画を知り、片時も離れようとしない。少しでも金になりそうな話にはまるでハイエナのように食らいついてくる連中なのだ。彼らがこの国で生きていくためには仕方のないことだと理解はしている。しかし、一片の羞恥心も躊躇いもなくたかってくる姿は見苦しく、こんな誇りのない民族に堕落してしまったのかと、失望と落胆で歯ぎしりをする思いだ。

粛川の駅長から視察の目的は聞いているのだろう。駅長はすぐに駅構内に入れ、引き込み線の多さを強調した。

「車同志、これを見てください。ここなら十両くらいの貨車でも何の問題もなく止めておくことは可能です」

確かに貨車を止めておく引き込み線はあるようだ。

「他の列車運行の妨げにはならないのでしょうか」

「なりません」

駅長は自信に満ちあふれた顔で答えた。この駅長も停車中の貨車からどれくらいの肥料が抜き取れるのか考えているのだろう。

十二三千里平野と雲田平野への肥料の供給は定州駅を起点に行なうことは可能だ。残された問題は雲田平野の北に位置する龍川平野への肥料供給基地をどこにするかだ。

「定州と新義州間で、定州と同じくらいの引き込み線があるのはどこの駅になるのでしょうか」

車忠孝の質問にすぐに駅長が答えた。

「貨車を止めておける大きい駅となると、それは国境の新義州ということになります。しかし、あそこは中国との貿易の基地となる駅で、長期間貨車を止めるというのは無理だと思います。三つの平野に肥料を配布するには定州が最もふさわしいかと思います」

可能なら定州にすべての貨車を止めておきたいというのが、駅長や労働党定州支部の思惑なのだろう。

安昌順が組んでくれた視察スケジュールは定州視察で終了し、明日はベンツで新義州まで移動し、国際列車で北京まで行く予定だ。午前十時十分平壌発の北京行き国際列車は予定通りなら午後三時十五分に新義州を離れ、鴨緑江を渡り丹東に入る。

しかし、新義州まで排気ガスが流れ込むベンツでの移動は考えただけでも吐き気をもよおす。


「国際列車は定州に停車するのでしょうか」

「午後二時にはこの駅にも止まります」

駅長の話を聞き、安昌順に視線を向けながら尋ねた。

「この二日間の移動で少し疲れぎみなんだ。私のチケットはここから乗車するように変更できないだろうか。国際列車にここから乗れば、途中の駅を見ながら新義州まで行ける」

安昌順が躊躇っているのを尻目に駅長が答えた。

「チケットは私の方で切り替えは可能ですよ、車同志」

「駅長もこう言ってくれているがどうだろうか。あなたにも列車で新義州まで同行してもらうことになるが、その手配を考えてみてはもらえまいか」

安昌順に確認を求めた。

「少しお時間をください」

即答は避けた。

定州駅からホテルに戻ると、安昌順は自分の部屋に入った。平壌の関係当局に了解を取り付けているのだろう。

一時間もしないで結論は出た。ドアを控えめにノックする音がした。開けると、安昌順が立っていた。

「すべて手配済みです。問題はありません」

聞かれても差支えない話は部屋でもかまわない。聞かれたくない話は筆談にすればいい。部屋に導き入れた。

「ありがとう。ベンツを回してくれたことには大変感謝するが、この年齢になると列車の方がくつろいだ旅ができる」

スケジュール変更の理由をひときわ大きな声でしゃべって聞かせる。

彼女が無言で頷く。

「安同志は新義州からどのようにして戻るのでしょうか」

「私のご心配は無用です。張同志と新義州で待ち合わせをしています」

車忠孝が出国手続きを済ませ、国際列車が出発したのを見送った後、平壌に戻る予定のようだ。

「今夜が共和国で過ごす最後の夜なので、皆さんと一緒に食事をしたいのだが、その用意をお願いできますか。場所はお任せします」

と言いながら、車忠孝は手帳を取り出し、ボールペンで走り書きをして、それを彼女の方に見せた。

〈張運転手千ドル、支部長、駅長に各三百ドル、他の二人各百ドル〉

彼らに対する謝礼の金額だ。

「この周辺だと朝鮮料理になりますが、よろしいでしょうか」

「そうしましょう」

車忠孝が答える。

手帳に目をやりながら、彼女がこくりと頷いた。謝礼の金額は決まった。彼女自身への謝礼は国際列車の車内で渡すつもりだ。

安昌順はレストランの予約と支部長らに連絡をするために部屋を出ていった。

車忠孝は百ドル札紙幣を日本から持ってきた封筒に入れ替えた。スーツケースの中には成田空港で購入したシーバスリーガルが三本残っていた。こんな時のために手をつけずにいたのだ。このウィスキーが役に立つ。

宴会は夜の八時からだ。五分前にロビーに集まった。

「張同志、ご承知の通り明日は列車で移動します。これまでご苦労でした」

車忠孝は安昌順の目に触れないところで、封筒を渡した。張奉男は相変わらず無表情、無言で封筒をズボンのポケットにねじり入れた。

レストランは通りを挟んだはす向かいの食堂だった。まさに食堂でレストランという雰囲気ではない。支部長が指定した店のようだ。店に入ると焼き肉の匂いが充満していた。七輪が置かれ、肉を焼く準備が整っていた。彼らは支部長、駅長、視察に同行した幹部二人の順で並んでいた。これで彼らの序列がわかる。三人が座るとすぐに支部長の前に車忠孝、安昌順、張奉男の順に座った。三人が座るとすぐに宴会が始宴会が始まった。さすがに宴席では金日成、金正日を称える挨拶は抜きだった。

「今日は本当にお世話になりました」

車忠孝のこの挨拶だけで大同江ビールで乾杯した。テーブルに並んでいるのはビールが数本とあとはマッコリだけだ。

肉と同時に刺身も運ばれてきた。海が近いせいか魚介類も金さえ出せば手に入るのだ。テーブルに並べられると、彼らはすぐに箸を付けた。

「口に合うかどうか、私の心ばかりの気持ちです」

袋からウィスキーを取り出し、封を切って一本は支部長と駅長、もう一本は幹部二人、三本目は張奉男の前に置いた。北朝鮮では水割りにして飲むという習慣はなくウィスキーはストレートで飲んだ。

コップを持ってこさせると、彼らは自分でなみなみとウィスキーを注ぎ、銘々に飲んだ。車忠孝や安昌順に気をつかう者などいない。かえってその方が気分は楽だった。張奉男と安昌順の二人は、明日は新義州で一泊するはずだ。張奉男は酔いつぶれても何の支障もない。張奉男には酔いつぶれていてほしいのだ。

食べ始めると、彼らは世間話をするよりとにかく黙々と食べ続け、そして無遠慮に飲んだ。彼らは自分の前に置かれたウィスキーを空にするまでは食い、飲み続けそうな雰囲気だった。

食事を終えた車忠孝と安昌順は互いに目で合図し、ホテルに戻ろうとした。安昌順が切り出した。

「皆さん、車同志は明日は北京までの長旅になりますので、このあたりで失礼させていただきます。皆さんは心ゆくまでおくつろぎください」

車忠孝は封筒を取り出し、支部長、駅長の順に手渡した。彼らは何も言わずに封筒を受け取った。食堂の計算をするとウォンでの精算を求められたが、ウォンなど持ち合わせていない。安昌順がドルで換算すると百二十ドルほどだった。三百ドルを渡しながら言った。

「今晩は好きなだけ飲み食いさせてやってほしい」

食堂の経営者らしき男は満面の笑みを浮かべながら「わかりました」と答えた。

翌朝、まだ暗いうちに車忠孝は目を覚ました。というより熟睡できなかったのだ。運転手の張奉男はまだ爆睡している最中だろう。午前五時、ようやく東の空が闇から群青色に変わり始めた。ホテルの部屋は二階、車忠孝は隣の部屋に寝ている安昌順を起こさないようにそっと部屋を出た。

フロントには誰もいない。この国にはサービスという概念などない。朝焼けが広り始めたが、通りにはまだ人影はまばらだ。車忠孝はセーターを二枚着込み、その上からコートを羽織ってホテルを出た。近くに人が誰もいないことを確認して通りを渡った。尾行してくるものは誰もいない。

昨晩、宴会をした食堂の裏手に回り込んだ。背後から人が付いてくる気配がした。わざとゆっくり歩いた。

白光泰だ。興南工場で彼と密かに会う時には、「近いうちにもう一度会いましょう」と伝えた。『翌朝、密かに会おう』という二人だけに通じる暗号なのだ。白光泰は、宿泊しているホテルは定州ホテルとみて、朝まだ暗いうちから車忠孝が出てくるのを待っていたのだろう。

ボロボロの人民服の下に綻びだらけのセーターを着ている。歩きながら車忠孝はコートとセーターを脱ぎ、白光泰に渡した。白光泰は歩きながら、それを身に着けていく。

「コートの胸ポケットに一万ドル入っています」

「すまない」

「これから私の言うことをよく聞いてください」

車忠孝は今後の計画を早口で語った。すべて語り終えると聞いた。

は階段を走り自分の部屋に戻った。

「協力していただけますか」

「もう還暦を過ぎた。何も思い残すことはない。このままこの地でのたれ死にする方がよほどつらい。どんな結果になろうともかまわない。よく誘ってくれた」

次の通りを白光泰は左折した。車忠孝は右折し、振り返ると白光泰の姿はもうなかった。通りを走って渡りホテルに戻った。フロントにはまだ誰もいなかった。車忠孝は階段を走り自分の部屋に戻った。

正午、フロントに降りると安昌順が待っていた。張奉男はいくら待っても来なかった。おそらく飲み過ぎでまだ寝ているのだろう。彼の役目は二時までに二人を定州駅に送り届けることだけだ。

車忠孝は安昌順とホテル内のレストランで昼食を摂りながら張奉男を待った。彼が脂ぎった顔で姿を見せたのは一時過ぎ。荷物を積み込み、早速定州駅に向かった。よほど飲み過ぎたのか、張奉男はトランクを開けても、スーツケースやキャリーバッグを取り出そうともしなかった。それさえもつらく感じるほどの二日酔いなのだろう。あるいは報酬に不満があるのか。二人がホームに向かうのを見届けもせずにホテルに戻っていった。

北京に向かう国際列車は遅れて運行されていた。予定通りに運行されれば、平壌・

北京間は十四時間ほどだが、実際には二十時間から二十四時間かかるらしい。時刻表がないのはそのためだ。時間がかかるのは北朝鮮内の停電と、新義州での出入国検査が四、五時間ほど手間取るためのようだ。

北京行きの国際列車が到着したのは午後二時四十分、中国国章を付けた車両は二台だけで、あとは共和国の車両だった。新義州で共和国の列車は切り離され、国境を越えるのはその二台のみ。二台は「柔臥車」と漢字で書かれ、ブルートレインの寝台グリーン車といったところだ。

上下二段のベッドが備えられたコンパートメントになっている。二人が乗った車両には中国人が四、五人いただけでがらがらだった。

列車が走り出し、車掌がチケットを確認すると、車忠孝は周囲に誰もいないことを確認し、胸ポケットから封筒を取り出した。

「今回も本当にお世話になりました」

彼女の手を取り、封筒を握らせた。

「百ドル紙幣が百枚入っています」

安昌順の手がビクッとしたのが伝わってきた。一度にこれだけの額を渡すのは初めてだ。

「共和国の窮状を救うために、あなたにはこれから鉄道省や労働党幹部から様々な許可を取ってもらわなければなりません。日本から肥料を共和国に輸出するのは禁じられています。中国を経由して持ち込むことも日本政府に知られれば、私は逮捕されます。それでもかまいません。丹東から肥料を可能な限り運び込むつもりです。そのためにこれからもあなたの協力が必要です。なにとぞよろしく」

安昌順は黙って頷いた。この国では安易に声を出して返事するのは禁物なのだ。彼女にはそれが骨の髄までしみ込んでいるのだろう。

定州駅を出発すると五つの駅を通過、塩州駅には停車した。塩州にも貨車を止め置く引き込み線はあった。車忠孝はデジタルカメラで通過駅も停車駅も撮影した。塩州駅を出発してから、六駅目が新義州駅だ。

「他の駅は撮影してもかまいませんが、新義州ではカメラをしまってください」

安昌順が言った。

やがて新義州駅に国際列車は到着した。国境の駅らしく何本もの引き込み線がある。

「ここなら貨車をいくらでも止めておくことは可能ですね」

車忠孝が言うと、「貨車の出入りが多く、長期間止め置くには、この駅はふさわしくないでしょう」と答えた。

間もなく出入国管理事務所のスタッフがやってきて旅券と旅客の確認をしている。

共和国の車両はここで切り離される。

出入国管理官が来ると、安昌順は身分証明書を提示し、車忠孝は北京に行くと説明した。安昌順の地位は高いと見えて、管理官は車忠孝の旅券を見ただけですぐに返却した。

「ではここでお別れです」

安昌順は列車を降りた。

国際列車が鴨緑江を渡ったのは午後五時過ぎだった。五分もかからずに国境を越えた。チケットは北京までになっている。しかし、車忠孝は丹東で列車を降りてしまった。ここでもう一人会う約束をしていたのだ。

丹東駅で降りると車忠孝はタクシーで皇冠假日酒店（クラウン・プラザホテル）に向かった。列車で五分たらずの距離なのに新義州とは別世界だ。停電もなければ、ホテルの部屋は清潔で、熱い湯も出てくる。中朝貿易で金を儲けた中国人や、北朝鮮を旅行してみようとする観光客が中国全土から丹東に集まってくる。さらに韓国の仁《イン》川《チョン》港からも丹東港に定期フェリーも就航している。人口二百五十万人の国際都市で高層ビルが建ち並ぶ。

近代都市に生まれ変わりつつある丹東だが、覚せい剤密輸の街でもある。北朝鮮で産出される麻薬の多くは、まず丹東に持ち込まれる。日本のヤクザも丹東に来ては北朝鮮産の麻薬を売買している。

——渡瀬哲実、北朝鮮産麻薬を日本に密輸する組織のボス。

在日のヤクザを通じて一度だけ大阪で会った。どこに住んでいるのかは誰にも明かさないらしい。一部には在日で日本に帰化したという情報もあるが、本人は生まれた時から日本人だと公言しているようだ。出生について触れられるのは不快らしく、周囲にも、渡瀬の生い立ちを知る者はいなかった。

丹東の闇の世界に通じていると聞いて、車忠孝はどうしても渡瀬に会う必要があったのだ。

車忠孝は計画の全貌を話したわけではない。しかし、渡瀬に可能かどうか尋ねたことがある。

「俺の返事を聞きたければ百万円ここに積んでくれ」

「NOの返事なら百万円の価値はない」

「YESともNOともまだ答えていない。答えが欲しければ百万円を用意しな。話はそれからだ」

車忠孝は銀行からおろしたばかりの封の切っていない束をセンターテーブルに放り投げた。

「YESだ」

「では協力してもらいたいことがある」

「金はあるのか」

「まあな」

「話を聞こう」

「来月、共和国を視察した後、丹東でゆっくり話をしたい。そこでこちらの依頼と条件を伝える」

渡瀬は「オッサン、何をやらかそうっていうんだ。俺に丹東に行けっていうのかよ」

「ああ、行っても損はさせない。問題は俺の計画に乗る度胸がお前にあるかどうかだ」

丹東に到着する日を告げると、クラウン・プラザホテルを指定してきた。

深夜十二時過ぎ、ドアをノックする音がした。渡瀬だった。

盗聴器を気にする必要はない。交渉が決裂しても口外しないと約束させた上で、車忠孝は計画を打ち明けた。渡瀬の顔色が変わっていくのがわかる。

「条件を聞こう」

「最初に三千万、成功報酬で三千万」

「本気なんだな」

「私がこんなことを冗談で言うためにここに来たとでも思うのか」

「堅気の商売をしているわりには、途方もねえことを考えるオッサンだぜ。チョソンサラム（朝鮮人）はだから怖いんだよ」

渡瀬は不敵な笑みを浮かべて答えた。

第四章　日朝会談

北朝鮮というより平壌の住宅は、特級と四号から一号の五段階に分かれている。特級の一戸建て住宅は労働党の副部長、政府の次官クラス、軍の少将以上に割り当てられる。四号は新築の高層マンションで党の課長、政府の局長、人民俳優、大学教授クラス以上が入居している。三号は党指導員、企業所の部長以上が暮らしている。二号は学校の教員、地方行政機関課長クラスで一号がいわゆる一般住宅だ。一号でも平壌で暮らせるのは恵まれていると言える。停電は少ないし、それよりもなによりも金さえあれば物資が手に入る。

しかし、労働実績が評価され、等級が上の住宅を振り分けられることなど共和国にはない。すべて「出身成分」によって決められているのだ。まして地方に行ってしまえば、よくて二号住宅くらいで、それ以上を期待することは無理だ。「敵対層」に与えられるのは掘立小屋、それに不満を持てば、待っているのは強制収容所だ。

一人暮らしの権在玄《クォンジェヒョン》が特級住宅を与えられているのは、金日成、金正日の親子二代にわたって忠誠を誓っているからだ。特に一九七〇年代における権在玄の活躍ぶりを金日成は高く評価、絶賛した。

一九六〇年代、ソ連や東欧諸国からの援助もあり、国内生産量は韓国よりも共和国の方が優っていた。しかし、一九六五年、日韓条約が締結され、日本から経済協力を得て韓国は急成長を遂げた。七〇年代に入ると北朝鮮は韓国に並ばれた。「漢江の奇跡」と呼ばれる飛躍的な成長を遂げた韓国に脅威を感じた金日成は朴正熙《パクチョンヒ》の暗殺を考えた。それを実行に移したのが権在玄だった。

万景峰号に乗り込み、新潟港を訪れたが、権在玄は上陸は絶対にしなかった。日本の公安警察に目をつけられることだけは避けた。しかし、万景峰号に朝鮮統連の幹部を呼びつけた。権在玄に与えられた使命は、在日の商工人から金を集め、もう一つはテロリストやスパイを韓国に送り込むことだった。

日本で手足となって動いたのが、大阪在住の全慶植《チョンギョンシック》だった。全慶植は共和国に身内が帰還した商工人を訪ね歩き、恫喝《どうかつ》を加えながら集金して歩いた。当然、蛇蝎《だかつ》のごとく嫌われた。

悪名は知れわたり、全慶植の顔を見た瞬間、「何も言うな。聞きたくもない。一週間後に来い」と怒鳴る商工人がほとんどだったというから、並大抵の嫌われ方ではなかっただろう。一週間後、再び全慶植が訪れると共和国への寄付金が用意されていた。

六〇年代後半になると、帰還した在日がどのような待遇をされているのか、在日にも知られてしまった。それがかえって金を集めるには好都合だった。自分の家族が冷遇されたり、強制収容所に送られたりするのを恐れ、多くの在日が寄付金を統連に拠出した。その日本円を万景峰号で平壌に運んだ。

全慶植のもう一つの功績は、徐根源《ソグヌォン》をテロリストに仕立て上げ、一九七四年八月十五日の光復節式典に送り込んだことだ。ソウル国立劇場の潜入に成功した徐根源は朴正熙に向けて銃弾を発射し、朴正熙の暗殺には失敗したが、放った銃弾は陸英修《ユギョンス》夫人にあたった。徐根源は日本人になりすまして韓国に入国し、日韓関係は国交断絶寸前にまで追い込まれた。

徐根源はその場で逮捕され、自供から在日韓国人二世であることがわかり、国交断絶には至らなかったが、日韓関係はギクシャクした。

さらにそれから五年後、夫人を失い独善的になった朴正熙は中央情報部の金載圭《キムジェギュ》部長によって暗殺された。韓国国内を混乱に陥れたという意味では、テロは成功だったと言える。全慶植を影で操った権在玄は対日工作のスペシャリストとして金日成から極めて異例の厚遇を受けてきた。

それが小泉首相の訪朝を機に揺らぎ始めているのだ。すべてあの女の仕組んだことだ。

権在玄の家からは建設が中断されている柳京ホテルが見える。

「あのホテルの最上階から突き落としてやりたい」

権在玄は本気でそう思っていた。血圧が上がっていくのが自分でもわかる。日本から定期的に運ばせている降圧剤を服用している。

妻は何年も前に死亡し、自分の娘と同じくらいの年齢の安玉姫《アンオッキ》を愛人にしている。七十歳を過ぎているので周囲の者は身の回りの世話する女性と思っているが、権在玄は降圧剤と一緒にバイアグラも運ばせているのだ。

「なぜそんなに怖い顔をされているのですか」

安玉姫が下着を脱ぎながら聞いてくる。風呂から上がり権在玄はベッドで安玉姫が一糸まとわぬ姿になるのをなめるような視線で見つめている。しかし、意識はそこにない。その証拠に豊満な安玉姫の身体を眺めていても萎えたままだ。

――あの女、そう高英姫《コヨンヒ》だ。

小泉首相が平壌にやってくるとは想像もしていなかった。二〇〇二年九月、小泉純一郎と金正日の会談が実現した。その席でまさか日本人拉致を金正日が認め、謝罪するとは思わなかった。

――それにしてもあの謝罪はなんだ。

「特殊機関の一部が妄動主義、英雄主義に走って日本人を拉致した」

金正日はすべての罪を我々に押し付けた。この国で人民が自由にできることなど何一つとしてない。すべて将軍様の命令の下に行なわれている。

安玉姫がベッドにもぐり込んできて横に寝る。しなやかな指が権在玄の男性自身をまさぐる。それでも何の反応もしない。ベッドの枕元に置かれているバイアグラを一錠水なしで飲み込んだ。

——何が妄動主義だ。

日本人を拉致し、スパイに仕立て上げろと命令したのは、他ならぬ金日成ではないか。それを今さら一部の「英雄主義者」、金日成に取り入ろうとした連中のやったことだと、金正日は小泉首相に頭を下げたのだ。金正日にそうさせたのは高英姫だ。大阪生まれの在日二世、万寿台《マンスデ》芸術団に入り、金正日の三番目の妻となった。二人の間に正哲《ジョンチョル》、正恩《ジョンウン》、汝貞《ヨジョン》が生まれた。長男の正男《ジョンナム》は二番目の妻だった成恵琳《ソンヘリム》との間に生まれた子供だ。

高一家は一九六二年に一家で共和国に帰還した。両親と兄姉そして弟妹の八人家族。その美しさゆえにファーストレディーにまで上り詰めた。しかし、高英姫は乳がんで余命はいくばくもないと聞いていた。その高英姫が動いたのだ。

権在玄は安玉姫の髪を強引に掴み、彼女の顔を自分の下腹部に押し付けた。萎えたものを口に含ませた。

高英姫が小泉首相に託した手紙のことが頭から離れない。権在玄の息のかかった連中が金正日の側近にいる。すべて日本円の力で籠絡させた。金正日の動きは彼らから報告させている。

――小泉首相が預かった手紙の宛先は李淑美だ。

高英姫と李淑美は幼馴染だ。そこまでは彼らが突き止めた。何を書いたのか。一九七四年八月十五日、韓国ソウル国立劇場、徐根源は朴正煕暗殺に失敗、陸英修夫人死亡。李淑美は徐根源の恋人だった女だ。

万景峰号の船内で徐根源に暗殺命令を下したのは権在玄だ。テロに使われた拳銃は大阪南署高津派出所から盗み出したスミス&ウェッソン三八口径。奪ったのは統連に所属する全慶植とその部下だ。全慶植はその頃から権在玄の忠実な手下として日本で暗躍していた。

しかし、そんなことは事件直後、捜査に当たったKCIAによって明らかにされている。高英姫が明らかにしたところで、事態が変わるわけでもない。公安当局の捜査が全慶植に及ぶのを恐れ、事件直後、首謀者の全慶植を共和国に帰還させ、それ以降日本の土を踏んでいない。全慶植は三号マンションで悠々自適の生活を送っている。

――いったい何を李淑美に知らせたのだ。

手紙の内容がつかめないのだ。それが苛立ちの原因だ。金正日の側近にもそれとなく聞いてはいるが、高英姫が小泉首相に密かに手紙を託した事実を、金正日さえ知らなかったようだ。

バイアグラが効いてきた。硬直してきたものに安玉姫の舌がからめ取るようにまとわりついてくる。権在玄の思考は手紙から離れることができない。

安玉姫の口元が唾液でだらしなく濡れている。それでも権在玄は休むことを許さない。彼女に党幹部役員の秘書としての地位を保障しているのは権在玄であり、そのおかげで安玉姫は高給と二号住宅が与えられているのだ。

そのまま口の中で権在玄は果てた。安玉姫がバスルームに駆け込んでいく。うがいをする声が聞こえてくる。

権在玄はベッドで大の字になった。バスルームから戻った安玉姫に命じた。

「上に乗れ」

安玉姫が権在玄の上にまたがり、腰を上下させくねらせた。権在玄は天井の一点を見つめたまま考え込んでいる。国家がいつ崩壊するかわからない不安が常に付きまとっている。昨日まで自分の部下だった男に翌朝は検挙され、収容所に送られることも珍しくない。不安な材料は早いうちに摘み取るのがいちばんだ。

権在玄はふくよかでやわらかい安玉姫の腰を両手で掴むと、自分のリズムで上下させた。それに応えるように安玉姫が男性自身を奥へと迎え入れようと腰の動きを合わせる。バイアグラの効果は三、四時間持続する。場合によっては死んでもらう。
――李淑美から手紙を奪うしかない。

結論は出た。

権在玄は突き上げるようにして果てた。安玉姫がぐったりした様子で権在玄の上に身を預けた。安玉姫の呼吸は荒い。

「電話を持ってこい」

安玉姫が応接室に置かれたテーブルの上から子機を持ってくる。権在玄はベッドの縁に腰を下ろし、子機を受け取った。安玉姫にひざまずくように言うと、再び男性自身をくわえさせた。

プッシュボタンを押し、相手が出るのを待った。空いている右手で安玉姫の髪を掴み、口の奥まで無理やり挿入した。苦しそうに安玉姫が表情を歪める。さらに欲情を掻き立てられ、権在玄は右手に力を込めた。

何度呼び出し音が鳴っても全慶植は出なかった。

権在玄は叩きつけるように電話を切った。

その後も安玉姫を攻め続けた。

車忠孝は丹東から国内線で北京へ飛んだ。そのまま日本に戻りたいところだが、もう一人会いたい日本人がいた。考えている計画を実行に移すにはどうしても理解と協力を得る必要がある。フェアモント北京ホテルで会う約束になっている。チェックインすると、フロントでメッセージを渡された。すでに相手はチェックインし、車忠孝を待っていた。中国の公安当局からはマークされているはずだ。しかし、日本で会うよりも、北京の方がまだ目立たないし、マスコミの目に留まることもないだろう。それで会談の場を北京にしたのだ。

小泉と金正日の日朝会談をセッティングした黒幕と言われる若槻安次郎だ。小泉首相の懐刀《ふところがたな》とも言われる。飯島秘書官が表の世界の秘書なら、若槻は裏の世界の秘書と噂され、実力は飯島秘書官より上とも政界では見られていたが、その存在は一部の政治家、官僚しか知らなかった。

夜の九時、呼び鈴がなった。ドアを開けると若槻が立っていた。

館内は適温に保たれている。若槻は真っ白なワイシャツ一枚の姿で部屋に入ってきた。若槻と会うのは二度目だ。車忠孝は秘密裏に大韓民国民団の有力者を介して紹介してもらった。

車忠孝は首相官邸に呼ばれたが、そんなところに出入りしている現場を統連関係者に知られれば、自分の身に危険が及ぶ。車忠孝はホテル・ニューオータニのスイートルームを取り、そこに若槻にきてもらった。

その時、若槻はジーンズにTシャツ、その上からジャケット、スニーカーというラフな格好で部屋に入ってきた。小泉首相の懐刀と言われるような雰囲気はまったく感じさせないが、目つきだけは鋭い。

「お忙しいのに申し訳ありません。私は車忠孝……」

車忠孝が自己紹介しようとしたが、若槻はそれを制して言った。

「統連に所属する成功した在日で、北朝鮮へ多大な経済援助を与えている商工人、およその情報は調べさせていただきました。ご用件を聞かせてください」

公安当局からすでに車忠孝の情報を得ているような口ぶりだ。それなら話はしやすいと思った。

「これから私が申し上げることは墓場まで持っていくとお約束ください」

若槻はこれまでに何度もこうした場面に遭遇してきたのだろう。無言で頷いただけだが、約束は守ると返事を返してきたような威厳があった。

車忠孝は家族とはいっさい関係がなく単独で計画していることをまず告げた。

「どんな結果に終わろうとも家族に害が及ばないように取り計らってほしい。日本の公安にも手出しをさせないでほしい」

若槻は何も返答せずに黙ったままだ。

「それを前提に話をさせてもらう」

車忠孝は自分が描いている計画を説明した。若槻の表情が堅くなっていくのがわかる。それまでソファにゆったりと身を預けていたのが、身を乗り出して車忠孝の話に耳を傾けている。対照的に車忠孝は特に緊張するわけでもなく終始淡々とした口調で話を進めた。

すべての話をすると、若槻は深いため息を一つついてから、ソファに深々と座りなおして聞いた。

「それで私に何をしろとおっしゃるのでしょうか」

「中国経由の再輸出の黙認と、中国国境での可能な後方支援」

「私の一存では決めかねる。総理の了承が得られるかどうか自信がない」

「協力が得られなくても計画は実行する。その時は黙認してほしい」

若槻は顔を紅潮させ黙り込んでしまった。

「私は近いうちに北京経由で共和国に入る。平壌から戻った時、北京でもう一度会いたい」

それでも若槻は何も返事を返さなかった。即答できるような内容でないことは車忠孝にも十分わかっている。ニューオータニでの会談は一時間ほどだった。

「フェアモント北京ホテルで待っている。そこで具体的な話をしたい」

それ以上話は進展しなかった。

「失礼する」

若槻はこう言い残して部屋を出ていった。

フェアモント北京ホテルに若槻が来るかどうか、実際は北京に着いてみなければわからないが、車忠孝には確信があった。いずれ共和国は崩壊する。その前に拉致被害者を奪還するためには、並大抵の外交では無理だということが二〇〇二年の訪朝で小泉にもわかったはずだ。金正日政権に中枢からゆさぶりをかけない限り、平然と前言を翻したり、ウソをついたりする国家なのだ。

北朝鮮が常套手段で用いるテロ攻撃も、場合によっては日本側も行使するということを現政権に思い知らせるには絶好のチャンスになる。

車忠孝が予想した通り、若槻は密かに北京入りしていた。どこまで協力を引き出せるか、車忠孝はそれを確認したかった。

ソファに身を沈めるようにして座ると若槻が言った。

「計画はうまく運びそうですか」

「あなたたちが目をつぶってくれるのであれば、私はどんなに少ない可能性であっても実行に移すつもりです」

「ご家族の件と再輸出に関してはお約束します。後方支援については、具体的に聞いた上で判断させてください」

車忠孝は共和国での視察を踏まえた上で練っている計画を伝えた。東京で車忠孝の計画を聞かされているせいか若槻は表情を変えずに聞いている。

車忠孝がすべてを話し終えると、若槻がようやく重い口を開いた。

「日本国が正式にそうした計画を事前に知っていたということになれば、国際的な大問題に発展します。その点はお含みおきください。後方支援については、できる限りのことをします。実は瀋陽領事館所属のスタッフを呼んであります」

若槻は電話を取ると、部屋の番号を押した。「すぐに来てくれ」

間もなく呼び鈴がなった。若槻がドアを開けると三十代半ばの男が入ってきた。

「瀋陽領事館所属の芳賀武君です。あなたのことはすべて話をしてあります。後方支援は彼を通じて可能な限り協力するようにします」

芳賀は温和な性格が滲みだしているような男で、市役所の戸籍係のような腰の低さだ。

「お話はお済みになりましたか」

「終わった。車さんの件、くれぐれも頼んだぞ」

「わかりました」

芳賀は深々と頭を下げた。

車忠孝は内心不安を覚えた。命がけの計画を遂行しようとしているのに、この男で対応できるのだろうか。若槻もことの重大さを十分に理解していないのかもしれない。

「私はこれで失礼するよ」

若槻は自分の部屋に帰っていってしまった。

芳賀は胸のポケットから名刺入れを取り出し一枚を車忠孝に差し出した。

「中国での連絡先ですが、これはメモもしないで記憶してください」

芳賀の電話番号を車忠孝は記憶した。

「では、これで私も失礼します」

こう言い残して芳賀も部屋を出ていった。彼の名刺には「領事」と記されているが、外務省出身の領事とは思えなかった。小泉首相や若槻の信頼を得ているスタッフなのだろうが、どことなく頼りない印象を受けた。


東京に戻った車忠孝は白石蓮美と会わなければならないと思った。白光秀、白光泰の妹で、彼女は共和国には帰還せず、両親と日本に残った。兄と弟が共和国での生活基盤を築いた後に三人で帰還するつもりだった。

長男の白光秀は平安北道龍川郡強制収容所で虐殺されていた。弟の白光泰とは興南工場を建設中に知り合った。白光泰と親密に付き合うようになり、兄が虐殺され、日本には両親と妹がいることを密かに告げられた。

車忠孝は東京に戻り、白一家の消息を探した。

白一家は後に帰化をし、両親はすでに死亡していた。妹の蓮美は白石蓮美と名前を変えて、W大学文学部の教授になっていた。朝鮮文学研究者として名前を知られていた。

興南工場で知り得た白光秀の情報をW大学の研究室を訪ねて伝えると、白石はしばらく泣き続け、話をすることもできなかった。白石自身、二人の兄が万景峰号で帰還して以来、音信は途絶えたままで、兄の性格から二人とも北朝鮮当局によって処刑されているに違いないと思って生きてきたのだ。

長男は体制批判をして処刑された。しかし、二男の光泰は生き延びていた。その知らせを聞き、研究室の前を通る学生を気にして声を殺して嗚咽した。激しく肩を震わせて泣く白石の姿に車忠孝も思わず涙を流した。

それ以来、車忠孝が共和国に行く時、白石はいくばくかの現金を兄に渡してほしいと車忠孝に依頼した。興南工場建設、稼働中の時であれば、車忠孝の取りなしで、最低限の生活は維持できる。しかし、日本からの帰国者という「成分」の悪さがずっとつきまとう。白石の経済的援助は白光泰の生活ではなく、生命を維持するためにどれほど有用か。

工場建設中の白光泰は、自分の過去の知識が活かせるためなのか、あるいは思い出したくない帰還後の記憶から逃れられるのか、車忠孝の目には充実した時間を過ごしているように見えた。工場が稼働し、肥料が生産されるようになると、肥料の使用方法について先頭に立ち、農民を指導していた。

しかし、工場が閉鎖されると、再び白光泰の消息がわからなくなってしまった。白石は再び苦悩のどん底に叩きこまれた。工場閉鎖とともに、以前の状態に戻ってしまった。

それからというもの車忠孝は折に触れて白光泰の行方を捜した。安昌順の協力を得て定州で再会を果たすことができた。そのニュースを白石に成田空港から電話で伝えると、「ありがとうございます」と電話の向こうで深々と頭を下げているのがわかるような口調で答えてきた。この二年間の白石の心労は車忠孝が見ていても痛々しいもので、髪は一夜にして白髪に変わってしまった。

W大学の旧大隈庭園のあった場所に建設されたリーガロイヤルホテルで白石と会った。

ホテルのロビーでコーヒーを飲みながら近況を伝えた。白光泰と落ち着いて身の上話ができるような状態ではなかった。ただ生きていたという事実しか白石には伝えられなかった。それでもただ一人の肉親の生存が確認できただけで、白石は悪夢から覚めたような安堵の表情を浮かべた。

車忠孝は白石が落ち着きを取り戻したところで、ホテルを出て歩きながら話をしようと誘った。

白石は中国の朝鮮族の実態を調べるために何度も丹東に赴いている。そこで朝鮮族の生活様式を知り尽くし、中国語訛りの朝鮮語も話すことができる。計画を遂行するためには、彼女の力が必要になる。

彼女にとっても、命がけの仕事になるが、兄の白光泰を北朝鮮から救出するためには協力してくれるだろうと車忠孝は考えていた。

ホテルを出て、二人は大隈講堂前の正門から教育学部の校舎十五号館に向かって歩いた。車忠孝はまるで昨晩のテレビ番組の感想でも語るように淡々とした口調だが、白石の顔色は血の気が引き真っ青だ。それで車忠孝は話を続けた。続けるしかなかった。車忠孝も命がけだが、白光泰を北朝鮮から救い出すにはその方法しかないのだ。

十五号館前にはベンチがあり、二人はそこに座った。

「少し考える時間をいただけますか」声は震えていた。

「もちろんです」

すぐに結論など出せる話ではないのは車忠孝も十分わかっている。車忠孝がこの方法しかないという結論に行き着くのにも三十年以上の歳月がかかってしまったのだから。

それから一週間後、白石蓮美から連絡が入った。

「大学の方は無理を言って休みをいただきました。ぜひ計画に加えてください」

車忠孝はこれでメンバーがそろったと思った。計画は絶対に成功させてやると心に誓った。

第五章　闇の救援物資

車忠孝は帰国と同時に中国への肥料輸出に動き出した。すでに青写真は描かれている。

二〇〇四年一月の新潟港には雪が横殴りに降っていた。コンテナがフォークリフトで次々に船に積まれていく。車忠孝は厚手のコートを羽織り、傘をさしながら眺めていたが、寒さのために十分も埠頭に立っていることはできなかった。

コンテナの中身は同一化学工業で製造された硝酸アンモニウム肥料だ。船に積まれるのは百トンだが、中国には年間七千トン以上の硝酸アンモニウムが輸出されている。同一化学工業からも毎年中国には肥料が輸出され、百トン程度なら日本政府が特に目を光らせるということもない。

輸出には上海に本社を置く日中友好交易商社をいつもの通り使った。普段と違うのは中国向けの積荷は上海港に降ろすが今回は大連港だ。天候がよほど荒れなければ一月下旬には船は大連港に入港できる。

積荷は中国国内の肥料販売会社に三度転売される。転売といっても書類上の話で、実際に肥料が転売されるわけではない。制裁措置を取っている日本から肥料が北朝鮮に輸出されたとわかれば大きな社会問題になる。それを避けるための転売だ。積荷は大連から中国各地に搬送され、全土に流通したかのように偽装させる手はずになっている。

しかし荷物は貨車やトラックで丹東に輸送される。どんな遅くても三月半ばまでには着いていなければならない。

あとは正確な情報をどのように入手するかだ。いずれにせよ三月には丹東に滞在することになるだろう。北朝鮮からの情報を得るためには東京にいてはできない。北朝鮮では金正日がどこにいるのか、それ自体が国家機密なのだ。

車忠孝は北朝鮮の現状を分析し、統連内部に流れている情報を密かに入手していた。それまでに金正日は二回中国を訪問していた。一九九四年七月に金日成が死去すると、二〇〇〇年五月に訪中した。韓国の金大中大統領との南北会談を目前に控えて、中国との緊密さを世界にアピールするのが目的だったと見られる。二回目は二〇〇一年一月で上海を訪問し、ハイテク産業や証券取引所を視察している。中国の改革開放政策を自分の目で確かめるためだろうと言われている。

二〇〇二年十一月に胡錦濤が総書記に就任し、金正日は新たな中国との関係強化に向けて訪中すると誰もが思っていた。しかし、その時期がいつになるのか北朝鮮側からは漏れてこない。しかし、情報は中国側から入手することは可能だ。胡錦濤、温家宝体制に入ってからの中国は政治家、官僚の腐敗はさらに進んでいるように思える。金さえ渡せばかなりの高官が北朝鮮に関しての正確な情報を提供してくれた。

車忠孝はありとあらゆるところに金をばら撒いて、金正日の訪中時期を二〇〇四年の年明けから春で調整中という中国外務省高官の情報を、二〇〇三年の夏頃には得ていた。

金正日は極端な飛行機嫌いと伝えられてはいるが、実際には飛行機で移動中にテロ攻撃を受けるのを恐れているのだ。そのために列車を利用するが、偵察衛星に捕捉されるのを警戒して移動は夜中に行われる。

車忠孝が再び丹東に戻ったのは、三月初旬だった。大連港から荷揚げされた硝酸アンモニウムは、一部は貨車で、あるいはトラックで、一度分散して丹東近くの都市に送り、再び丹東に集められることになっていた。

一定期間、肥料は各地方の倉庫に保管された。

その肥料を丹東に集めるように指示を出す時期を車忠孝は虎視眈々と狙っていた。

若槻安次郎から情報が入ったのは三月半ばだった。

「アメリカ、そして中国からの情報を分析した結果なので、信頼性はあります」

車忠孝は告げられた日付をメモにも取らず記憶した。

「武運をお祈りします」とだけ言って若槻は電話を切った。

車忠孝は日付から逆算して、丹東に肥料を集結させるタイムリミットを割り出した。


肥料を積載したトラックが続々と丹東駅操車場に集まってきた。

同時に丹東駅周辺の中国人警察官の数が急に増え始めた。物々しい警戒ぶりに若槻からの情報が正確であることを車忠孝は実感した。

操車場の貨車の横に次々とトラックが止められた。荷台を覆っていたビニールシートが取り除かれると、積載量をはるかにオーバーした俵袋入りの肥料が山積みにされている。それを人の手で有蓋貨車に移し替えるのだ。車忠孝は時折、丹東駅に足を運び、様子を確認していた。

鉄道で輸送されてきた肥料は貨車四台、その後にトラックから移し替えられた肥料を積んだ四台の貨車が連結され、肥料だけで八両編成になった。そして中国国内でタンクローリー二両分の軽油を購入した。貨車は十両編成になるが、先頭から四両は肥料を積んだ有蓋貨車、その後ろに二両のタンクローリー、さらに四両の有蓋貨車を連結させるように中国鉄道省に指示した。丹東の輸送担当者は最初不審な顔をしたが、車忠孝から賄賂を受け取ると、笑みを浮かべ、指示に従った。

　丹東と新義州の間には鴨緑江が流れている。金正日を乗せた特別車両が新義州から鴨緑江を渡り、丹東を通過したのは四月十八日深夜のことだった。中国に滞在するのは十九日から二十三日までの五日間。新義州に戻るのは日付が変わる二十四日午前零時過ぎと見られた。

　深夜のうちに金正日が北京に向かったことを丹東の鉄道関係者から確認すると、車忠孝は十台の貨物列車を北朝鮮内に移動させるように指示を出した。平壌と北京を結ぶ国際列車が一日一往復しているだけだが、電力不足で列車が定刻通りに運行されることはない。電化はされているが丹東から新義州まではディーゼル機関車が客車を牽引する。

　車忠孝は各地から丹東に集まった肥料を見ながら、新義州に運び入れる日を電話で安昌順に伝えた。

「四月二十日に新義州に運ぶ。その日に国際列車で新義州に入るので出迎えを頼む」

　金正日が北京で胡錦濤や温家宝と会談している頃、丹東のクラウン・プラザホテルに渡瀬哲実を呼び出した。

　渡瀬哲実は二十歳前後と思われる男を連れて部屋にやってきた。挨拶もせずにソファに深々と腰を下ろした。男はボディガードなのか、ドアの横に立ったまま座ろうともしない。

「できているか」

渡瀬はダウンコートの胸ポケットからパスポートを二通センターテーブルに放り投げた。車忠孝はそれを取り上げた。二通とも中国の旅券で、写真の顔は白石蓮美と高橋勇男だ。渡瀬が東京に滞在している時に写真は渡しておいた。

「本物なのか」車忠孝が聞いた。

「名前以外はすべて本物で、北朝鮮当局が見破ることはありえない。二人は来ているのか」

「今、北京からこちらに飛行機で向かっている」

「朝鮮系中国人ということで旅券は取得した」

高橋は文炳圭《ムンビョンギュ》、白石は李仁貞《リインジョン》となっていた。

「いつ新義州に入るんだ」

「明日だ」

渡瀬は視線をドアの方にやった。

「あいつを連れて行け。役に立つ」

車忠孝は何も答えなかった。

「定州生まれの元コッチェビ（ストリートチルドレン）だ。定州から新義州までの地理に詳しい。連れて行けば必ず役に立つ」

「まだ子供ではないのか」

「日本ならまだヒヨッコだが、北朝鮮じゃヒヨッコが真っ先に死ぬことになっている」

「君、日本語は話せるか」

車忠孝が男に声をかけた。

「簡単な日本語会話は社長から教えてもらった」

男はぶっきらぼうな口調で答えた。

「名前は？」

「柳世栄《リュセヨン》」

柳世栄は不気味なほど表情がない。

高橋勇男、白石蓮美を同行させることはまだ一言も安昌順に伝えていない。不審がられるのは目に見えている。これ以上の同行者はリスクが大きすぎる。断ろうとすると、渡瀬は「同行させる必要はない。あんたたちにもわからないようにして警護させる。困ったことがあれば彼に言えばいい。必要とあれば、俺が可能なことは手伝う。もちろん金はもらう」

無理やりボディガードを付けて車忠孝から金を引き出す魂胆のようだ。いくら請求されるのかわからないが、地理に詳しいのであれば案外役立つかもしれない。

「では適当な距離を保ってガードしてくれ」

渡瀬たちは納得したのか、それで引き上げていった。

高橋勇男、白石蓮美がホテルにチェックインしたのは午後七時頃だった。二人にも詳細な計画は話をしていない。二人は対面もまだしていない。互いの素性についても知っているのは車忠孝だけだ。

ほぼ同じ時間に高橋、白石から車忠孝の部屋に電話が入った。同じ飛行機で北京から飛んできたのだろう。車忠孝は二人を部屋に呼んだ。宿泊しているのはスイートルームで、そこで二人に中国旅券を渡した。高橋勇男と白石のパスポートは渡瀬に預けることにした。

「文炳圭と李仁貞の名前を叩き込んでおくように。丹東に開く同一化学工業の支店スタッフという肩書で共和国には伝える」

車忠孝は了解を得た上で双方の素性を説明した。兄二人が共和国に渡ったという白石のようなケースは決して少なくない。しかし、高橋勇男の生い立ちと現在の仕事を聞いた白石から血の気が引いていくのがわかった。顔面蒼白で、唇を震わせていた。

高橋の方は落ち着き払い、表情はいっさい変えずに冷静というよりは冷徹といった印象だ。

「もう一人、この計画に加わる男がいたはずですが……」高橋が聞いた。

「伊丹ならあいつは中国人のパスポートも必要ない。すでに鴨緑江を渡っているだろう」

その方が車忠孝にとっても、高橋にとっても好都合だった。丹東から新義州に入る場合、パソコンや携帯電話などの通信機器は持ち込むことは可能だが、携帯電話はつながらない。伊丹は衛星電話や武器を持ち込んでいるはずだ。

伊丹について、高橋はすべての情報を把握していたが、白石は何も知らない。車忠孝は伊丹夏生についても彼女に説明した。白石はとんでもない計画に加わってしまったと後悔している様子が手に取るようにわかる。

「わかっていると思いますが、これは命がけの戦いです。もし無理だと思われるのなら、新義州に入る前に言ってください。共和国に入ってしまえば後戻りはできません」

「お気づかいは無用です。怖くないと言えばウソになりますが、兄を救出するチャンスはこれしかありません」

学問の世界で生きてきた彼女も覚悟を決めてこの計画に加わったのだろう。

翌朝、三人はタクシーで丹東駅に向かった。丹東駅前の広場には毛沢東像が建立され、駅舎も地方の新幹線駅を思わせるような近代的な建物だった。国際列車は午前十時発だが、三時間前には出国手続きをしなければならない。駅に着くと待合室には渡瀬が一人ふんぞり返るようにして椅子に座って待っていた。

車忠孝だけが渡瀬のところに歩み寄りチケットを受け取り、封筒に入ったアメリカ旅券と日本国旅券を預けた。

「戻るまで預かってくれ」

渡瀬は何も言わずにポケットにすぐにしまった。

「柳はどこにいる」

「すでにイミグレーションの手続きを済ませてホームにいるだろう」

「ホントに役に立つのか」

「まだ子供だと思っているのだろうが、ただのコッチェビだったら北朝鮮ではあの年齢まで生き残ることは無理なのさ。あいつは北の闇組織に顔がきくから使っている」

車忠孝は二人を連れて出国手続きをするためにエスカレーターで二階に上がった。イミグレーションでは旅券にスタンプを押すだけかと思ったが、旅券は取り上げられてしまった。そのまま国際列車が入るホームへと向かった。旅券は乗車する時にそれぞれの乗客に戻すようだ。

ホームにはすでに列車が入っていた。客車側面の行く先表示板には「丹東⇕平壌」

と記されていた。平壌到着は午後十時となっている。ホームには北朝鮮へ向かう中国人観光客がけたたましい声を上げて客車を背景に写真を撮影していた。

「意外ですね、共和国を訪れる観光客がこんなにいるなんて……」

白石が誰に言うでもなく呟いた。確かに中国人の団体客は日本の高校生が海外へ修学旅行に行くようなはしゃぎぶりだ。平壌を訪ねても、中国人の目を引くようなものはないだろう。それとも二代にわたる社会主義独裁国家の貧困さでも見物しようと思っているのだろうか。

列車内はホーム側に面した方が通路になっていて、客室は二人用のコンパートメントで、昼間はソファのようなつくりだ。平壌・北京間を走る夜行列車として運行する時はベッドとして用いるようだ。三人は同じコンパートメントに入って、ホームとは逆側の操車場に目をやった。

貨車がゆっくりと動き出したのが見えた。車忠孝が二人に目配せをした。肥料を積載した貨車八両、ちょうどその真ん中に軽油を積んだタンクローリー二両、十両編成の貨車がゆっくりとディーゼル機関車に牽引されて新義州に向かった。

国際列車は新義州から電気機関車で牽引されるが、定刻通りに運行するのは不可能で年がら年中遅れが出ている。

平壌へ向けて丹東を出発した時には四月二十日午前十一時を過ぎていた。鴨緑江に架かる橋を時速四十キロ程度の速度で渡ると、列車はすぐに速度を落とした。近代的なビルが次々に建ち並ぶ丹東駅前や市内だが、橋を渡りきると風景は一変する。半世紀過去に戻ってしまったような錯覚さえ抱く。

国際列車はさらに速度を落として新義州駅のホームに入った。ホームの反対側にはいくつもの引き込み線が並んでいるが、いちばん奥の引き込み線に十両編成の貨車が止めてある。

「さあ、降りましょう」車忠孝は朝鮮語で二人に言った。

高橋も白石も持ってきたのはキャリーバッグ一つだけだ。列車から降りるとホームの真ん中あたりで一人の女性を数人の男性が取り囲んでいた。女性はまさに紅一点で、周囲の雰囲気にそぐわない華やかさをかもし出していた。中国製の安価な原色の衣服をまとった観光客にはない気品がその女性には漂っている。遠目からでも安昌順とわかった。

車忠孝の姿を見つけると、安昌順が走り寄ってくる。周囲には見覚えのある顔ぶれが揃っていた。労働党粛川支部長、粛川駅々長、定州支部長、定州駅々長らが新義州駅まで出迎えに来ていた。さらに見知らぬ顔二人もいた。

安昌順が二人を紹介した。

「新義州駅の朴富億《パクブオック》駅長と新義州労働党支部の辛聖漢《シンソンハン》支部長です」

二人が握手を求めてきた。

車忠孝は二人の同行者を彼らに紹介した。

「同一化学工業の丹東事務所のスタッフで、今後、彼らが肥料の輸出手続きを担当することになります。文炳圭氏と李仁貞さんです」

間髪いれずに安昌順が尋ねた。「お二人は朝鮮系中国人ですか」

「そうです」車忠孝が答えた。

安昌順も他の連中も、二人には挨拶しようとさえしなかった。中国に暮らす朝鮮系の同胞を明らかに見下しているような態度だった。同じ民族なのに国境を隔てて暮らす彼らが豊かな生活をしていることに嫉妬しているのだろうか。

イミグレーションに向かおうとすると、安昌順が旅券を求めてきたので三人の旅券を手渡すと、そのまま駅長室に案内された。入国手続きは駅長室で行われた。

「車同志の共和国への多大な貢献に感謝したいと思います。同志が到着される数時間前に肥料、燃料を積載した列車が新義州に到着しています。新義州周辺の農民もこの肥料を一日千秋の思いで待ち続けてきました」辛聖漢支部長が言った。

車忠孝は新義州に肥料を配布するという話をしていない。しかし、肥料が持ち込まれるという話は新義州から粛川一帯に流布しているのだろう。すでに肥料の醜い争奪戦が始まっているのだ。

新義州駅も厳重な警戒ぶりだった。緊迫した雰囲気があたりを覆っているのがわかる。駅構内はいうまでもなく引き込み線にも武装した兵士が十数メートル間隔で警備にあたっていた。金正日の特別列車が中国から戻り、新義州を通過するまでは厳戒態勢が解かれることはないだろう。

　駅長室には軍服姿の男もいた。右頬に斜めにナイフで切り下ろしたような傷があり、日に焼けたせいなのか浅黒い顔で、帽子のツバの下からうかがうような鋭い視線を向けてくる。軍人は名前も名乗らずに、駅長の椅子に両足を組んで座ったまま部屋の成り行きを見守っている。重苦しい雰囲気が部屋には充満していた。

「無事に貨車が着いたようでなによりです。一刻も早く皆さんに肥料を届けたいと思います」車忠孝は安堵の表情を浮かべながら言った。

「車同志の献身的な行為にわが定州地域の人民も応えるべく準備を整えています。一刻も早く肥料を定州に移動できるように最善を尽くします」

　定州の河相振《ハサンジン》支部長が車忠孝の労をねぎらうように言った。ずる賢そうな笑みを浮かべている。すべての貨車を定州駅に運びたいと額に書いてあるようだ。そうされたら困ると思ったのか、粛川地区の丁健雨《チョンゴヌ》支部長までが、「それは粛川地域の人民も同じことです。一日も早く肥料を田畑に散布し、春のタネまきに備えたいと思います」

と肥料の取得に意欲を見せた。

定州の崔鐘吉《チェジョンギル》駅長も、粛川の蘆道源《ロドウォン》駅長も口元から笑みがこぼれている。肥料以外にも想定もしていなかったタンクローリー二台分の軽油まで輸送されてきた。彼らには途方もない金額のドル紙幣がふところに転がり込んでくる。自然と笑みがこぼれてしまうのだろう。それにしてもはしゃぎ過ぎだ。

対照的にニコリともしないのは、新義州の朴富億駅長と、支部長の辛聖漢、そして駅長の椅子に座る軍人だった。相変わらず鋭い視線で車忠孝と高橋、白石を観察している様子だ。特に高橋に対しては、探るような目つきで見つめている。辛聖漢支部長からもやはり不気味な印象を受ける。

宝の山を目の前にして指をくわえて見ていることに苛立ちを感じているのかもしれない。しかし、分け前を要求するわけでもなく、好きなように言わせているといった印象を受ける。しばらく他愛もない会話が続いた。

辛聖漢支部長が椅子に座る軍人に目で合図を送ったかのように車忠孝には感じられた。年齢的には椅子に座る軍人より、辛聖漢支部長の方が一回りほど年上といった印象だ。

「貨車を輸送していいと誰が許可したのだ」

突然、軍人が低くくぐもった声で口をはさんできた。それまでの会話がウソのように止まり、重い沈黙が部屋に淀んだ。誰も口を開こうとしない。

駅長の椅子にふんぞり返る得体の知れない軍人も、朴富億駅長も、そして辛聖漢支部長も貨車に積まれた肥料とタンクローリー二台分の軽油を狙っているのは明らかだ。

「輸送にあたって鉄道相の許可は得られていないのでしょうか」

車忠孝が誰に聞くとはなく言った。

「鉄道省からの輸送許可はすでに下りています。機関車の手配も済んでいます」

定州の崔鐘吉駅長が粛川の盧道源駅長に同意を求めるように話しかけた。

「それなら移動は問題ありませんね。一日も早く人民に届け、金正日将軍様の指示に従い、未曾有の被害を受けた田畑を革命的集団戦によって肥沃な大地に変えなければなりません」

車忠孝は軍人を挑発するように言った。

「たとえ鉄道省の許可証があっても、新義州にある貨車は俺が許可しない限り一台も動かせん。俺の許可なしに列車を運行できるのは将軍様ただ一人だけだ」

社会主義を標榜している北朝鮮でも、儒教の影響は色濃く残している。駅長室の中で最年長になるのは車忠孝だ。

「失礼だが、あなたはどなたかな?」

答えたのは一癖も二癖もありそうな辛聖漢支部長だった。

「この方は新義州国境警備の最高責任者の劉英基《リュヨンギ》大尉です」

「劉大尉、貨車を定州駅に移動させ、そこから各地方の畑に肥料を運び込みたいのです。タンクローリーは輸送トラックのための燃料です。どうか移動を許可していただきたい」

「移動させても龍川駅までだ」

　龍川は新義州の三つ先の駅で、順調なら三十分も走らないで着く。乗降客も少なく、どちらかといえば新義州の操車場の狭さを補うための駅で、引き込み線が八線あり、十両の貨車を止めておく余地は十分すぎるほどある。新義州駅は、中国からの輸入品や支援物資を積載した貨車と中国に輸出する北朝鮮産の石炭を積んだ貨車で満杯状態、止められない貨物が龍川駅の操車場に移されていた。

　龍川に移動させるのも、定州に移動させるのも差異はないはずだ。龍川に貨車を止め置きたいというのは、彼らにとっても貨車に積まれている肥料と燃料が魅力的なものなのだ。

「なぜ龍川駅で止めておかなければならないのでしょうか」

「俺の命令だからだ」

　劉大尉は理由を説明しようとはしなかった。龍川駅に貨車を止めておけば、肥料の抜き取りはやりたい放題だ。

「では金容三《キムヨンサム》鉄道相か権在玄氏に直接確認を取ってみます」

　こう言って、車忠孝は高橋と白石に「行きましょう」と駅長室から出ようとした。金容三鉄道相、対日工作の最高責任者だった権在玄の名前が車忠孝から出たのは意外だったのだろう。唖然とした顔をしている。駅長の椅子に座ったままの劉大尉は人を小馬鹿にしたような笑みを浮かべた。

　在日朝鮮人は「出身成分」が悪いと差別している連中だ。日本から経済的支援をしている在日商工人がはったりをきかせているくらいにしか思っていないのだろう。

「一日も早く肥料を各農場に配分し、次の準備にかかろうと思いましたが、どうやら平壌まで足を運ばなければならないようですね。この話は将軍様にも通してある話です。将軍様に現状をお伝えしてご判断を仰ぎます」

　劉大尉以外、駅長室にいる全員の顔色が変わった。金正日と直接つながりがあるとは思ってもみなかったのだろう。

「将軍様が中国から戻られた時に、ここでお話を聞いていただけるのならそれがいちばんいいのだが、それはホテルに入ってから相談しましょう」

　金正日が中国を訪問している事実は北朝鮮内でも秘密にされている。それをこともなげに言ってのけた車忠孝という人物を彼らは改めてうかがっているように感じられた。さすがの劉大尉も表情は青ざめている。

「では皆さん失礼します」

　車忠孝は席を立ち、駅長の机に歩み寄り、「お名前は劉英基大尉でしたな。覚えておきましょう」と確かめるように車忠孝は言った。

　振り向きざまに車忠孝は辛聖漢支部長に視線を投げつけた。二人の視線が絡み合った。辛聖漢は平静を装っているが困惑している。

　黙ったままことの成り行きを見守っていた安昌順は、どうしたらいいのか決めかねている。

「安同志、ひとまずホテルに入りましょう」

　三人はそれぞれの旅券を受け取り、駅長室を出た。

　安昌順は後ろを何度も振り返りながら後をついてくる。高橋が車忠孝に並ぶと前を向きながらひとこと言った。

「ずいぶん大胆な芝居を打つものですね」

　北朝鮮は社会主義を標榜しているだけで、内実は金正日王朝国家なのだ。金一族とどれほど親しいかによって手中に収める権力と富が決定づけられてしまう。

　彼らが車忠孝の言葉をどこまで信じたかは不明だが、魂胆が金正日に伝われば彼らは降格、左遷されるどころか、最悪の場合は全員が収容所送りになるか、あるいは銃殺にされることもこの国では起こりうるのだ。

慌てふためき車忠孝の素性を調べ始めているだろう。どれほどの価値のあるものかはわからないが、車忠孝は共和国から勲章、感謝状はいくつも受領していた。北朝鮮へ闇ルートで送金し、共和国に肥料工場を建設してきた見返りだ。送金額が大きければ誰でももらえるようなものだ。

車忠孝は金正日と会ったこともなければ、直接話ができるようなルートもない。しかし、新義州に金正日が戻ってくるのは数日後だ。その時までにウソが露見しなければいいのだ。

駅から徒歩で五分の距離にある新義州人民ホテルにひとまず部屋を取りチェックインした。一時間後、ロビーフロアーにあるレストランで食事をしながら善後策を協議しようと全員に伝えた。丹東に住む中国人がビジネスのために宿泊するホテルのようで、部屋には腰を下ろしただけで軋むベッドと汚れたシーツと毛布に布団、古びた中国製のエアコンが備え付けられていた。部屋にも異臭が立ち込めている。

部屋にいるのが苦痛で、車忠孝がロビーに行くと、安昌順、高橋、白石も次々にロビーに下りてきた。

「生まれて初めて泊まるわが共和国のホテルには感慨深いものがあります」

高橋は本心からそう思っているのか、あるいは部屋の劣悪さにあきれ果てているのか、物静かな口調で言った。

「平壌ならまともなホテルにお泊まりいただくことができるのですが……」

安昌順が申し訳なさそうに答えた。

全員がそろうと、それぞれに好きなものを注文したが、箸は進まなかった。特に白石は箸をまったくつけようとしない。劣悪な衛生状態で調理された料理など口にしたくなかったのだろう。

白石はこれからどうなっていくのか気をもんでいたが、高橋からは動揺している様子はまったく感じられない。車忠孝にとっても想定内の動きで動じることは何もなかった。

食事を終え、部屋で休憩でも取ろうと席を立とうとした時だった。新義州駅の朴富億駅長や定州の関係者が恐縮しきった顔でホテルに現れた。勧めてもいないのに空いている席に座った。

「先程は私どもの連絡不足で見苦しいところをお見せしてしまいました。劉大尉は将軍様がご帰国の際に不手際があってはならないと必要以上に神経質になり、あのような態度をとってしまったということで、どうかご容赦ください」

朴駅長はテーブルに額を擦るようにして謝罪した。

「どうか顔をお上げになってください」

車忠孝は気の毒がっている様子で言った。

「それでどうなりましたか」

「劉大尉はああ言ってみたものの、実際に新義州駅に貨車を止め置くことは事実上不可能です。それで明日にでも移動できるように取り計らいます」

朴駅長の提案は列車の運行上、安全な貨車の分配は龍川駅と定州駅にそれぞれ肥料を積んだ貨車三両にタンクローリー一台、定州と粛川の間にある新安州駅に貨車二台というものだった。

「劉大尉もそれなら問題はないだろうということです」

この決定に不満をあらわにしたのは粛川駅の蘆駅長と丁支部長だった。目の前の宝を劉大尉の横槍で奪い取られていくのが口惜しいのだろう。車忠孝は隣に座る高橋に言った。

「では文炳圭支店長、李仁貞営業部長にお願いしておきます。もうすぐ大連に入港する次の貨物は優先的に粛川地区に回すように手配してください」

「その貨物はいつ頃、新義州に入るのでしょうか」

間髪置かず朴駅長が尋ねた。

「今回の肥料が各農場に配分された頃には、スケジュールをはっきりさせることができると思います」

朴駅長はさらに何かを聞きたかった様子だが、それを制して車忠孝が言った。

「もし、明日に貨物が移動できるのなら、私たちも早めに龍川、定州、新安州に移動し、肥料分配の準備を整えておきたいですね」

ここからは安昌順の出番だ。

誰も新義州人民ホテルには泊りたくないのだろう。定州ホテルに四室の予約を入れた。それほど距離はないが、北朝鮮は移動手段を確保するのが困難なのだ。その点は朴駅長も心得たもので便宜をはかると言ってきた。

「ご心配をかけたお詫びに、車は辛聖漢支部長が手配したようで、すぐに到着するはずです」

それから間もなく運転手と思しき中年の男が挨拶もなく朴駅長に近寄ってきた。朴駅長は彼の顔を見るなり言った。

「到着しました」

結局、新義州人民ホテルには宿泊せずに、迎えの車で定州まで移動することになった。四人はベンツで定州ホテルに向かった。後ろから定州の駅長、支部長らを乗せたジープがノロノロと付いてきた。

定州ホテルにはベンツの方が三十分以上も早く着いてしまった。

翌日は高橋、白石を連れて定州地域の農場を視察する予定だ。

権在玄が新義州に大量の肥料が持ち込まれるという情報を知ったのはベッドの上だった。愛人の安玉姫が漏らした一言だった。

「今年の平安北道は豊作になりそうですね」

農業のことについてまったく知識のない安玉姫が唐突に言った。

「田畑は荒れ放題でとても豊作が望めるような状態ではないと聞いているが……」

「そのようですが日本の商工人が大量の肥料を平安北道に持ち込むと聞きました」

「誰からだ」

安玉姫は黙り込んだ。全裸のままで安玉姫は権在玄の男性自身を指で愛撫しつづけている。権在玄は安玉姫のバストを鷲掴みにして言った。

「誰からそんな話を聞いた」

安玉姫は指の動きを止め、痛みに耐えながら答えた。

「姉です」

権在玄は力を緩めた。日本から来た商工人の指導員をしているとは聞いていた。

「詳しく聞かせろ」

安玉姫は躊躇うことなく姉から聞いた情報をすべて吐露した。今の生活は権在玄の後ろ盾があるからこそ保障されているというのを本人も十分に認識しているのだろう。

在日商工人の計画が事実なら、平安北道の連中が肥料を横流しするためにすでに蠢《うごめ》いているはずだ。

　ベッドから起きあがると、金容三に電話を入れた。鉄道相で北朝鮮の鉄道は、彼の許可なしでは運行はできない。金容三も運び込まれてくる肥料に関心を示すはずだ。彼が加われば、今からでも遅くはない。今後輸入されてくる肥料は、金容三を通さなければ持ち込めないようにしてしまえば、百ドル紙幣の札束を手にすることができる。

　安玉姫から聞き出した事実を金容三に伝えた。鉄道相として絶大な権力は握っているが、北朝鮮国内では権力だけで富を生み出すことはできないのだ。北朝鮮国内にそもそも富というものがないからだ。せいぜい金鉱から産出される金や、中国向けの漁獲で、これらに対する利権はすでに食いつくされ、金容三が入り込む余地はない。ありとあらゆるところに情報網を張り巡らせて、ここぞという時に権力を行使して私財を蓄えていくのだ。そうでもしなければこの国では役職だけで生きていけない。

　案の定、金容三はすぐにこの話に乗ってきた。

「今からでも遅くないな」

　金容三はこれから新義州に向かうという。軽油にしても肥料にしてもすぐに現金化できるわけではない。それにしても金容三の決断は早かった。

「二時間後に迎えに行く。用意しておけ」

　年齢的には権在玄の方が上だ。徒歩が最も便利な輸送手段といわれるほど惨めなこの国であっても、いや惨めだからこそ鉄道相という地位は絶対的な権力になりうるのだ。

「相変わらず欲が深い男だ」

権在玄は安玉姫にも聞こえないような小さな声で呟いた。壁に耳ありのこの国では人前で絶対に本音を漏らすことは許されない。時と場合によっては、その一言で命を失うこともあるのだ。

権在玄は愛人の安玉姫も同行させることにした。慌ただしく出発の準備をしていると、間もなくドアを叩く音がした。安玉姫がドアを開けると、金容三の運転手が迎えにきていた。

「すぐに行くと伝えておけ」

安玉姫に命じた。

二人でアパートを出ると、アプローチには黒塗りのベンツが止まっていた。運転手が降りてきて後部座席のドアを開けた。吹きだすようにタバコの煙が流れてくる。待たせた時間は十数分程度なのに金容三は苛立っていた。

「女も一緒か」

吐き捨てるように言い放った。

「彼女の姉が在日商工人の指導員をしています。同行させます」

安玉姫が権在玄の愛人であることは察しているのだろう。彼女のために何度か便宜を計ってもらったことがある。その度に一万円札や百ドル紙幣を数十枚入れた封筒を渡してきた。助手席に安玉姫が乗った。後部座席に権在玄と並んで座るのが嫌なのだろう。金容三はせわしなくタバコを吸った。

金容三の乗るベンツは金正日から贈られたものだ。北朝鮮の人民ならすぐにそれがわかる。ナンバープレートの末尾が２１６のベンツはすべて金正日が自分への忠誠を誓った側近に贈ったものだ。金正日の誕生日が二月十六日であることから、そのナンバーが与えられる。

２１６ナンバーの付いたベンツはほとんどの場所に検問なしに入れる。金容三もそれを乗りまわしている。権在玄は日本の商工人から多額の献金をさせる力がある。金容三にもその金の一部が流れる。だから付き合っている。本来なら、並んで後部座席に座ることなど許されない身分だ。金容三のしわだらけの額にそう書いてあるように、権在玄には思えた。

新義州までの間、重い沈黙が車内に立ち込めた。北朝鮮内の交通機関を掌握する大臣であっても、その地位と権力を維持するには金正日に取り入るだけでは安泰ではない。その地位を脅かす者がいつ現れるかもしれない。その地位を狙っているものは常に存在する。あらゆる情報に気配りをして、地位を狙っているものに対してはどんな手段を講じてでも失脚させなければならない。そのためにも常に潤沢な資金を蓄えておく必要がある。

金容三がどれほど権在玄を嫌っていようが、日本の朝鮮統一連合会と太いパイプを持ち、金を供出させる術を持っている限り、金容三はおろか金正日さえも、権在玄には一目置かざるをえないのだ。

現に金容三は権在玄の情報に色めき立っている。それにしても不思議なのは在日の商工人が危険を冒してこれだけの物資を運び込むというのに、自分のところに何の連絡も相談もないことだ。日本人の拉致問題が顕在化すると、在日からの金の調達が困難になってきた。

しかし、荒廃しきったこの国に夢を託す在日がまだいるとは、権在玄は想像すらしていなかった。

「おい、今度の商工人はお前の配下の者か」

突然、金容三がタバコをねじり消し、窓から吸殻を放り投げながら聞いた。金容三は、これからも肥料や軽油を密かに北朝鮮国内に運び入れる在日がいるのかどうか、それを知りたがっているのだろう。それは権在玄も同じだ。

「拉致問題以降、状況が一変しています。私の知らない人間だと思います」

「そうか」

金容三の返事には落胆が込められている。肥料と軽油を運び入れる在日商工人の背後に、金容三の知らない大物が控えていることは十分に考えられる。自分よりも地位が低ければ、金正日に取り入ってやると、分け前を堂々と要求できる。しかし、地位が上となると、どんなしっぺ返しを食らうかもしれない。それがこわいから自分の目で確かめるために金容三はわざわざ新義州まで赴くのだ。

四月二十一日の午後には新義州駅に着いた。金容三はベンツを新義州駅に着けるように命じた。駅に着くと、金容三はさっさと駅長室に向かった。

商売で入国した中国人や朝鮮系中国人らしき乗客が駅構内でけたたましい声を上げている。

駅長室に入ると、三人の男が雑談をしていた。三人は金容三が入ってきたことを知ると、一瞬のうちに青ざめた顔に変わった。金容三は新義州駅の朴富億駅長の顔を知らなくても、朴駅長は鉄道相だとすぐにわかる。

三人はソファから立ち上がり、姿勢を正して金容三を迎えた。金容三はソファに一人深々と腰を下ろした。権在玄は部屋にあったパイプ椅子に座った。安玉姫はその横に立ったままだ。

「駅長の朴富億です。警備には万全を期しています」

朴駅長は金容三が何も聞いていないのに勝手に答えた。

それにしても三人の狼狽ぶりは異様だ。朴駅長が辛聖漢労働党支部長と国境警備の責任者でもある劉英基大尉を紹介した。

「ご安心ください。将軍様の警備には万全を尽くしております」

三人はまさに抜き打ち査察で逮捕される直前の汚職官僚といった表情で、顔には一様に脅えが滲んでいる。何かを隠しているのは明白だ。

「日本の商工人が肥料と軽油を……」

と金容三が言った瞬間、三人は顔を見合わせた。

「申し訳ありません、その件でご報告が遅れました」

朴富億駅長が観念したようにうなだれた。他の二人も死刑判決を受ける罪人のような顔だ。

金容三は肥料や軽油はすでに秘密裏に処分されてしまったと思ったようだ。権在玄ももう少し早く安玉姫から情報を引き出していればと後悔した。しかし、毎日、安玉姫をアパートに呼び出しているわけではない。たまたま安玉姫がベッドで話したことをその場で金容三に報告し、金容三も即断して新義州まで足を運んだのだ。

金容三は狡猾な男で、すぐに次の手を考えていた。

「すべてを報告しろ、いいか、すべてだぞ」

金容三は三人に恫喝を加えた。

朴富億はすべてを金容三に伝えた。その説明を聞いて、三人の動揺ぶりがようやく理解できた。彼らはわずか一日前に車忠孝が「金容三鉄道相か権在玄氏に直接確認を取る」と言った言葉がはったりなどではなく、事実だと思ったのだ。しかもその当人二人が新義州駅に突然現れたのだ。彼らが私腹を肥やそうとしていたことが金容三に最初から筒抜けだったと勝手に思い込んでしまったようだ。

金容三は車忠孝がさらに日本から肥料や軽油を運び入れようと計画していることを知ると、朴駅長、辛支部長、そして劉大尉の一人一人に鋭い視線を投げつけた。

「お前らもわかっていると思うが、将軍様が北京から戻られた時、わしも将軍様の列車に乗り込み今回のことを報告する」

三人は父親に殴られる子供のようにワナワナと震えだし、辛支部長は歯をカチカチと鳴らしながら泣き出した。劉大尉は口を真一文字に堅く結んでいるが、恐怖には勝てず、握った拳が震えている。

北朝鮮では、要人から一度睨まれれば、その翌日には強制収容所送りになる。それはまだましな方で、最悪の場合は公開銃殺刑もありうる。彼ら自身がこれまでにやってきたことでもある。今は立場が逆転しているだけなのだ。

「今日は女房を心おきなく抱いておくことだな」

金容三はうすら笑いを浮かべながら言った。命はないと宣告したようなものだ。

「どうかご容赦ください」朴駅長がひざまずいた。

辛支部長は泣きわめきながら言った。「二度とこのようなことはしません。どうかご慈悲を」

金容三は最も若い劉大尉に目をやった。

「私には妻と生まれたばかりの子供がいます」

「それがどうしたというのだ。一人で死ぬのが寂しいのなら、一家揃ってこの世から消えてもらってもかまわないぞ。そうしてほしいのか。銃弾が二つ増えるだけだからな」

「いいえ。なにとぞ三人で生きられるよう寛大な処分をお願いします」

「お前ら、生きたいのか」

三人が一斉に顔を上げ、金容三にすがるような視線を送った。

「今後、このようなことは絶対にないと約束できるか」

三人の顔に微かな望みが滲む。

「はい、金容三様にこの命を捧げてお仕えします」

朴駅長の言葉に、「私も心から誓います」と二人が続いた。

「その言葉に偽りはないな」

「はい」三人は声を揃えて答えた。

そんな誓いには何の効力もないし、彼らに金容三よりも有力な後ろ盾が現れれば、一分後にも掌を返すのは金容三にもわかっている。金容三にしても、今はこの三人を利用するのが得策だから利用するだけなのだ。

金容三は今後の計画を聞き出すと、三人に詳細な指示を与えた。

第六章　反逆

二〇〇四年四月二十一日、定州ホテル。朝食を摂ろうとロビーに降りると、定州の崔鐘吉駅長、河相振支部長の二人がロビーのソファに腰を下ろしていた。車忠孝がエレベーターから出た瞬間、立ち上がり深々と頭を下げた。

「今朝早く貨車が定州に到着し、さきほど新安州駅にも着いたと連絡が入りました」

崔駅長はようやく宝を手中にし、笑いが止まらないといった様子だ。それは河支部長も同じで、車忠孝に満面の笑みを浮かべて握手を求めてきた。

朝食を摂ろうとレストランに誘った。高橋、白石、そして安昌順も降りてきて全員が揃った。白石は寝不足が顔に出ている。

「今後の日程ですが、まずは皆さんにもう一度農場を視察していただきたいのと、人民の熱烈な感謝を車同志にお伝えしたいと思っています。いかがでしょうか」

河支部長が切り出した。

「ぜひそうしてください。それに文、李の二人にも定州の農場にあとどれくらいの肥料が必要なのか見せる必要があります。その打ち合わせも兼ねて人民と直接会う機会を作ってください」

車忠孝の申し入れに崔駅長も河支部長も頷きながら「もちろんです」と答えた。彼らは大連港に第二便の肥料が到着すると思い込んでいる。彼らは第二便の肥料も定州に運び込もうと、定州支部管内の農場を視察させようと考えるだろう。管内を動き回れば回るほど、白光泰との再会の時間を作ることができる。白光泰にも白石蓮美が共和国に入るという情報は届いているはずだ。

白石は定州管内に兄の白光泰がいると思うと、落ち着いて眠ることができなかったのだろう。無理もない。四十三年ぶりの再会なのだ。

朝食を早々とすませた。二台の車に分乗して農場視察に回るらしい。食事を終え、荷物を取りに一度部屋に戻ることになった。エレベーターの中で、車忠孝は白石に大きな声を出して言った。

「李仁貞さん、いいですね。今後はあなたの指示に従って東京から肥料を送るようになります。定州地区の農業地帯の状況をしっかり把握しておくように」

「李仁貞」という名前にまだ実感がないのだろう。白石はハッとした顔をしている。それでも国境付近に暮らす朝鮮族の訛りを交えながら「わかりました」と答えた。

ホテルの部屋にもエレベーターにも盗聴器が仕掛けられていることを白石も十分認

識しているのだろう。高橋はほとんど口を開かず、車忠孝の横に寄り添って、ボディガード役だという雰囲気を漂わせている。

ホテルのエントランスに出るとベンツともう一台ジープ「更生」が止まっていた。ベンツを運転していたのは張奉男だった。運転席から降りてきた張奉男を見て、安昌順が青ざめた表情に変わった。予期していなかったのだろう。

「ごぶさたしています。車同志」

張奉男は不気味な笑みを浮かべている。

安昌順は訝る表情をあからさまに浮かべた。ベンツの助手席に安昌順が、後部座席に残りの三人が乗車した。前回同様に「更生」が道案内をした。

「張同志、いつもご苦労様です」車忠孝は後部座席に深々と腰を沈めながら言った。

張奉男は後ろを振り返りながら軽く会釈を返した。しかし、その視線が向けられたのは車忠孝や白石ではなく高橋に対してだった。

「文先生は共和国に来られたのは初めてですか」

ハンドルを握りながら張奉男が何気なく聞いた。

「初めてだ。共和国の報道はいろいろ見ているが、このあたりの風景は遼寧省の田舎とほとんど変わらんな」

高橋は中国訛りの朝鮮語で敬語は使わず尊大な口調で答えた。中国国内の朝鮮族が

話す朝鮮語は明らかにイントネーションが異なり、사（SA）行の発音がSYA行になりがちだ。高橋はそれを意識的に使っている。高橋からはビジネスマンとは思えない緊迫した雰囲気が漂ってくる。それをいちはやく張奉男は感じ取っているのだろう。

張奉男が現れるとは安昌順も予期していなかった。いったい誰が彼を派遣したのだろうか。いずれにせよ警戒しなければならない人物のようだ。ただの運転手ではないのは明らかだ。そのまま好きにさせていれば白石にもさりげなく話しかけてきそうな雰囲気だった。

「李さん、車酔いは大丈夫ですか」安昌順が白石を気づかった。

「ご心配なく。中国国内はこんなきれいな道路は少なく、悪路には慣れていますから」

白石も心得たもので中国訛りの朝鮮語で答えた。

「運転手、お前は中国語が話せるのか」

高橋は明らかに傲慢な口調で尋ねた。

「いいえ」

「簡単な会話は話せるようにしておけ。今後は丹東の中国人スタッフだけで共和国を訪れることもある。農地面積に応じて肥料を丹東から持ち込むことになるだろう。農場の案内くらい中国語でやってもらわないと困るからな」

高橋も張奉男をただの運転手扱いにしているが、張奉男から言いようのない威圧感を感じ取っているのだろう。言葉の端々に挑発しようとしているのがうかがえる。張奉男の表情は後部座席からは見えないが、何事もなかったかのようにハンドルを操作している。

ベンツはやがて見覚えのある田園地帯に入っていった。定州支部管内の農場に次第に近づいているが、待っているのは派手な歓迎を演じるよう命じられた貧しい人民だけだ。彼らに報酬として支払われるのはそれこそ一食分の食料か、紙くず同然の北朝鮮の通貨だろう。

以前とは違い今回は貨車三台分の肥料とタンクローリー一台分の軽油が駅に着いている。歓迎は前回よりも少しは派手になるかもしれない。車忠孝は一人でも多くの農民が畑にきて、歓迎してくれることを密かに期待した。車忠孝の予想は的中したようだ。以前、農民から事情を聞いた地区に近づくにつれて、農作業をしている人の姿が車窓に流れるようになった。農作業は道路の近くの畑で行われ、いかにも車忠孝らに見せるためだというのがありありとうかがえる。

高橋も白石も北朝鮮の人民の姿を見るのは初めてだ。農道の両側で働く農民の様子を見ようと、車の窓ガラスに額を擦りつけて眺めている。

「おい、運転手、彼らの体格は、何故あんなに筋肉質なんだ。肥満の人間は一人もいないな」

高橋は黙々と鍬を振るっている農民を見ながら聞いた。食糧不足で十分な栄養が摂れていないのを百も承知で言っているのだ。

「四足なら椅子以外はなんでも胃に入れてしまう中国人と一緒にされても困ります」

張奉男が言い返した。中国人の食への貪欲さには舌を巻くが、しかし、北朝鮮の人民は口にするものがなく、ただやせ細っているだけだ。木の皮を剥いで食い、雑草をむしり、葉や根までも食わなければ餓死する。

畑でふらふらしながら働く農民は一日一食程度の食事を摂り、かろうじて生きているだけで、淀んだ水に浮遊するボウフラのようにしか見えなかった。しかし、定州の崔鐘吉駅長、河相振支部長、それに張奉男もまるで気にならない様子で、車一台が通れるほどの広さの農道を進んでいった。

他人のことなど考えたらこの国では生きていけないのかもしれない。余裕のある者は自分とその家族、その余裕すらないものは自分のことだけを考えるようにしなければこの国では生き残れない。

前を走るジープが農道の真ん中で停車した。その後ろにベンツも停車し、エンジンを切った。近辺で働いていた農民が一斉に集まってくる。しかし、走っているものは誰一人としていない。よたよたと歩いてくる。

視界に入る畑で働いていた四、五十人ほどの農民が集まると河支部長が例の演説を始めた。うんざりするが聞くしかない。この国では人が集まれば何はさておいても金正日を賞賛する演説から始めなければならないのだ。

金正日を賞賛する演説に同調する相槌は、彼らにとっては条件反射のようなものらしい。拳を振り上げたり、胸を叩いたりする動作などはどのような決まりになっているのかさっぱりわからないが、タイミングも動作も間違うことはない。

ようやくその演説が終わると、車忠孝はかろうじて立っている農民に向かって言った。

「約束のものをお届けにあがりました。金正日将軍様のご期待に沿えるよう皆さんで頑張ってください」

車忠孝は歯が浮くような空々しい言葉を口にした。本心は少しでも生産量をあげ、飢えをしのいでほしい。子供を餓死させるようなみじめな思いをしないように頑張ってくれと叫びたい気持ちだ。

「皆さんにこの二人を紹介します。今後、この二人が中国側から肥料を共和国に運び入れる仕事を担当します。皆さんの要望をこの二人に伝えてもらえれば、間違いなくそれは私に伝わります。二人が共和国を訪れたのはこれが最初です。ぜひ農場の現状と、地質について説明してやってください」

車忠孝は挨拶を終え、農民の中に白光泰の姿を探した。後ろの方で目立たないようにしている白光泰の姿は農場に着いた時からわかっていた。しかし、ここでは再会を喜び合うような抱擁は避けなければならない。

「河相振支部長、二人の案内をお願いします」

支部長も崔鐘吉駅長も心得たとばかりに、二人を連れて田畑の視察に向かった。その後ろを農民たちが幽鬼のようにふらつく足取りで付いていく。

車忠孝はその群れには加わらなかった。張奉男に言った。

「風邪をひいたようです。車の中で休んでいたいのだが……」

張奉男も彼らと同行しようとしていたが、すぐに踵を返して車に向かって歩き出した。張奉男は素早く後ろのドアを開け、車忠孝を後部座席に座らせると、自分も運転席に座り、エンジンをかけた。エアコンのスイッチをひねるとすぐに暖かい空気で車内は満たされた。「四月とはいえこのあたりの寒さは老人にはきついい」

ひとり言のように言った。張奉男は前をむいたままで何の返事も返してこない。胸のポケットから財布を取り出し、百ドル紙幣を十枚引き抜いた。

車忠孝は張奉男の肩を叩いた。後ろを振り返り、車忠孝の手に握られているドル紙幣を見ると、まだ何も言っていないのに手が先に延びてきた。

「前回同様、よろしく頼む」

と言っても、何も答えず当たり前のような顔で、ズボンのポケットに紙幣をねじり入れた。

それから小一時間ほどうつらうつらしながら車忠孝は車内で休んだ。

「視察が終わったようです」

目を開けると、四人だけがこちらに向かって歩いてきた。農民はすでに畑に戻るか、役目を終えて自分の家に帰ったのだろう。なんとなく白石の足取りが重いように感じられる。別れてから四十年以上の歳月が流れている。しかし、白光泰には車忠孝の横に寄り添っていた女性が妹だとすぐにわかったはずだ。

抱き合って再会を喜ぶどころか手を取り合うこともここでは許されない。いったい誰がこんな国家にしてしまったのか。兄の白光泰のみすぼらしい姿に白石蓮美は何を思ったのだろうか。

車忠孝は車を降りて四人を迎えた。白石の目が赤く充血している。泣いたのは明らかだ。張奉男が訝る表情で白石を見つめた。

「あまりにも荒れ果てた大地に人民が果敢に挑んでいる姿に、李さんは大変感動されたようだ」

高橋が車忠孝の顔を見るなり言った。

「土地の様子はどうだった」車忠孝が尋ねた。

「私の目から見ても、よくもこんな荒れた大地を耕し、タネを蒔くものだと感心するくらいにひどい状況だ」

「大量の肥料をぶちこめば肥沃な土地に変えられるだろう」車忠孝が言った。

「土壌は変えられますが、次はタネをなんとかして持ち込む必要がある」

高橋は畑と同時に水田も見てきたようだ。

「このあたりは日本の秋田や盛岡より少し北に位置する程度。冷害に強い籾を持ち込めば、米の生産力は一気にアップできる」

高橋は農業にも精通している口ぶりだ。河相振支部長の顔はほころびっぱなしだ。

「わかりました。まずは春までに肥料を散布し、肥沃な土壌に変え、トウモロコシや芋などが十分収穫できるような土地に改良しましょう。その次に水田の改良に着手しましょう。さあ、乗って」

車忠孝が白石を車に押し込めた。車の中で白石はずっと無言だった。

助手席の安昌順も同じように黙りこくったままだ。

定州ホテルに戻ると、河相振支部長と崔鐘吉駅長は三人の歓迎会をまた同じレストランで開きたいと言ってきた。といっても彼らはていのいいたかりをしているのだ。しかし、むげに断ることもできない。

宴会には車忠孝と高橋の二人が出席するようになった。安昌順には白石の看護を頼んだ。運転手の張奉男は四人を降ろすと何も言わずにどこかへと立ち去って行った。

結局、七時に駅近くのレストランで落ち合う約束をして、それぞれが部屋にチェックインした。エレベーターに乗ると、大声で高橋が言った。

「社長、約束の時間までにまだ三時間もあります。少し散歩でもしてみませんか」

「わかった。では十分後にロビーで。李さんは部屋でゆっくり休むといい。困ったことがあれば安さんに頼むといい」

「李さんのお世話は私にお任せください」

車忠孝は部屋に荷物を置き、ロビーへ降りた。すぐに高橋もロビーに降りてきて、フロントにキーを預けた。

「少し散歩をしてきます」

車忠孝もこう言ってキーをフロントに渡した。

「駅の周辺を少し歩いてみましょう」

高橋は車忠孝を誘い、駅に向かって歩き出した。

「驚かないで聞いてください」

高橋は脈絡もなく顔に笑みを浮かべている。

「計画は一日早めて実行に移します」

突然の言葉に車忠孝は足を止めた。

「止まらずそのまま歩いてください」

相変わらず高橋は笑みを浮かべている。他人が見れば楽しい話題に夢中になっているようにしか映らないだろう。

「白光泰のところに入っている情報だと、金正日は帰国を一日早めて四月二十二日深夜から二十三日未明にかけて、新義州に戻ってきます」

「確かなのか」

「ええ」

「それでどうするのだ」

「龍川は伊丹に任せます。定州駅は私が仕掛けます」

「新安州はどうするのだ？」

「タンクローリー車がない以上、どうすることもできません」

定州駅に着くと、二人は遠巻きに駅構内を一周した。高橋はどのような方法で仕掛けを設置するのか考えているのだろう。三台の貨車とタンクローリーの位置を確認すると、二人はホテルに戻ることにした。

「今晩、あいつらの接待を受けなければならないのだが……」

「私も同席します。彼らから勧められる酒は飲まないでください」

「わかった」

「宴会の後、白石さんをホテルから連れ出し、白光泰らと鴨緑江に向けて出発させます。明後日の夜には河を越えるように計画が進んでいます」

「では私は新義州に戻り、次の便の打ち合わせをするようにすればいいな」

「お願いします。私はもう一日定州に滞在、さらに河相振、崔鐘吉らと打ち合わせをすることにします。白石さんは病気療養のため一日中ホテルで休養しているように思わせる必要があります」

「なんとかやってみる」

「安昌順の対応に気をつけてください」

高橋が歩調を急に速めた。

「後ろを振り返らないでください。誰かに尾行されているようです」

高橋は特殊な訓練を受けているのだろう。

二人はホテルに戻り、自分の部屋に戻った。


約束の時間の少し前に、車忠孝と高橋は約束のレストランに向かった。以前にも食事をしたレストランだ。ホテルからもそれほど離れていない。安昌順は白石の看護をしてもらうという理由で、ホテルに止まってもらった。

二人がレストランに着いた時にはすでに宴会は始まっていた。以前、ドル紙幣で支払いをすませたが、それを覚えている店主は車忠孝の顔を見ると満面の笑みを浮かべた。またドル紙幣が舞い込むと思っているのだろう。

車忠孝は百ドル紙幣十枚を財布から取り出し、「店にある最高の酒と料理を出してくれ」と店主に頼んだ。

上座に車忠孝は座ったが、高橋は駅長の隣の末席だった。二人が席に着くと同時に、酒や紹興酒や中国のビールが運ばれてきた。中国国境が近いせいか、こうした酒も密輸入されてくるのだろう。

料理もテーブルに二、三皿のつまみが用意されているだけだったが、金を渡すのと同時に次々豪華な料理が運ばれてくる。食材もやはり中国からのものもあるようで、餓死者が出ている国の料理とは思えない。河相振支部長と崔鐘吉駅長も運ばれてくる料理に目をカッと目を見開き驚いている。

「お二人ともご苦労様でした。今夜は心おきなく飲んでください」

車忠孝自ら二人に酒を注いだ。河相振支部長と崔鐘吉駅長も、一週間飲まず食わずでいた難民のような食欲で、出された料理、酒を次々に口に運んでいく。高橋はもっぱら酒を注ぎ、料理がなくなると次の料理を注文し、酒がなくなれば自分が厨房に足を運び酒を運んだ。

河相振支部長と崔鐘吉駅長は高橋がウェイターのように厨房から料理と酒を運ぶ姿を見て、声をかけた。

「お前も少しは酒につきあえ」

河支部長が言うと、高橋は両手で杯を差し出した。注がれた酒を飲むとすぐに席を立ち、再び酒徳利をお盆に載せて運んできた。飲んだふりをして酒は吐き出していたのだろう。

車忠孝と高橋が着いてから一時間足らずで、二人は酩酊状態に陥っていた。

「さて、私たちは今日はこれで失礼させていただきますが、お二人はどうか心ゆくまで飲んでください」

車忠孝は高橋に目で合図を送り、席を立った。

「支払いはあれで足りますか」

店主に尋ねると、「十分にいただいております」と答えた。

「あのお二人には大変お世話になりました。好きなだけ飲ませてあげてください。これはあなたへの感謝の気持ちです」

店主にさらに二百ドルを渡した。

店を出ると高橋がそっと言った。

「あの二人はあと一時間もすればいびきかいて熟睡し、明日の昼頃までは目を覚ましません。その後も五、六時間は酩酊状態が続き、何を聞かれてもまともな返事はできないでしょう」

高橋が何度も厨房に足を運んだのは、効果が持続する睡眠薬を彼らの飲む酒に混入させるためだ。

日付が変わった四月二十二日午前一時深夜、白光泰らと落ち合う約束になっているのだ。車忠孝と高橋は急いでホテルに戻った。

四月二十二日午前零時四十五分、車忠孝はロビーに降りた。すでに白石が待っていた。高橋もその直後に降りてきた。ロビーにも、フロントにも誰もいない。三人は目配せをして外に出た。

通りを歩く者はいない。車忠孝が先頭に立って歩く。待ち合わせ場所は以前に車忠孝と白光泰が会ったホテル前の大通りを挟んだワンブロック先の裏通り。

高橋が背後を気にしながら歩いて行く。約束の場所には五分足らずで着いた。前から暗闇の中を歩いてくる人影が見える。一人ではない。三人いる。車忠孝は身構えた。足を止めようとすると、高橋が言った。

「そのまま歩いてください」

近づいてくる人影の歩調が速くなる。高橋が車忠孝の前に出た。白石は恐怖のあまり震えている。接近してきた一人が「蓮美《リョンミ》」と叫びながら走ってきた。その声で白光泰だとわかった。

　白石が高橋の前に出てきた。

「兄さん」

　二人は路上で抱き合った。数時間前に会ったばかりだが、農場では二人が兄妹だと絶対に知られてはならなかった。

「時間がない。急いでくれ」

　車忠孝が急かせた。

「この二人も連れて行く。国境を越えなければ二人は近々強制収容所送りになる」

「誰なんだ」車忠孝が叩きつけるように聞いた。

「この姉弟二人は工作員に拉致され共和国に連れてこられた」

　二人は黄敬愛《ファンギョンエ》と黄剛勲《ファンガンフン》。聞き覚えのある名前だった。北の工作員、黄大宇《ファンデウ》が日本に潜伏中に、日本人女性との間に産ませた子供だ。黄大宇は日本の公安に身元を割られ、日本海側から共和国に密かに逃げかえった。日本人妻は北の工作員によって殺害され、二人の子供だけが一九七四年に拉致され、北朝鮮に連れ去られたとみられていた。その二人が突然、車忠孝の前に現れたのだ。

　日本人妻の遺体は現在に至っても発見されていない。

「ホントに黄大宇の子供なのか……」

車忠孝は耳を疑った。何故、二人が強制収容所送りになるのか。白光泰の言っていることがにわかには信じられなかった。

「理由は後で説明します」

白光泰も先を急ごうと必死の形相だ。

「急いでくれ」高橋が押し殺した声で出発を促した。

その場を立ち去ろうとした時だった。背後から聞き覚えのある声がした。

「こんな真夜中に集まって何をする気なんだ。お前らどこへ行く?」

運転手の張奉男だった。

高橋の注意が黄敬愛と黄剛勲の二人に向けられている隙に背後から忍び寄ってきたらしい。車忠孝は異変にまったく気づかなかった。張奉男は白石の首に背後から左腕を回して身動きが取れないようにしている。右手にはナイフが握られている。

高橋が静かに距離を詰めようとした。

「動くな。李仁貞が死んでもいいのか」

「私にはかまわずにここを離れてください」

白石が日本語で言った。

「日本語も上手だな。どこで覚えたんだ、李仁貞。どうせ偽名だろうが」

張奉男は日本語で言った。左手に力を込めた。白石は呼吸が苦しくなり、話すことができない。

「三人だけでもいいから、この場を離れなさい」

車忠孝がこう言って三人だけでも逃がそうとした。

「運転手、何を誤解しているのか知らんが、こんな騒ぎを起こしてお前に何の得があるというのか。何も知らなかったことにすれば一生遊んで暮らせるだけのドルを用意するぞ」

「いい話だが、まずはどこへ行くかを聞いてからにするさ。答えろ。この女を殺すぞ」

張奉男はナイフの先端を白石の首に突きつけた。

「殺したければ殺すがいい」高橋はにじり寄っていく。

張奉男も躊躇う気配はない。白石の首筋に突きつけられたナイフの先端が皮膚を少し刺したのか、一筋の血がゆっくりと首筋を伝わって流れ落ちるのが見える。

「わが社の社員を殺して、お前は共和国で出世の道が開けるというわけか。ピョウシンセキ（病身野郎＝意気地なし）が考えそうなことだな、女子供を殺してまで出世したいとはわが民族も落ちるところまで落ちたもんだ」車忠孝が吐き捨てた。

「何とでも言うがいいさ。家族は平壌で暮らし、それなりのいい生活を送っている。

アゴで使われる運転手にも、アゴで使われるが故に自分の身を守るために、それなりの情報網があってな。金容三の運転手から権在玄と安玉姫を乗せて新義州に行くと聞いて、何かあるとにらんで追ってきたのさ」

「目をつぶってくれれば、子供の代までその生活が続くようにしてやると、私は言っているんだ」

「あんたにはそれくらいの経済力があるのはわかっているが、俺は一、二年安泰の暮らしができればそれでいいのさ。共和国では子供の代のことなどわかりはしない。それどころか二、三年後の生活だってどうなるかわかったものではない。悪く思わんでくれ」

張奉男は白石を刺し殺すだろうと車忠孝は思った。

「よく考えろ」

車忠孝と張奉男がやりあっている隙に、高橋がさらに接近した。

「それ以上近づくな」張奉男が高橋に鋭い視線を送りながら言った。

それでも高橋は一歩ずつ張奉男との距離を縮めていく。

「待て」車忠孝が引きとめても高橋は前に進んでいく。白石が刺殺されても張奉男と対決するつもりなのだ。

「殺すがいい。丹東に行けば、女の代わりはいくらでもいる。それよりもその女を殺した瞬間にお前の命もなくなることを忘れるな」

　高橋は冷徹に言い放つと、何事もないかのように平然と距離を詰めていった。

　張奉男が白石の首筋にナイフを刺そうと腕に力を入れた瞬間、身体を弓なりに反らし、ゆっくりと首を後ろにねじるようにして、背後を見た。接近してくる高橋に全神経を集中していたのか、張奉男は背後から忍び寄ってくる人の気配に気づかなかった。

　両膝を折りながら張奉男が倒れ込む。路上に血が広がっていく。張奉男は背後から腰のあたりを刺されたようだ。刺した男の手にはナイフが握られている。張奉男からナイフを奪い取ると、男は留めを張奉男の首に突き立てた。

　白石が悲鳴を上げようとすると、高橋が白石の口を塞いだ。刺した男は後を振り返り、来いと手で合図を送った。建物の陰に隠れていた五、六人の人影が暗闇から飛び出してきた。

　彼らは動かなくなった張奉男の手足を持つと、その場から立ち去った。

　刺した男は渡瀬哲実から紹介された、定州出身の元コッチェビの柳世栄だった。死体を運び去った連中は柳世栄の手下だ。

「どこに運ぶんだ」高橋が聞いた。

「ベンツが近くに止めてある。トランクに入れ、山奥に隠す。二、三日はばれないはずだ。遺体は仲間がうまく処理する。さあ、出発しよう」

柳世栄は白光泰、白石、そして黄姉妹の先頭に立った。

「夜が明ける前に定州を離れる。急ぐぞ」

柳世栄たちは早足でその場から立ち去っていった。

車忠孝も流れ出た血を土で覆い隠すと何事もなかったかのようにホテルに戻った。

外出していた時間は三十分程度だった。しかし、車忠孝には二時間にも三時間にも感じられた。

「今日は長い一日になります。少しでも眠って身体を休めておいてください」

高橋が言った。

たった今、人が刺殺されるところを目撃したばかりだ。車忠孝はベッドに横になっても眠れそうにもなかった。高橋はエレベーターに乗り、何事もなかったかのように自分の部屋に戻った。

車忠孝はベッドに身を横たえたが、一睡もできなかった。

夜明けとともに長い一日が始まった。

第七章　反乱

伊丹は年明けと同時に大連から丹東に入り、新義州の情報を収集していた。時折、日本に電話を入れて、車忠孝から計画の進行状況を聞き、準備を重ねた。真冬の鴨緑江を渡り、北朝鮮国内に侵入するのは容易《たやす》いことだった。中国側から北朝鮮に密航しようとするものなど皆無で、中国側も脱北者には目を光らせているが、北朝鮮に密入国しようとするものなどいるはずがないとはなから決めてかかっていた。それが伊丹にとっては好都合だった。

丹東から北朝鮮に食糧や衣類などが運び込まれたが、北朝鮮からは麻薬が中国側に持ち込まれた。外貨などないに等しい北朝鮮にとって、輸入した物資に対する支払いは麻薬しかない。正式な輸出入ならドルの現金取引が可能だが、北朝鮮で発行されている偽ドル紙幣は見分けがつかないほど精巧なもので、中国人も警戒してドル紙幣を受け取ろうとはしない。

伊丹は一ヶ月のうちに新義州出身の密輸業者に接触することに成功していた。脱北に成功し、朝鮮系中国人になりすまし、腐敗しきった労働党幹部や軍部から麻薬を横流しさせ、それを売りさばいている連中だ。彼らはそれを中国側の麻薬密売組織に売って利益を得ている。中国人にしてみれば、北朝鮮国内から麻薬を持ち出す最も危険な仕事を朝鮮人に任せ、その麻薬を欧米、最近では中南米にまで流して莫大な利益を上げている。

そうした連中と渡りをつけるのはさほど難しいことではない。北朝鮮から直接取引をしたいと脱北者に話を通せば、北朝鮮内の麻薬を供給する連中とはすぐに会えた。彼らも命がけで手に入れた麻薬を中国の密売組織に安く買い叩かれていた。

新義州は無政府状態といってもいいほどだった。軍隊も警察も、労働党も組織はあるが統制はまったく取れていない。規律などないに等しい状態だ。党中央の指示に従っていたら、この国では数日後には餓死する。生きるためには党の規律などにかまってはいられない。金正日に忠誠を誓ったふりをしていればいいのだ。あとは食糧をどんな手段を用いてでも手に入れ、生き延びるためにありとあらゆる手段を講じなければならない。

伊丹は尹吉松《ユンギルソン》という脱北者に目を付けた。彼なら利用できると思った。北朝鮮の人間は、金正日からよほど手厚い待遇で迎えられていない限り、金でどうにでもできる。しかし、この作戦を成功させるためには、そうした人間だけではいつ情報が漏れて失敗に終わるかしれない。北朝鮮に、金正日に、金一族に憎悪を抱き、絶対に裏切らない人間を集める必要がある。その点でいえば、尹吉松は作戦決行のためには欠かすことのできないスタッフだった。

尹吉松は家族全員で脱北をはかった。鴨緑江を越えようと最も河幅が狭く、越境しやすい河岸に着いた時、突然サーチライトに照らし出された。国境を警備していた軍隊に見つかってしまったのだ。

一家は国境警備兵に賄賂を渡し、脱北する間はその場にはいない約束になっていた。しかし、脱北者から賄賂を受け取った警備兵は、金を独り占めしようとした。一部でも上官に渡しておけば、その晩に限り警備を強化されることなどなかった。

上官は、中国側に脱北者を行かせれば、家族ともども強制収容所に送ると、賄賂を受け取った国境警備兵を脅迫した。尹一家がまさに河を渡ろうとした時に、突然警備兵が現れた。その刹那、すべてを悟った尹吉松だけが河に飛び込んだのだ。

約束を破った警備兵は、尹吉松に出てこなければ家族を一人ずつ殺すと暗闇に向かって叫んだ。

「兄貴、逃げろ」

まだ十三歳だった弟が叫んだ。同時に銃声が響いた。最初に弟が殺された。血まみれになった次男を抱きかかえ、鬼の形相で父親が詰った。

「この人でなし。まだ金がほしいのか」

尹吉松の父親は命がけで麻薬密輸を手伝い、脱北費用を稼いだ。新義州に海産物や麻薬を買い付けに入国した中国人相手に、長女が売春までして貯めた金もすべて国境警備兵に渡していたのだ。

国境警備兵は父親のこめかみに銃を突きつけて、「いま話したことはウソだと言え。そうすれば命は助けてやる」と脅迫した。

「自分の子を目の前で殺され、性根まで腐りきったお前に俺が謝るとでも思うのか。身損なうな」

父親は刺し違えるつもりだったのだろう。遺体をそっと手放すと、突然、警備兵に襲いかかり銃を奪おうとした。もみ合いになったが、警備兵の部下が背後から銃床を父親の頭部に叩きつけた。父親は膝を折りその場に倒れ込んだ。

不意を突かれ、怒り狂った警備兵は父親の後頭部に向けて拳銃を発射した。一瞬、父親の頭部が跳ねたように見えた。

「ガキ、隠れていないで出てこい。母親と妹が殺されてもいいのか」

母親が突然、警備兵に抱きつき、押し倒そうとした。

「お前も逃げるんだ」

母親が叫ぶと妹が河に飛び込んだ。下流に流されていくのが見えた。くぐもった銃声が響いた。母親は突き飛ばされたように地面に転がった。警備兵は自動小銃を部下からふんだくると、必死に泳ぐ妹に向けて乱射した。

水をかく妹の腕が止まり、そのまま下流に流されていった。鴨緑江の深みから顔を少しだけ出して、尹吉松はその経緯をすべて見ていた。家族を皆殺しにされ、自分だけでも中国側に泳ぎ着こうと思った瞬間、サーチライトに新たな人影が映し出された。

「俺は家族全員殺せと命じたはずだが……」

「長男はまだどこかに潜んでいるはずです。必ず始末します。どうか猶予を」

「おい、やれ」

部下に命令すると、一斉に銃口が賄賂を受け取った兵士に向けられた。

「どうかご慈悲を。受け取った金はすべてあなたに渡しました」

その男は兵士の上官のようだ。兵士の言葉が気に障ったのか、兵士を腰のあたりまでつかる深さのところに行かせると言った。

「逃げおおせたら自由だ」

兵士は大きく深呼吸すると、水に潜った。

上官が「撃て」と命令した。その場にいた五人の兵士の自動小銃が一斉に火を噴いた。その直後に兵士は背中を上にして水面に浮きあがり、ゆっくりと川下に流れ始めた。尹吉松はサーチライトに映し出されるその上官の顔を脳裏に刻みこんだ。サーチライトが切られ、闇に包まれると静かに中国側に向けて泳ぎ出した。

中国側に辿り着いた尹吉松は、韓国に亡命しようなどとは考えなかった。皆殺しを命じた将校を殺すまでは丹東を離れるまいと決意していた。

尹吉松は丹東で生きるために北朝鮮で取れた魚介類を中国側に密売する組織の下働きを始め、北朝鮮産の金の密輸に手を染めた。しかし、なんといっても手っ取り早く現金になるのは麻薬だった。

国境警備をかいくぐり、危ない取引にも手を出した。生きたいと思うのは、家族を皆殺しにした黒幕を殺すためで、生きる希望などとっくに失せていた。死ぬ時は一人でも多く国境警備兵を巻き添えにしたいと思い、常に手榴弾を身に着けていた。

尹吉松は密売を拡大していった。中国人の密売組織は、自分たちの商売の邪魔になると尹吉松を抹殺しようとした。半殺しの目に遭い、留めを刺されるという場面で、中国人組織のボスが姿を現した。身動きができなくなった尹吉松に安心しきっていた。

「あんたがボスか。いいところにきてくれた。あんたの命はもらった……」

中国人ボスがその言葉を聞いて笑い出した。

「殺せるものなら殺してみろ、栄養失調の朝鮮人ヤクザが」

ボスはかがみ込み尹吉松の顔を覗き込むようにして言った。尹吉松はすがるように相手の足に手を伸ばし左手一本でしがみついた。

「見ろ、この男はこんな状態になっても俺を殺すと言っているぞ、たいしたもんだ」

ボスの嘲笑に手下が笑い転げた。その一瞬の隙に腹巻に隠し持っていた手榴弾を取り出した。

「テメーらのボスが吹き飛ぶのをよく見ておけ」

ありったけの力を振り絞り叫ぶと、手榴弾のピンを口にくわえた。握った手榴弾に力を込め、ピンを引き抜こうとした。

「待て」

中国人ボスはしがみつく尹吉松の手を蹴り上げて逃げようとしたが、バランスを崩して倒れ込んだ。尹吉松はにじりより、右手で手榴弾を押し込むようにして中国人の口を塞いだ。

「これで確実に顔が吹き飛ぶな。では一緒にこの世とおさらばするか」

尹吉松は血まみれの左手でピンを引き抜こうとした。中国人は悲鳴を上げた。恐怖のあまり失禁し、上等な生地で仕立てたズボンが小便でぬれた。

「助けてくれ、金は好きなだけくれてやる」

「金……、金なんかほしかねえよ。俺は金どころか命だってほしくねえんだよ……、いつ死んだってかまわないのさ」

「命だけは助けてくれ」

中国人ボスが懇願した。

「栄養失調の朝鮮人民に手を出したら一瞬ですべてが終わるのさ」

「二度とあんたには手を出させない」

「金儲けのためならなんだってやるのが中国人だろう。そんな言葉を信じろという方が無理さ。無駄口はそれくらいにしておけ」

中国人ボスは子供のように泣きじゃくりながら命乞いをした。

「そんなに助かりたいのか」

中国人ボスが頷いた。

「部下に車を用意させろ」

「言われた通りにしろ」

部下はすぐにボスが乗っているレクサスを二人の近くまで運んできた。

「俺を車に乗せてくれ」

中国人ボスは尹吉松を抱きかかえ運転席に乗せようとした。

「俺は後ろに座る。あんたが運転するんだよ。部下に言っておけ、尾行するなって。付いてきたらその場でドッカーンだよ」

運転席にボスが座ると、よろけるようにして後部座席に尹吉松が座った。

「俺の指示通りに運転しろ。少しでも妙な動きをすればその場で手榴弾が炸裂する。俺の指示に従うかどうかは自分で決めな。さあ車を出せ」

レクサスが発進した。尾行する車はなかった。

一時間ほど走り、丹東郊外の脱北者密輸組織のアジトに辿り着いた。家から尹吉松の仲間が走り出てきて車を取り囲んだ。中国人ボスはすぐに車から引き出された。

「殺すな」

両脇を仲間からかかえ込まれた尹吉松が言った。

「ブロンズ箱にぶち込んでおけ」

中国人は全裸にされ、高さは二メートル近くあるが、縦横は一メートルにも満たない木箱に強引に押し込まれた。内側の壁面には幅十センチほどの銅板が張られている。銅板には電流が流れている。直立不動で立っていれば、身体が銅板に触れることはない。しかし、疲れて壁に寄り掛かったり、しゃがみ込んだりすれば身体の一部が必ず銅板に触れ、感電する。北朝鮮の強制収容所で行なわれている拷問だ。

どんな人間でも五、六時間以上、直立不動の姿勢を保つことなどできない。直立不動ができなくなったり睡眠不足で倒れ、銅板に触れ失神したところで電流を止め、ブロンズ箱から引きずり出し、しばらく休ませる。

意識が回復したら再びブロンズ箱にぶち込むのだ。どんなに強靭な肉体の持ち主でも、この拷問を受ければ四十八時間以内に発狂する。

三日後、中国人ボスは丹東郊外で、廃人同様の姿でレクサスに乗っているところを発見された。

それ以降、尹吉松の組織に手を出す中国人の密売組織はなくなった。


伊丹は尹吉松の素性を知ると、彼の組織に接近した。尹吉松は麻薬によって得た資金をもとに、丹東にではなく新義州に自分の配下を増やし勢力を拡大していった。尹吉松によって麻薬の利権を奪われると思っていた中国人マフィアも、彼の関心が麻薬による利益にないことを知ると、尹吉松の行動を放任した。中国人ボスがわずか数日のうちに廃人にされてしまった。彼らには脱北者からの報復に対する恐怖感もある。

伊丹は尹吉松に中国マフィアよりも麻薬を高く買うと言って接近した。彼にメッセージを送ると、伊丹が滞在していたホテルに迎えの車がやってきて、二時間も車に乗せられ彼らのアジトに案内された。

英語や朝鮮語を自由に話す伊丹に訝る目を向けていた。

「日本人のお前が俺たちに金を儲けさせてくれるらしいな」

「中国人より高く買うと言っただけで、儲けさせてやるとは言っていない。それに俺は日本人ではない」

「儲けさせてもくれないどこの馬の骨ともわからんやつと商売をする気はない。送り返してやれ」

「俺が馬の骨ならおまえは何なんだ。将軍様から見捨てられた反動分子のボスか」

伊丹が挑発した。同時に尹吉松の手下の一人がサバイバルナイフを表情一つ変えずに、伊丹の目を狙って投げつけた。

伊丹は飛んできた野球のボールのようにかわした。ナイフは家の壁に突き刺さった。刺さったナイフのグリップを握り、壁から引き抜くと、伊丹はそれを投げた相手の太腿を狙って投げ返した。

血が噴き出し、滴が雨漏りのように床に流れ落ちた。しかし、刺された男は声一つ上げなかった。伊丹を睨みつけたまま刺さったナイフを自分の手で引き抜いた。

他の手下が一斉に伊丹に襲いかかろうとした。

「止めろ」尹吉松が命じた。「かなり狂った馬のようだな。目的はなんだ」

「二人だけで話がしたい」

尹吉松は血を噴き出す部下の手当てをするように命じると、伊丹を外に誘った。部下が尹吉松を引き止めたが、二人はそのまま家を出た。

二人が戻ったのはそれから一時間後だった。

家に入ると部下に言った。

「明日から戦争を始める」

「戦争……」

部下が訝る顔で尹吉松に視線を投げかける。

「相手は俺たちが最も憎んでいるヤツだ。命の保証はない。全員死ぬかもしれない。死にたくないものは、たった今、ここから立ち去ってくれ」

去る者は誰一人としていなかった。

尹吉松の手引きで、伊丹は密かに新義州に入って準備を進めた。伊丹は丹東と新義州を結ぶ鉄橋、新義州駅から定州駅あたりまでの平義線沿線と各駅をつぶさに視察していた。貧しい農民の姿で背負子に枯れ木を積んで線路近くを歩いても、咎める者は誰一人としていなかった。

駅構内や周辺はさすがに尹吉松の配下の者が手配をしてくれていた。食料の配給車、農場への労働者の輸送トラックに便乗しながら、駅構内の様子を頭に叩き込んだ。すべての駅を把握していたことが大いに役立った。龍川駅に貨車が止め置かれるとは想定していなかった。しかし、想定外のことが起きようと、肥料を積載した貨車とタンクローリーがあれば計画は実行可能だ。

北朝鮮の人民は、すべて損得だけで動くように思える。そしてその日一日を生きるだけで精一杯のためか、刹那《せつな》的でもある。今日、金を得るために忠誠を尽くした相手であっても、明日、その相手から得るものがなければ平然と裏切り、他の相手に忠誠を誓う。

北朝鮮の貧困は金正日王朝が権力を維持するために、一部の人民にだけ富を与え、忠誠を誓わせているのが原因のように思える。ほとんどの人民が飢餓に喘いでいるという現実は、金王朝がわずかな人民にしか富を分け与えていないからだ。

その恩恵に預かれない人民を味方にするのはいとも簡単だ。しかし、それは同時にすぐに裏切るということでもある。駅構内の警備にあたっている人民軍兵士を味方につける必要はない。それほど危険なことはない。一時間程度、警備に空白の時間を作ればいいのだ。

それには金、酒、女だ。金と酒の準備は伊丹でも容易に可能だが、人民軍兵士を籠絡させるための女は尹吉松でなければ用意できない。龍川駅の警備には常に十数人が警戒にあたっている。しかし、彼らに酒を飲ませ、一時間ほど眠らせてしまえば、その間にすべてを済ませることができる。

尹吉松はその晩の警備にあたる兵士を調べ上げると、その兵士らに女を前もって接近させた。女には男と寝れば十分な報酬を与えると説明し、兵士と寝た女には約束通りのドル紙幣を渡した。何度か男と寝て、十分に信用させた上で、四月二十一日夜は食料と酒を持参させて龍川駅に向かわせた。

　四月とはいえ、龍川の夜はかなり冷え込む。そんな中で裸になって女を抱きたいと思うと男はいない。兵士には夜勤が明けたらすぐに来るように誘いをかけ、食事を与え、酒を飲ませるように、女たちに言い含めた。酒は兵士が一生かかっても飲めそうにもないシーバスリーガルを伊丹が用意した。中には強力な睡眠薬を混入させてある。一口飲んだ瞬間に眠りに落ちるほどの睡眠薬だ。

　下級の人民軍兵士など慢性的に腹を空かせているに決まっているのだ。尹吉松は肉、魚を用意し、女たちに料理させ、それを彼らの勤務時間内に運ばせた。兵士たちは何日も食事をしていない餓鬼のように周囲を気にしながら出された料理を口いっぱいに頬張り、胃に流し込んだ。

　女たちは言われた通りにシーバスリーガルの封を切り、ボトルをそのまま手渡した。兵士は胃に流し込むようにウィスキーをラッパ飲みした。一口だけでも十分効き目があるが、どの兵士も一気飲みで、立ったまま倒れた兵士もいた。

　ウィスキー、料理をその場にはいっさい残さず持ち去るように、女たちに指示しておいた。彼女たちはすべてを持ち帰った。しばらく龍川には姿を現すなと、百ドル紙幣を数枚渡した。

　兵士たちが眠ってしまったのを確かめると、伊丹が指揮を執った。暗がりにいた尹吉松とその配下を貨車に集めた。暗がりの中ですることは予め彼らに伝えてある。

貨車には堅牢な錠前がかけられている。しかし、開ける鍵は用意されている。貨車三台のドアを少し開け、準備してきたバッグに次々と積載されている肥料を詰め込んだ。そのバッグを背負いタンクローリー車に走った。タンクローリーの蓋は開けられ、肥料は次々に軽油の中に投じられていった。

暗がりで肥料を運ぶその様子は無数のアリが餌を巣に運ぶのと同じだった。

一時間もすると目標の量がタンクローリーの中に吸い込まれていった。

伊丹は眠りこけている彼らが目を覚ます頃になると、一斉に尹吉松の手下を引き上げさせた。

金正日が移動するのは衛星に捕捉されない夜ばかりで、おそらく今頃は北京から一日スケジュールを早めて新義州に向けて南下している頃だろう。

睡眠薬が切れ、目を覚ました兵士たちも、自分たちが眠り込んでいた最中に貨車やタンクローリー車に細工がなされたとは想像もしないだろう。眠りに落ちていたことがわかれば、それこそ銃殺もので口が裂けてもその事実を明かすはずがない。目を覚ました四月二十二日明け方には、次の兵士に見張り役は交替する。後は金正日を乗せた列車が新義州に入ってくるのを待つだけだ。

白石、白光泰、黄敬愛、剛勲の四人を柳世栄に託し、高橋は車忠孝と大急ぎで定州ホテルに戻った。しかし休む間もなく高橋は再びホテルを出た。ここからは車忠孝と別行動でやり遂げなければならない仕事がある。柳世栄の仲間が力を貸してくれることになっている。約束の時間は四月二十二日午前三時、定州駅の引き込み線だ。三千ドルほど封筒の中に入れ、胸ポケットにしまうと部屋を出た。

新義州駅とは違って定州駅は真っ暗闇で、駅舎だけに明かりが灯されているが、それも数ヶ所だけで人影はいっさい見えない。それでも高橋は慎重に物陰に隠れるなどして駅構内に入っていった。

闇の中に貨車三台とタンクローリー車が浮かび上がる。周囲には駅のプラットホームを照らし出す六〇ワットの電球が一つだけという寂しさだ。日本の無人駅でもこれほど暗くはないだろう。

タンクローリー車に辿り着くと、貨車の下からもぞもぞと人が這い出してきた。それが一斉に高橋のところに集まってきた。暗くてはっきりしないが十歳にも満たないと思われる子供までいる。しかし、五、六十人はいるだろう。

いちばん年上と思われる少年が朝鮮語で話しかけてきた。

「高橋さんですか」

朝鮮語で高橋が答えた。「柳世栄の仲間だな」

「はい」

高橋は胸から金の入った封筒を取り出して言った。

「これは今日の仕事の日当だ。それから万が一、発見されたらすぐにこの場から立ち去るように全員に告げてくれ」

少年がコッチェビたちに告げた。

高橋は鍵ですぐに貨車の戸を開いた。荷物を運べる袋を用意しておけと柳世栄から指示されていたのだろうが、子供たちが持っていたのは大きさの異なるビニール袋や厚手の紙袋だった。

高橋は一列に子供を並ばせ、貨車の肥料を袋に詰める作業を年上の少年にやらせ、あとは手渡しリレーで肥料を運び、最後にタンクローリーに肥料を入れるのは高橋自身が担当した。夜が明けるまでに完了するかどうか、高橋は不安を覚えた。

しかし、一度に運ばれてくる量は少なくても、まるでベルトコンベアのように次から次にひっきりなしに肥料は高橋の手に渡される。

五時までには終わらせたいと思っていたが、四時にはすべての作業を終了していた。

「みんなに伝えてくれ。これから一週間は何があってもここと龍川駅には近づかないこと。しばらくは食うに困らないように金を渡したから、皆で分けて使え」

こう伝えると、子供たちは雲の子を散らすように闇に消えていった。

高橋も夜が明ける前には、ホテルに戻って少し身体を休めたいと思った。本番はこれからだ。

新義州駅は厳重な警備体制が敷かれたらしい。金正日を乗せた列車は夜通し走り続け、夜明けと同時に丹東近くの駅に停車し、日が落ちるまでその駅に留まり、二十二日深夜に鉄橋を渡るらしい。どれほどの時間、新義州駅に停車するのかわからないが、朝までに平壌に戻るためには二十三日へと日付が変わる頃には新義州を出発しなければならない。

二十二日、車忠孝は定州ホテルで朝を迎えた。白石たちは定州をうまく脱出できただろうか。車忠孝は何もなかったかのようにロビーに降りた。同じ頃、安昌順もロビーに姿を見せた。

高橋、白石の二人がいないことを訝る安昌順に言った。

「疲れたのでしょう。しばらく寝かせておきましょう」

二人だけで朝食を摂った。できることならこのまま安昌順を平壌に戻したいと思った。しかし、そんなことをすれば彼女に不信感を与えるだけだ。どうしたものか思案していると安昌順が思いあぐねた表情で話しかけてきた。

「実は金容三鉄道相が金正日将軍に会うために、新義州にすでに来ているそうです」

「エッ？」

予期していない言葉に車忠孝は言葉を詰まらせた。

「肥料のことに気づいているのでしょうか」

安昌順の顔は青ざめていて病人のようだ。しかし、真剣さが顔に滲み出ている。

「妹が金容三鉄道相と一緒に、今新義州に来ています」

車忠孝はまったく予期していなかった言葉を告げられ、動揺した。安昌順が急に得体の知れない指導員に思えてきた。

「どういうことなのか説明してくれますか」

「外を歩きませんか」

「いいでしょう」

車忠孝は安昌順の誘いに乗った。安昌順の正体を突きとめない限り、このまま計画を遂行するのは危険過ぎる。ホテルを出るといつも通り雑談をするような調子で、安昌順が語り始めた。

車忠孝は黙って彼女の話を聞いた。安昌順はどのようにして知ったのか、白石らがすでに国境を目指していることは知っていた。しかし、車忠孝らの計画の全貌についてはまだ知らないようだ。

ホテルに戻ってきた時には決断はついていた。安昌順の申し入れを聞かなければ、計画はすべて水泡に帰す。安昌順も妹の安玉姫も命がけでここまで計画を進めてきたのだろう。

権在玄がからんでいることを今すぐにでも伊丹に知らせたい。しかし、北朝鮮ではその手段が限られてしまう。ましてや伊丹は独自に動いている。居場所を把握するのでさえ困難なのだ。想像できるのは龍川駅近くに身を潜めていることだ。

安昌順、安玉姫を連れて国際列車で堂々と越境するのは不可能だ。場合によっては、鴨緑江を目指している柳世栄、白石、そして白石の兄の白光泰、黄敬愛、剛勲の姉弟と国境付近で合流する必要が出てきた。

しかし、どうやって合流すればいいのか。車忠孝はすべての作業を終え次第、国際列車で新義州を離れ、丹東で彼らの無事帰還に備えて最善の準備を整えるつもりでいた。今、車忠孝の手足となるのは、柳世栄配下のコッチェビだけだ。栄養失調の子供を使い、伊丹に権在玄が新義州にきていること、そして、車忠孝と安昌順、安玉姫の二人も脱北に加わることを伝えなければならない。心もとないがその方法しかないのだ。

もう一つは危険だが、国際電話で渡瀬哲実に連絡を取り、渡瀬から柳世栄配下のコッチェビに事情を伝えてもらうことだ。確実だが、この方法は国際電話をかけた段階で、北朝鮮当局に盗聴され、計画が漏れてしまう危険性がある。

車忠孝が眉間に深い皺を寄せて考え込んでいる姿に耐えきれず、「本当に申し訳ありません」と安昌順が言った。それでも二人の間には重い沈黙だけが横たわっていた。

「当局に知られずに、丹東にいる仲間に連絡する方法はないでしょうか」

安昌順は唇を噛みしめた。それがどれほど困難なことか彼女自身がいちばんよく理解している。

「ないことはありませんが、確実ではありません」

中国の携帯電話の普及率は日ごとに伸びていた。

「新義州で中国人を探しましょう」

国境を行き交う丹東に住む中国人、中国系朝鮮人には必須のアイテムだった。国境と言っても河幅一、二キロメートルの鴨緑江で、中国の携帯電話は新義州からでも電波は十分に丹東の電波塔に届く。

もはや迷っている時間の余裕はなかった。ホテルに戻ると、高橋がレストランで朝食を摂っている最中だった。レストランに入ると、ボールペンと手帳を取り出しながら言った。

「共和国の朝食は心がこもっていて、おいしいでしょう」

手帳の余白には「計画変更」とだけ記した。それで高橋はすべてを悟るだろう。

安昌順は自分の部屋で待ってもらった。その間に新義州までの車の確保を依頼した。

高橋は間もなく車忠孝の部屋にやってきた。

「おいしくいただきました」

高橋はひときわ大きな声で言うと、手帳を広げた。

〈どういうことですか〉

〈指導員の安昌順が脱北を望んでいる〉車忠孝がその横に記す。

「もう二、三日、共和国の旅を楽しみたいですね」高橋が手帳の走り書きとはまったく異なる会話を返してくる。

〈新義州に金容三鉄道相と権在玄がきている。このことを伊丹に知らせたい〉

〈それで〉

〈新義州で中国人を探し、携帯で渡瀬哲実に連絡を試みる〉

〈安昌順の脱北はどうするのですか〉

〈彼女の妹安玉姫も新義州に来ている。二人を連れて、私は国境を目指し、白石たちと合流し、鴨緑江を越える〉

「次の積荷が大連港に入った場合、可能な限り一日でも早く新義州に運び入れたい。そのためには丹東に着き次第、鴨緑江を越えたいが、それには新義州の皆さんの協力が不可欠だ。私はこれから安昌順同志と新義州を再度訪ねる。君はここに残って定州のスタッフと打ち合わせをしておいてほしいのと、定州、安州周辺の肥料がどれほど必要になるか調査を進めてから、丹東に戻ってほしい」

高橋には定州に残り、遂行してもらわなければならない任務がある。

〈一人で大丈夫か〉車忠孝は高橋の目を見ながら書いた。

〈ご心配は無用です〉

高橋は握手の手を差し出してきた。車忠孝も強く握り返した。

〈丹東で会おう〉

高橋は無言で頷き部屋を出ていった。

高橋の背中を見送った車忠孝は、安昌順を部屋を呼んだ。

「車の手配はつきましたか」

「定州支部が用意してくれるそうです。二時間後に迎えに来るそうです」

幹部連中はまだ酩酊状態だろう。支部のスタッフも幹部らの叱責を買わないように、迅速な対応をしたのだろうが、とにかく車一台を手配するにも二時間もかかってしまう国なのだ。

手配された車はジープの「更生六八型」だった。年式の古いベンツに比べても乗り心地も悪いし、ジープなのに馬力が弱い。上り坂になると速度が急に落ちた。車のエンジン音も大きく車内ではほとんど話をすることができないくらいだ。運転手は緊張しているのか、まったく口を開こうとしなかった。安昌順も恐怖のためか顔色は青ざめている。

新義州市内に「更生六八型」が入ると、新義州駅に行くように伝えた。すでに夕闇が迫っていた。駅周辺は一昨日とは打って変わって物々しい警戒ぶりだ。金正日の列車が鴨緑江を越える時間が迫っているのだろう。

駅に着くと同時に警備している兵士に取り囲まれた。指導員としての安昌順の地位は高いのか、胸のバッジと身分証明書を見ると、二人は駅長室に導かれた。駅長室のドアを案内した兵士が開けた。部屋には見知らぬ男と、権在玄がソファに座っていた。

「待っていたぞ」

苛立つ気持ちが声に含まれている。声をかけてきたのは金容三鉄道相だった。車忠孝が新義州に現れるのを知っていたかのような口ぶりだ。車忠孝は二人には気づかれないように安昌順に視線を向けた。安昌順から情報が流れているのは確かだ。妹と一緒に脱北したいというのはウソだったのか。しかし、ここまできた以上、この場で安昌順を咎めて真相を聞くわけにもいかない。

安昌順は穏やかな視線を車忠孝に向けると答えた。

「車の手配に手間取りました。申し訳ございません」

安昌順がそつのない対応をする。

「あんたが車忠孝同志だろう」権在玄が言った。

金容三に向かって車忠孝について説明した。

「興南肥料化学合弁会社の設立に偉大な貢献をした車忠孝同志ですよ」

その説明を聞き、金鉄道相が立ちあがり、握手を求めてきた。それにつられて権在玄も握手を求めてきた。しかし、ソファに座れとも言わない。

「工場では肥料が生産できるような状態ではありませんでした。洪水で荒廃した土地を以前のような肥沃な土地に改良するためには、緊急に肥料を導入する必要があり、第一陣は、ご承知だと思うが三つの駅に分散して配布することにしました。第二陣の肥料はすでに大連に向けて出港する準備を日本側で進めています。金鉄道相がおいでになっているのであれば好都合です。二陣、三陣と新義州から運び入れるので、共和国全土の農地に配布できるように協力していただきたい」

「日本から連絡が入れば、肥料の輸送を最優先する」

「日本からの連絡は公安当局の目もあるので無理です。積荷はあくまでも中国への輸出という形を取ります。しかし、わが社の駐在員二人を丹東に置くようにすべて整えています。そのスタッフから連絡させるようにします」

「金鉄道相も公務に多忙を極めておられる。詳細は私のところにするようにその二人に徹底しておけ」

権在玄が二人の会話に割って入ってきた。金儲けになると思えば、殺人さえもいとわない男なのだ。

「ありがたいお言葉です。国境警備責任者の劉大尉にもその旨を徹底しておいていただけますか。日本の警察当局に逮捕されることも覚悟の上で運び入れた肥料が、劉大尉の許可なくしては新義州から移動できないと、きつく言われました」

「それは心配する必要はない。私から指示を出しておく」

金容三は時計を見ながら言った。

権在玄もしきりに時計を見ている。金正日を乗せた列車の到着が迫っているのかもしれない。

「一度、同志を囲んで食事でもしたい」金鉄道相が言った。

「車同志はしばらく共和国に滞在するのか」権在玄が探るように尋ねた。

「いいえ、金鉄道相の協力が得られれば、すべてがうまく運びます。明日にでも丹東に戻り、第二陣の手配をしたいと思います」

「いずれ平壌で酒でも飲もう、車同志」

金鉄道相が再度時計に目をやった。

「では、我々はこれで失礼します」

車忠孝は安昌順を連れて駅長室を出た。安昌順に問い質《ただ》したいことは山ほどあるが、今はそれをしている時間がない。

「更生六八型」に戻ると、中国人が多く宿泊するホテルに向かわせた。最も手っ取り早い方法はそこで中国の携帯電話を借りることだ。そのホテルのロビーには中国人が携帯電話を握りしめ、けたたましい声を上げて話している。携帯電を借りるのは、それほど難しいことではなかった。

二部屋を確保した。ロビーで電話を切る中国人をじっと待った。終わった中国人に安昌順が中国語で話しかけた。電話はすぐに借りられた。部屋に入れば会話内容を盗聴される可能性がある。それは密輸を行っている中国人も同じことで、騒がしいロビーで電話するのがいちばん安全なのだろう。

「一分百ドルなら貸してやる」

「わかりました」

車忠孝は携帯電話を借りると、すぐに渡瀬の携帯電話の番号を押した。すぐに渡瀬が出た。少し声が遠い。会話が途切れがちになる。

車忠孝が玄関を少し出たところで電波の状態が良くなった。小声で「緊急事態が起きている」と、簡潔に詳細を説明した。

「伊丹には大至急連絡を取る。ホテルの名前と宿泊する部屋の番号を教えろ。連絡はこちらから入れる」

それを告げて電話を切った。三分もかからなかったが、車忠孝は「助かったよ」と中国人に五百ドルを支払った。

部屋に入り一時間が過ぎた。粘着性のオイルが一滴、また一滴と落ちるような苛立たしい時間が過ぎていく。

二時間が過ぎた頃だった。ドアをノックする音がした。ロビーで見かけた中国人と安昌順が立っていた。

「伝えたい友人からの伝言があるそうです」

すぐに車忠孝は部屋を出た。エレベーターに乗り無言のままロビーに降りて、玄関から外に出た。歩きながら中国人が言った。

「渡瀬からのメッセージを伝える。伊丹には連絡がついた。深夜に迎えが行くので待機しろ」

こういうと中国人はさっさとホテルに戻っていってしまった。車忠孝と安昌順はそのままあてもなくしばらく歩き続けた。

「私はこれから妹を迎えに行ってきます。必ず戻ってきます。それまでホテルで待機していただけるでしょうか」

こう言い残して、安昌順は安玉姫の滞在しているホテルへと向かった。

第八章　凌辱の報酬

ホテルの部屋には妹の安玉姫がいた。新義州駅から戻っていた権在玄はシャワーを浴びてベッドの上に全裸で横たわっていた。部屋の鍵は安玉姫が開けておいてくれた。

権在玄は安昌順が入ってきたことに気づいていない様子だった。日付が変わる四月二十三日午前零時頃には金正日を乗せた特別列車が新義州に戻ってくるというのに、権在玄は安玉姫を抱くことしか考えていないようだ。到着までには十分時間があると思っているのか、自分の欲望を満たすことに夢中だ。

権在玄は時間がありさえすれば、安玉姫の肉体を求めてきた。高齢なのに絶倫と思えるほどセックスは執拗《しつよう》だった。

その理由がしばらくするとわかった。権在玄は日本からバイアグラを送らせていたのだ。安玉姫を抱く時は、いつも服用していた。権在玄は高血圧症で、いくら平壌で暮らしているとはいえ、日本と比べようもなく医療水準は低い。日本と同程度の薬剤を北朝鮮で服用することなど到底不可能だ。

しかし、降圧剤を日本から取り寄せていた。在日の中には医師もいれば、薬剤師もいる。

権在玄は東京に住む全慶植の息子を使って送ってよこさせた。日本から薬が手に入ることがわかると、労働党や軍幹部の連中は平壌で医師の診断を受け、処方箋を出してもらい、それを権在玄は東京に送った。注文した薬は北京経由で平壌に届けられた。日本から送られてきた降圧剤を飲ませるのは安玉姫の役目だった。降圧剤は一錠ずつパッケージされているが、共和国に持ち込まれる時は日本で市販されている風邪薬の瓶に詰め込めるだけ詰められている。

権在玄の自宅にはオムロン社製の血圧計もあり、権在玄の血圧測定を安玉姫はよくやらされた。薬瓶に降圧剤が一杯ある時は、ストレスを感じることはないが、毎朝一錠ずつ飲む薬が三十錠を切ると、不安になるらしく血圧は上がった。服用している時でも最高血圧は一五〇前後、最低血圧は九〇台に達した。これまでに何度か降圧剤が切れても日本から薬が届かないことがあった。

血圧は次第に上昇し、最高血圧は一八〇、最低一〇〇で、こうなると権在玄は熾《おこ》した炭火のように苛立ちを弾けさせ、安玉姫に当たり散らした。さらに血圧は上昇し、二〇〇を超えた。権在玄は脳溢血を恐れていた。

権在玄はくも膜下出血や脳溢血でそのまま死ねるのなら、死を恐れないとしきりに

きた恩恵は失われる。

「後遺症が残ったまま生きていたくない」

権在玄の本音だ。誰一人として身内はいない。金正日の特別な配慮で安玉姫を好き勝手に使っているが、病魔に倒れ、利用価値がなくなった瞬間から、それまで受けてきた恩恵は失われる。

平壌の家を追い出され、地方の住宅に追いやられるのが関の山だ。自分の身体が自由にならなければ、待っているのは餓死だけだ。それがわかるから病に倒れたら、そのまま死にたいと言っているのだ。

それでも性欲は枯れることがないらしく、バイアグラも日本から取り寄せている。バイアグラは血圧を一七〇以下に維持しなければ服用は禁忌とされている。安玉姫も抱けなくなり、そうなると権在玄の苛立ちは最頂点に達した。

しかし、今は降圧剤もバイアグラも十分ある。それを安玉姫が管理し、携行している。バイアグラは通常五〇ミリグラムを服用し、欧米の体格のいい男性には一〇〇ミリグラムが処方される。以前は日本から五〇ミリグラムの錠剤を送らせていたが、最近では一〇〇ミリグラムで、その方が大量に持ち込みやすく錠剤を半分に切って服用している。

安昌順が部屋に入った時、カーテンを閉め切り、二人はベッドの中にいた。いつものように安玉姫は権在玄の上にまたがっていた。

「お久しぶりです」

突然、現れた安昌順に権在玄は、一瞬カッと目を見開き、安昌順を睨みつけたが、腰の上にまたがる安玉姫の胸に手をやりながら、

「何か用か」と言った。

「こちらに来ていらっしゃると聞いたものですから」

「久しぶりに俺に抱かれてみるか」

「それもいいですね。日本ではこのようなセックスを3Pとか言うようですね」

「そこで少し待ってろ」

安玉姫の腰に手を回した権在玄は、安玉姫を突き上げた。腰を上下に揺らしながら安玉姫は視線を安昌順に向け、机の上を一瞬見た。それですべてを悟った。机の上に置かれていた錠剤を五錠ほど掴むと、「着替えてきます」とバスルームに入った。

シャワーのコックを一杯に開いた。湯は出ないが冷たい水が流れ落ちる。備え付けのプラスチックのコップに水色の錠剤を入れ、あらかじめ用意しておいたニンニクをすり潰す木の棒を取り出して、錠剤を細かく砕いた。

冷たいシャワーを浴び、身体を濡らすとバスタオルを身体に巻きつけ、ほとんど粉末状になった錠剤を小さな紙に包み、バスタオルの中にしのばせた。安玉姫を抱くた

めにすでに一〇〇ミリグラム錠を半分にしたものを服用していた。

権在玄は寝たきりになるのを極端に恐れ、バイアグラも正確に半分にしたものしか飲まなかった。一度、一〇〇ミリグラム一錠を服用したことがある。効力を試してみたくなったのだろう。男性自身は勃起したまま萎えることはなく、両足の付け根に激しい痛みを覚えたようだ。バイアグラの使用説明書には、服用によって血管が拡張し、血圧が下がる場合があると記されていた。また逆に血圧が高くなるケースもあると説明されていた。

激痛でセックスをするどころではなく、副作用に驚いた権在玄は血圧計で血圧を安玉姫に測らせた。降圧剤は定期的に飲んでいたが、血圧は上昇し、一九〇台に上がり、二〇〇を超え始めた。脳溢血にでもなると思ったのか、降圧剤一錠を医師にも相談せずにその場で服用した。その効果があったのか、あるいはバイアグラの効果が薄れてきたのか、血圧はしばらくすると安定し、いつもの状態に戻っていた。

それ以来、権在玄はバイアグラの服用には慎重になっていた。

バスルームから出ると、果てたばかりなのに権在玄は男性自身を安玉姫の口に含ませ、すでに勃起させていた。

「相変わらずお元気ですね」

安昌順がからかうように言った。

「お前らも姉妹そろって男にはどん欲だからな」

「そんな体にしたのは権同志ではありませんか」

安玉姫が口に含んだものを離しながら言った。部屋の隅には小さな冷蔵庫が置かれ、ミネラルウォーターが収められているが、頻繁に起こる停電で生温くなっている。

「姉さん、水を取って」

「俺にも水を」

「わかりました」

背中を権在玄に向け、バスタオルから素早く紙に包んだバイアグラの粉末を口に放り込み、水を口一杯に含むとベッドの横にいった。

安玉姫は再び勃起した権在玄の男性自身を迎え入れ、権在玄の身体を両腕で押さえつけるようにしながら、腰をくねらせている。安昌順は枕元に行くと権在玄にキスをしながら口移しで水を飲ませた。同時に安玉姫は権在玄の身体に全体重をかけてしがみついた。

権在玄が喉を鳴らしながら水を飲み込んだ。異物が混入した水だとすぐにわかったようだ。安昌順を突き飛ばそうとした。しかし、両腕は安玉姫に抱きつかれて自由が利かない。

顔を左右に振ろうと必死にもがくが、安昌順は両耳を引きちぎれるほどの強さで握りしめている。唇は塞がれ、すべてを飲み込むしかなかった。安昌順はすべての水を飲ませると、ようやく顔を離した。

「きさまら、俺に何を飲ませた」

「権同志がますます元気になるようにと思って、いつものお薬を飲んでいただいただけですよ」

安昌順は小馬鹿にするような笑みを浮かべながら答えた。

「それならすでに飲んでいる」

脅えきった表情に変わった。以前、一〇〇ミリグラム一錠を服用した時のことを思い出しているのだろう。

「さあ、今度は私をいかせてくださいな、権同志」

「以前のように3Pを楽しみましょう」安玉姫も茶化すように言った。

権在玄はセックスどころではないはずだが、意に反して男性自身は裂けてしまうのではないかと思えるほど天井に向かって勃起している。

「血圧計を取ってくれ」

遠出をする時にはいつも血圧計を携行している。

安玉姫がバッグから取り出すと、権在玄は身体を起こし、ベッドの縁に足を投げ出すようにして座った。

「停電していないといいですね」安昌順が嘲笑を含んだ笑みを口元に浮かべながら言った。

「おまえら、何を企てているんだ」

「企てなんて、そんな人聞きの悪いことを言わないでください。私たちは権同志の『喜び組』になれと上司から言われてご奉仕しているのに」安玉姫が言い返した。

停電はしていなかった。血圧計を自分の心臓の位置にして、安昌順に持たせた。スイッチを押すと、血圧計の腕帯部に空気が挿入されていく。血圧が一七〇台以下なら、そこから測定値がカウントダウンされる。しかし、一七〇台以上になると、さらに腕を包む腕帯部に空気が送り込まれ、腕を圧迫する。

血圧計は空気挿入を一度止めたが、さらに空気を腕帯部に送った。血圧は一七〇以上あるのは確かだ。バイアグラの副作用の一つには顔の火照りがあるが、権在玄は湯から上がったばかりのような顔をしている。薬の副作用だけが原因ではなさそうだ。二人への怒りがそうさせているのだろう。

最高血圧二〇七、最低血圧一二〇でいつ脳溢血を起こしても不思議ではない数字を表示した。

権在玄は深呼吸を二、三度繰り返し、再度測定した。そうすると数値が落ちることがしばしばあった。それを試したのだろうが、二回目の数値はさらに高い血圧を示した。

いつも飲んでいる降圧剤は朝一錠飲めば二十四時間効果のある薬だ。一日に二錠飲めば急激な血圧降下が見られ、それも危険な服用の仕方だが、上昇する血圧が不安でたまらないのだろう。

安玉姫は自分のバッグから降圧剤を取り出し、ベッドシーツの上にバラまいた。

「権同志、好きなだけ薬を飲むがいいわ」

権在玄は怒ることも忘れて散乱する錠剤を一粒拾うとすぐに口に含んだ。その姿を見て安玉姫は突然甲高い声で笑い出した。

「何がおかしい」

安玉姫に殴りかからんばかりの怒りようだが、ベッドから立ち上がろうともしないで睨みつけているだけだ。以前と同じように足の付け根に激痛が走っているのだろう。それにこれ以上血圧が上昇するのを恐れているのだ。

「よく薬をご覧になってください」

日本から送られてくる降圧剤だが、最近一ヶ月ほど服用していたのは、平壌の薬局で見つけたダイエット効果があるというサプリメントだ。錠剤の形状は降圧剤とまったく同じだが、錠剤に刻印されている番号が違う。よく見なければ見分けることなどほとんど不可能だ。だから安玉姫はその薬を見つけた時は、計画の半分は成就したのも同然と思ったらしい。

安昌順と安玉姫は、二人の身体を弄んだ権在玄を介護者がいなければ、何一つできないような障害を負わせ、共和国で生き地獄を味わせてやろうと考えた。そして、もう一つの計画は二人して脱北することだった。そのためにどんなことにも耐えてドルを集めたのだ。

安昌順は白光泰の所在を突き止めるように依頼された。帰国者でしかも兄の白光秀は非業の死を遂げていた。廃墟と化した肥料工場を視察すれば、失望しても不思議ではないのに車忠孝はまったく逆の反応を見せた。

定州の農場で白光泰と再会した翌朝早く、車忠孝はこっそりとホテルを抜け出した。その後を安昌順は尾行していた。セーターと胸のポケットが膨らんだコートを白光泰に譲っているのを見て、安昌順は白光泰の身辺をずっと注視してきたのだ。

白光泰に対する車忠孝の思いには並々ならぬものがあると感じた。予想は的中した。車忠孝の共和国再訪問に合わせて、白光泰は脱北を図るのではないかと思った。予想は的中した。白光泰に同行すれば、自分たちも安全に脱北できるだろうと安昌順は考えた。

そしてそのチャンスがようやく到来したのだ。

「よく薬を見てごらんなさい」

シーツの上の錠剤を一粒拾い上げ、指でつまんで目を細めて見ている。老眼で錠剤に刻印されている番号がなかなか判別できないのだろう。ようやく以前の番号と違うことが理解できると、かすれるような声で聞いた。

「これは何の薬なんだ……」

「効くのかどうか知りませんが、平壌の薬剤師はダイエットに効果絶大と言ってましたけど」

安玉姫は嬉しくて仕方ないのか笑いが止まらない。

「こんなものを俺に飲ませていたのか」

高血圧症を医師から指摘された権在玄は、降圧剤を日本から取り寄せ、服用してからもしばらくの間は、神経質になり一日に何度も血圧を測定した。しかし、服用と同時に血圧は正常値を維持するようになった。それからはほとんど測定することはなかった。ただ不安を覚えた時に計測するか、あるいは旅行先での宴席で酒量が増えた時に測るくらいだった。

「こんなものとおっしゃいますが、あんがい血圧にも効いているのかもしれませんよ。最近一ヶ月は降圧剤飲んでいませんから」

権在玄は一ヶ月もの間、薬をすり替えられていたことに気づかなかった。それでも日常生活に支障をきたすことはなかった。しかし、今は最高血圧が二〇〇を超え、二一〇に届きそうだ。全裸のままベッドから一歩も動けなくなっていた。拳を握った手がブルブルと震えている。

「少し安静にされたらいかがですか」

安昌順が子供をなだめるように諭した。

「ふざけるな。俺に何を飲ませた？」

「ですから権同志が愛飲しているバイアグラですよ」

しかし、バイアグラ一〇〇ミリ錠を飲んだ時の状態とは明らかに違うのは、本人がいちばんわかっているのだろう。太腿の付け根が痛むのか、両手で付け根をマッサージしている。大腿部を流れる動脈から陰茎部に血液を大量に送るために、付け根や男性自身が張り裂けるほどの痛みに襲われているのだろう。

バイアグラの服用は心血管系傷害のある患者の服用は禁忌になっている。血圧計の脈拍数も一二〇という数字を示していた。激しく心臓が鼓動しているのだろう。権在玄は死を覚悟したのか、そっと身体を横たえた。

「俺は何錠、バイアグラを飲んだんだ」

「五錠です」

「そんなに飲んだのか……」権在玄は自分でも驚いたのか、力なく笑った。「このままで済むと思うなよ」

「その言葉はそっくりあなたにお返しするわ」

きっぱりとした口調で安昌順が答えた。

権在玄は白目をむき、口から白濁した唾液をたらし始めた。手足を細かく震わせ痙攣を始めた。いくら盗聴されている可能性があるとはいえ、大声を出して助けを求めることはもはや無理だろう。それでも意識はあるようで、二人に鋭い視線を投げつけている。

このまま放置しておけば権在玄はどうなるのだろうか。脳溢血を起こし意識を失い、身体が麻痺するような後遺症を残して生命を取り止めてくれれば、二人が描いた筋書き通りになる。

権在玄は涎《よだれ》というより白い泡を口から噴き出している。安昌順、安玉姫は一刻も早く新義州を離れ、国境を越えなければ待ち受けているのは死だけだ。脱北が失敗すれば、処刑されるに決まっている。部屋で権在玄の最期を見届けている時間はない。

安昌順は妹に目で合図した。黙って頷く安玉姫。安昌順はあらかじめ用意しておいた細い麻紐をバッグから取り出した。

「止めてくれ、命だけは助けてくれ……」

命乞いをする余力はあるようだ。口の周りはだらしなく唾液で濡れ、シーツにもシミが広がっている。首に紐をかけるが、抵抗する力はもはや権在玄にはなかった。べッドの両端に二人が立ち、これから紐を引こうとした瞬間だった。

突然、ドアが開いた。安昌順は部屋に入ると同時にサムターンを回し、外からは開かないようにしておいた。それなのにドアが開けられた。会話が盗聴されたと二人は反射的に思った。

二人は覚悟を決め、紐を引こうとした。

「待て」

入ってきた男は北朝鮮のどの地方の訛りとも異なるアクセントで言った。男は低くくぐもった声でつづけた。「その男から聞きたいことがある」

男はドアを閉めると、ベッドの横に近寄ってきた。

「誰なの」

安昌順が聞いた。

「今はそれを説明している時間はない。車忠孝からおそらくこのホテルだと聞きやってきた」

男は権在玄の枕元に来ると巻かれた紐を取り除いた。権在玄の顔に安堵の表情が浮かぶ。

「助けてくれ」

権在玄は両手で男の腕にしがみつこうとした。男はそれをハエでも追い払うように振り払うと言った。

「あんたを助けに来たわけではない」

「金は好きなだけやる。頼む、助けてくれ」口の周りの白い泡を手でぬぐいながら権在玄が言った。

「俺は徐根源の倅《せがれ》だよ」

「徐根源に息子がいたなんてそんなでたらめを……」

安昌順にも聞き覚えのある名前だった。日本人の旅券を手にし、大阪の交番から奪った拳銃を隠し持って韓国に入国した在日韓国人二世。一九七四年八月十五日、光復節の式典に潜入、朴正熙大統領に向けて銃弾を発したが、隣にいた陸英修夫人と式典の合唱団の女子高生に当たり、二人が死亡した。しかし、徐根源に子供がいたことなど知らなかった。

「どう思おうとあんたの勝手だが、俺のオフクロまで殺したのは金正日の命令なのか」

「そんなことは知らん。本人に聞いてくれ」

声も絶え絶えで、口から泡を噴いている。権在玄の異様さに徐根源の息子と名乗る男が、その理由を聞いた。安昌順が経緯を説明した。

「助けてくれ」権在玄は何度も同じ言葉を繰り返した。

それは安姉妹に対する命乞いではなかった。仕掛けられた盗聴器に声が届き、誰かが救出に来てくれると思っているのだ。

それに気づき、安玉姫がハンカチで口を閉ざそうとした。

「止めろ、聞きたいことがあるんだ。それに盗聴器には雑音しか聞こえていない」

ポケットからライターほどの大きさの発信機を出して見せた。

「集音マイクが拾うのはここから発信される電波だけで、聞いているヤツがいたとしても、耳が痛くなるほどの雑音しか聞こえない」

男はベッドの上にその発信機を放り投げた。

「しゃべりたくないんだな」

男はそういうと安昌順が手にしていた麻の紐を右足大腿部に堅く巻きつけた。右足に血が流れずに瞬く間に白くなっていく。反対に上半身は湯上がりのような赤みを帯びてきた。止血された右足に血を送ろうと血圧が高くなっているからだ。

「この二人はお前が脳溢血で全身不随になって余生を送ってほしいらしい。血圧を測ってみるか。どんどん上昇して、もうすぐ頭の血管が破裂するぞ」

それでも権在玄は口を開こうとはしなかった。

「そうか」

残った紐で左足も縛りあげようとした。

「頼むから解いてくれ」

「答えが先だ」

「そうだ。将軍様から手紙を奪い返せと命令された」

「殺せと命令されたのではないのか」

「手紙を奪い返せと命令されたんだ。あんなババアを殺してもクソの役にも立たん」

「殺しても意味のないそのババアを殺したのは全慶植の倅だな」

「知らん」

「では徐根源が使用した拳銃はどうやって手に入れた。解いてほしければ答えろ」

暗殺に失敗した徐根源は韓国当局の厳しい追及を受け、事実関係を自白した。それによると、当時、対日工作の全権を握っていた権在玄の命令の下に、朝鮮統連大阪支部で闇の組織を仕切っていた全慶植が指揮を取り、徐根源をテロリストに仕立て上げてソウルに送り出した。

日本旅券は、北朝鮮にシンパシーを抱く日本人夫婦の戸籍を利用して作成し、日本人になりすまして韓国に入国した。資金提供は万景峰号の船内で行なった。日本の警察は任意で全慶植を捜査したがすべて韓国のデッチあげだとして犯行を否認した。犯行を裏付ける証拠を日本の警察は見出すことができなかった。

唯一の物証は、徐根源が所持していた拳銃、スミス&ウェッソンだった。大阪の交番から盗まれたもので犯行も全慶植の指揮だと言われていたが、単独犯では到底なしえない犯行で、朝鮮統連内に複数の共犯者がいると思われた。

「俺には関係ない」

「そうか」

男は平然と左足大腿部を同じようにきつく縛ってしまった。そして、安昌順、安玉姫に向かって言った。

「このままにしておけばいずれ両足が壊死する。たとえ生き残ったとしても車椅子に座った生活になる」

「頼む、解いてくれ。共犯者の名前を言う」

権在玄は当時の統連理事長の名前を口にした。

男が聞いた。「まだバイアグラはあるか」

「あります」安玉姫が答えた。

それを受け取ると、権在玄の髪の毛を掴み、上半身を引き起こすと強引に口を開かせて、手のひらいっぱいのバイアグラを口の中に押し込んでしまった。懸命に吐き出そうとするが、男は左手で権在玄の首を押さえ、右手で口を塞いでしまった。権在玄は両腕でもがくような動きをするが、男の手を振り払う力はない。

「さあ、こんどは完全に頭がパンクするぞ。話す気になったか」

権在玄は何度も頷いた。男が手を離すと、権在玄は溶けかかったバイアグラと唾液をシーツの上に吐き出した。

そして三人の名前を呟いた。

「全慶植、崔棟元《チェドンウォン》、金東硯《キムドンギョン》だ」

この三人は徐根源の朴正熙暗殺計画だけではなく、日本人拉致にも深く関与していると囁かれているが、日本の公安も確たる証拠を掴むことができずに、結局、全慶植以外は今も日本で暗躍している。

権在玄から聞き出すべきことを吐かせると、男は二人に言った。

「さあ、行くぞ。用意しろ」

「権在玄はどうするんですか」

「俺に任せろ」

男は胸のポケットから小さなケースを取り出した。中には細い注射器と小さなアンプルがあり、アンプルから液体を注射器に吸い出した。

「止めてくれ、殺さないでくれ」

権在玄は薬殺されると思ったようだ。男は何のためらいもなく、肩に針を突き刺し、一気に液体を注入した。注射液は戦場で負傷した時のためのモルヒネだ。

権在玄は痛みを感じなくなったのかボーッとした表情に変わった。

「こいつは数時間このままの状態が続くか、あるいは眠ってしまうかだ」

男は両足の紐を解かずに布団をかけ、権在玄に枕を当てた。眠っているようにしか見えない。

「この男はどうなるのですか」

「脳溢血を起こせばこのまま死ぬかもしれない。脳溢血が軽度で処置が早ければ、命は助かるが、助かっても両足は切断するしかない」

三人はそのまま部屋を出た。

中国人はまるで自分の家にいるかのようにけたたましい声を張り上げて、商売の話に夢中だ。彼らはロビーでも、廊下でも大声で、隣の部屋からも会話が響いてくる。安普請のホテルなのだろう。

一刻も早く新義州を離れて、約束の場所X地点に向かいたいのだ。

計画が実行できれば、自分一人の命など惜しくはないと思っている。しかし、状況は大きく変わっている。安昌順、玉姫の姉妹が脱北に同行したいと言ってきた。姉の安昌順が玉姫を連れ出すことに成功したのかどうか、ひたすら待つしかなかった。

隣の部屋の中国人は相変わらず笑い、大声で何事かを話している。商売がきっとうまく運んだのだろう。檻に閉じ込められた虎と同じで、狭い部屋を行ったり来たりしながら苛立たしい時間が過ぎるのを待った。

けたたましい中国人の話が止んだ頃だった。控えめにドアをノックする音がした。ドアの前に立っていたのは伊丹だった。伊丹を中に招き入れた。

車忠孝はすぐに胸ポケットから手帳を取り出し、ペンを渡した。

〈安姉妹を連れてきました〉

伊丹が手帳に書き込んだ。二人はホテルの近くで身を潜めているようだ。

〈三人だけでX地点に行けますか〉

車忠孝が無言で頷く。

〈駅と鉄道沿線に兵士たちが集められています。鴨緑江の警備は手薄になります〉

伊丹の書き込みに、首を縦に振った。

〈私の十メートル後を付いてきてください〉

伊丹は部屋を出て、エレベーターホールに向かった。車忠孝は腕時計を見ながら正確に三十秒後に部屋を出た。一階に降りてフロントにキーを預けると、伊丹が玄関を出るところだった。

食事にでも行くような素振りで、車忠孝は伊丹の後を追った。夜だというのに急に兵士の数が増えているように感じられた。やはり金正日が中国から戻る時間が迫っているのだろう。

伊丹は一度だけ後ろを振り向き、車忠孝が付いてきているのを確認すると、二十分近く歩いた。新義州駅から離れているようだ。人通りが次第に減っていく。ここまでくれば、後は成り行き次第で、計画が成功するか失敗に終わるかは、彼らの動きにかかっている。日本を離れた時から死の覚悟はできている。車忠孝は自分でも不思議なくらいに落ち着き払っている。

伊丹が歩いている先にいすゞのトラックらしきものが止まっていた。フロント部分は四トン車のエルフのようにも見えるが、荷台はすっかり改造されていて、その面影はまったくない。

そのトラックのところまできて、伊丹は足を止めた。車忠孝がトラックまで歩み寄ると、運転席には安昌順ともう一人女性がいた。顔立ちが似ている。すぐに安玉姫だとわかった。

「これでX地点に行ってください」

伊丹が言った。

車忠孝が来たことがわかると、安姉妹が座席から降りて、荷台に乗り移った。運転席にはやせたみすぼらしい身なりの運転手がハンドルを握っていた。

「彼は義州の配給部の幹部です。配給物資がないのでトラックを使うことはありません。燃料を分けるという条件で、義州まで走ってもらうことにしました」

「私のことはどう説明してあるんだ」

「在日の商工人で、日本から肥料を大量にご寄附下さる同士で、義州周辺の土地の状態を見たいからと言ってあります。さあ時間がありません」

安昌順が車忠孝に助手席に乗るように促した。

最悪な事態になれば、車忠孝も死ぬかもしれないし、伊丹も殺されるかもしれない。あるいは二人とも命を失う結果に終わる可能性もある。車忠孝は最後の別れの挨拶と思って伊丹に声をかけようとしたが、「では、ここで」とだけ言い残して、すぐにその場を去って行ってしまった。

伊丹にとってはこれまで生きてきた一瞬、一瞬が生命を奪われかねない緊迫した時間の連続だったのかもしれない。たとえそこが北朝鮮であろうと、ミャンマーであろうと、どこに行こうとも彼にとっては生きている限り戦場しかないのだろう。

運転手は車忠孝が助手席に乗ると同時にエンジンをかけた。X地点は義州の鴨緑江の岸辺だ。中国側の国境警備の兵士たちには十分に鼻薬を効かせてある。新義州周辺の四月の最高気温は十八度前後、最低気温は八度前後。夜になれば、気温は下がる。北朝鮮側の警備が手薄になる時間帯を狙って河に入る計画なのだ。河に入ってしまえば、中国側から救出する手はずが整っている。

いつエンジンが止まってもおかしくないいすゞエルフは、時速三十キロ程度で新義州の街を抜けた。対向車は人民軍のトラックばかりで、暗くてよく表情までは見えないが荷台には兵士たちが立ったまま乗っていた。

いすゞエルフは三、四十分ほど走った。新義州ほどの活気はないが、義州に入ると、トラックが止まり、荷台から二人が飛び降りた。安昌順は、運転手に礼を言い、さらにドル紙幣を渡した。

「ご苦労でした」

安昌順が財布からドル紙幣を取り出した。真新しい百ドル紙幣三枚を見せると、

「すべてはいっさい無言に。これは将軍様からのお礼です。私たちを輸送したことは将軍様意外には話してはなりません。いいですね」

念を押すように言った。

いすゞエルフが走り出すと、安昌順が先頭に立ち歩きだした。X地点については伊丹から詳細に聞いているようだ。X地点近くの山にはコッチェビが寒さをしのぐための掘っ立て小屋があり、そこには村人も人民軍兵士も近づいてこない。計画では、そこで脱北する時間まで待機することになっていた。

義州は新義州と比較すると寂しい街で、人通りもほとんどなく、街灯もそして家並みの明かりもなく街全体が暗く、人の活気のようなものが感じられなかった。もっともそれは義州に限ったことではなく、平壌を一歩出れば、どこへ行っても同じような

印象だ。

しかし、義州はそれだけではなく不気味な雰囲気が漂っている。夜の十時過ぎだというのに、人と出くわすことがないのだ。

車忠孝は義州のどのあたりを歩いているのかはさっぱり見当もつかない。灯りがまったくないのに、安姉妹は夜でも視力がきくのか、暗闇を歩いていく。二人に手を引かれるようにして、無言のまま歩き続けた。

三人の荒い呼吸音しか聞こえない。何かが蠢く音がするわけではない。話し声が聞こえるわけでもない。しかし、車忠孝は周囲に人の気配を感じた。確かに三人の後をつけてくる気配を感じるのだ。それも一人や二人ではない。

トラックを降りてから二時間近く歩いただろうか。三人はどうやら河の近辺を歩いているようだ。微かに河の流れの音が聞こえる。鴨緑江の岸辺が近くにあるのだろう。

さらに坂道を二十分ほど歩いただろうか。顔に枝がぶつかり、足を雑草に取られそうになる。山の斜面を歩いているような感触だ。さすがの車忠孝の息も、安姉妹の息も上がった。暗闇の奥に微かな灯りが見えた。

灯りは今にも消えそうなほど頼りないものだった。近づくにつれてそれは一本のロウソクの炎だとわかった。三人が近づくと、炎が動き出した。誰かが炎を手にし、案内するかのように一定の距離を保ちながら進んで行く。足場は斜面なのかしっかり踏みしめないと、身体が転げ落ちそうになる。

しばらくロウソクの炎の後についていくと、炎がかき消され、再び闇の中に三人は突き落とされた。すぐに枯れ草を取り除いているような音がした。同時に、ぽっかりと穴が空き、奥から焚火のような灯りが漏れてくるのがわかった。黒い人影がその穴の中に入り、「入って」と三人に声をかけた。黒い人影の背は低く、子供らしい。

その人影について車忠孝は身をかがめ、四つん這いになりながら穴に潜った。人一人がようやく潜れるような狭さだ。後ろを振り返ると、安姉妹も同じように身をかがめて後をついてきた。

潜った穴がすぐに枯れ草で覆われ塞がれた。やはり三人を尾行してきた者がいるようだ。車忠孝の前を進む影についていくと次第に奥の方が明るくなり、ぽっかりとした広い空間に出た。そこでは焚火が燃やされ、周囲を七、八人の子供が囲んでいた。

焚火の灯りにようやく目が慣れると、そこはまるで防空壕のような空間になっていた。暖を取る子供たちの顔は泥や垢で汚れ、男の子だか女の子だか区別がつかない。

焚火に近づくと、すべての子供が膝を抱きかかえるようにして身体を丸めて、寒さをしのいでいた。やせ細っているが、どの子供も眼だけは獣のようにカッと見開いて、三人に今でも襲いかかりそうな鋭い視線で睨みつけている。

その中でも年長者でリーダーと思しき少年が声をかけた。

「セヨンの兄貴から脱北するまで守れって言われている。でもこの山には人民軍の兵士も村人も近づいてはこないから心配ない」

コッチェビが雨風、寒さをしのぐために掘った洞穴だった。

「いくつもこうした洞穴があるのか」

焚火に身を寄せながら車忠孝が聞いた。

「たくさんある」

「どのくらいの子供がいるんだ」

「わからない」

「わからない……」少年の答えに、車忠孝は首を傾げた。

「毎日、変わるから」

少年の返事にさらに車忠孝は混乱した。

訝る車忠孝に少年が詳しく説明した。

「多い時は七、八人のコッチェビがこの山の噂を聞きつけてやってくる」

「毎日、数が増えていくのか」

「増えていくだけじゃない。毎日減っていく」

「何？」

「必ず二、三人が死んでいく」

山で暮らすコッチェビの人数が毎日変わるのは、それだけ助けを求めてくる数が多く、その一方で死んでいく子供も半端な数ではないらしい。死亡の原因はわかりきっている。餓死だ。

日本なら幼稚園に通っているような年頃の子供まで焚火にあたっている。今、この国に必要なのは肥料などではなく、食糧なのかもしれない。一人の子供は明らかに栄養失調で体力も弱っていた。

話しかけても無反応で、目の周囲は眼ヤニで汚れ、瞳には炎が映ってはいるが、視力を失っているのかもしれない。唇は乾ききっていて、まるで死人のようだ。

怒りとも悲しみともつかない感情がこみあげてくる。おそらく弱りきったこの子供の命は二、三日どころか、翌朝の朝日さえ見ることができないかもしれない。しかし、他の子供たちは何の感慨もないのか、無言で火にあたり、薪が切れそうになると、枯れ枝や木の根っこを火にくべている。毎日仲間が死んでいく姿を見ていれば、悲しみの感情など摩耗していく。悲しんでいる余裕もないだろう。明日は自分が死んでいくのかもしれないと思えば、仲間の死をいちいち悲しんでいることなどできなくなって当然だ。

こんなにまで貧しい国にしてしまったのは、東西の冷戦構造だとか、分断国家の悲劇などと分析することはできる。しかし、原因は国民の生活など眼中になく、権力にしがみつく金正日とその一族、それを支える一部の連中だけのための国家にしてしまったことだ。よくも「地上の楽園」などと言えたものだと、車忠孝はこみあげてくる怒りに身体を震わせ、涙を拭うことも忘れた。

X地点には、白石蓮美と白光泰、黄敬愛と黄剛勲が柳世栄に導かれてやってくるはずだ。彼らと合流し、脱北を実行に移す計画だ。

薪が時々弾けて火の粉の飛び散る音が響くだけで、誰も話をしない。重い沈黙に耐えかねた車忠孝がリーダーの少年に聞いた。

「食糧はどうしているんだ」

「昼間、街に出て盗んでくるか、恵んでもらったものや残飯を集めてきて、皆で分けて食っている」

「丹東から入ってはこないのか」

「セヨンの兄貴が時々薬や食糧を運び入れてくれる」

しかし、何十人いるのかわからないが、餓死者が毎日出るくらいだから食糧は慢性的に不足しているのだろう。それに子供用の衣服を身につけている者など一人としていない。中には恵んでもらったものもあるのだろうが、ほとんどが盗んだものだろう。男用、女用と分けて着る余裕すらない。全員がだぶついた大人用の衣服をまとっている。その衣服だけでは厳寒の冬になれば、外を歩くことすらできないだろう。中には凍死する者もいるのだろうと車忠孝は思った。

「盗みがバレて捕まることはないのか」

「捕まれば半殺しの目に遭う。その場で殺される者もいる」

「この山でたくさんのコッチェビが暮らしているのは知られていないのか」

「皆知っている。だけどこの山までは追いかけてこない」

武装した人民軍が五、六人で来れば、一斉に検挙されてしまうと思ったが、人民軍も山には入ってこないようだ。窃盗を働くコッチェビを何十人と捕捉したところで、現実的には収容する場所もないのだろう。強制収容所に入れたとしても、労働力として使うこともできない。今の北朝鮮では邪魔もの以外の何物でもない。

「この山の麓までは追いかけてきても、山には登ってこない。だからここは安全だ」

人民軍が追ってくるのを、車忠孝は心配しているのかとリーダーは思ったらしい。

「そうか。少し寝ることにする」

安堵したような声で車忠孝はリーダーに答えた。

「この山は野獣の住む森と皆呼んで、怖がっている」

炎に映し出されるリーダーの表情が一瞬不気味に見えた。リーダーは不敵な笑みを浮かべ、薪を炎の中に放り投げた。

静かに燃える炎を見つめながら、金正日を乗せた特別列車が龍川駅を通過する頃だろうと、車忠孝は思った。

第九章　爆破テロ

伊丹は北朝鮮に入って以来、ホテルには宿泊せずに人里離れた山中か、あるいは尹吉松が提供してくれた隠れ家に身を潜めていた。食糧をどのように調達してくるのか、不思議に思った。腹を満たすだけの米や肉、キムチが必ず家には用意されているか、どこからか運び込まれてきた。身を隠す場所は一日か、短い時は数時間おきに違う場所へと移動していた。

車忠孝、安姉妹の三人をX地点に送りだし、伊丹はすぐにアジトに戻った。出入りしていた男たちの様子が、それまでとは明らかに違ってきた。顔を泥で黒く塗り、着ているものも迷彩色の軍服ではないが闇に溶け込むような黒いものを身にまとっている男たちが、伊丹が身を隠す小屋に頻繁に出入りするようになった。

尹吉松直属の部下が常駐し、彼らに指示を出していた。彼らは自分たちの持ち場を確認し、銃、銃弾を受け取っていた。銃や銃弾は中国から運び入れたものだろう。しかし、彼らの栄養不足は明らかで、頬骨が浮き出て、手足も枯れ木のように細い。まるで中学生のような少年から六十代と思われる老人までいた。兵役を経験している者は銃の撃ち方くらいは知っているだろうが、果たして少年がゲリラ戦になった時に戦えるのか不安がよぎる。

尹吉松はどうやって兵士を集めたのか、人数だけは三十人以上はいるようだ。銃撃戦になるのは必至で、生きて帰れるかどうかはわからない。伊丹のこれまでの戦場の経験から判断すれば、全滅する確率は九〇パーセント以上だろう。

七十歳に手が届くのではないかと思う老人と小学生にしか見えない少年が入ってきた。少年は老人をハラボジ（おじいさん）と呼んだ。老人は朴哲洙《パクチョルス》、鎬然《ホヨン》少年の祖父にあたるのだろう。

「ハラボジも戦闘に参加されるのでしょうか」

伊丹は思わず朴哲洙に尋ねた。伊丹の発音から在日だとすぐにわかったらしい。

「嬌胞《キョポ》よ、戦闘に参加するのかだって？　ワシが生まれ落ちてから、今日まで戦わない日など一日としてなかった」

年齢から想像すれば、日本侵略時代に少年期を過ごし、朝鮮戦争当時は戦闘に加わっていた年頃だ。そして北朝鮮と韓国の間に休戦協定が成立した後も、老人は兵役についていたのかもしれない。

鎬然が無邪気に聞いてきた。

「ヒョンニム（兄貴）はこれまでに人を殺したことがあるのか」

「ある」伊丹が頷いた。

「何人？」少年は算数の答えを聞くような口調だ。

「数えきれない」

「ハラボジの方がきっと多いと思う」

鎬然少年は誇らしげに答えた。少年にとって祖父は英雄なのだろう。

「君も戦闘に加わるのか」

「もちろん」

そう答える鎬然からは少年のあどけなさは消えていた。

「俺たちは死など恐れてはいない。それは孫の鎬然とて同じだ。日本から帰国した連中に金日成は『共和国は地上の楽園』と宣伝したようだが、共和国に楽園などありゃしない。共和国は恐怖と飢餓に覆われた地獄さ。ここから抜け出す方法が一つだけある。それは死ぬことだ」

「少年のご両親は？」

「強制収容所送りにされた」鎬然少年が憎悪に満ちた瞳で答えた。

いつどのような理由で収容所に送られたのかわからないが、両親は確実に死んでいるという確信が少年にはあるのだろう。

二人は武器と銃弾を携えて闇に消えていった。

尹吉松は龍川駅近くのアジトで指揮を執っているのだろう。彼のところには金正日を乗せた列車の運行状況が刻々と告げられている。計画は鴨緑江を特別列車が渡り、新義州駅を発車したのと同時に、反乱軍が行動を開始する。

反乱軍の目的は警備に当たる人民軍の注意を引き付けることにある。人民軍も武器弾薬が不足しているのは明らかだが、反乱軍が入手している銃弾ではとても太刀打ちができない。銃撃戦は数分で終了するだろう。その数分のうちに伊丹は与えられた任務を完了させる必要がある。

部屋はロウソク一本の灯りだけだ。銃弾を配り終わると、静寂の中でただひたすら待つだけだ。伊丹は迷彩色の服に着替え、サバイバルナイフ、拳銃、銃弾、手榴弾、そして起爆装置を確認し、顔に黒のドーランを塗るとロウソクを消した。暗闇に眼を慣らすためだ。

四月二十二日二十三時三十五分、音もなく板を打ち付けただけのドアが開いた。金正日の特別列車は丹東を発車したと、伝令が伝えた。鴨緑江を渡るのに五分とかからない。しかし、新義州にどれほど停車しているのかは不明だ。夜明けまでに平壌に到着するためには、一時間も停車している余裕はない。平壌の日の出時間は五時五十分だ。

伊丹は目をつむり、龍川駅のホーム、引き込み線の状態、肥料を積んだ貨車とタンクローリー車の位置を心の中で反芻していた。

二十三日零時五分、再び伝令がやってきた。「新義州の停車時間は三十五分」

アジトから龍川駅まで十五分、二十分後にはアジトを出る。情報はすべての反乱軍メンバーに伝えられているのだろう。

「我々の戦いに栄光を」

伝令はこう言い残して足早に去っていった。三十人の反乱軍は誰一人として生きながらえるとは思っていない。戦闘に生き残ったとしても、捕まれば即座に銃殺されるのは明白だ。

零時十七分、再び伝令がやってきた。

「特別列車が突然発車した」

「何！」

部屋に一緒にいた反乱軍兵士が思わず怒鳴った。

「行くぞ」

伊丹はアジトを出た。案内役の兵士を急がせた。アジトから龍川駅に向かって走った。龍川の町は眠っていた。明かりを灯している家は一軒もない。駅の方向にぼんやりとした明かりが闇に浮かびあがる。駅舎の明かりだろう。

音一つしない漆黒の闇を二人は走りつづけた。龍川の駅が視界に入ってきた。その刹那、静寂の闇を貫く一発の銃声が響いた。その銃声が合図だったかのように、激しい銃撃戦の音が響き渡った。

どのような状況の変化があったのかはわからないが、特別列車は出発の運行時間を早めた。伊丹に残された時間はわずかしかない。失敗すれば、三十人の反乱軍は犬死に終わってしまう。絶対に失敗は許されない。

状況が把握できないが、伊丹がなすべきことは決まっている。駅周辺を警備している人民軍兵士を、反乱軍は四方から襲撃する計画になっていた。駅舎が視界に入ると、人民軍兵士が駅舎を背に銃声のする方に発砲、応戦しているのがわかる。

駅舎には明かりが灯されているが、周辺は暗闇だ。周辺の民家にも当然銃声は届いていると思うが、巻き添えを恐れているのかどの家も電灯をつけない。それとも停電なのかもしれない。反乱軍は駅舎の明かりに浮かびあがる人民軍兵士を狙い撃ちにした。

暗闇から狙撃されるのがわかるから、人民軍兵士は駅舎から出てこないで、物陰から暗闇に目がけて発砲しているにすぎない。人民軍の士気は決して高くない。

伊丹は案内役と別れ、次の駅の龍州《リョンジュ》駅方面に向かった。ホームから百メートルも離れれば、そこには駅舎の光は届かない。闇にまぎれて線路伝いに引き込み線に入り、タンクローリー車まで辿り着かなければならない。

　伊丹は駅周辺の民家の裏手沿いに走った。百メートルも走らないうちに反乱軍も人民軍兵士の姿も見えなくなった。銃声は駅舎周辺に集中している。線路沿いの民家の物陰から線路に走り出た。レールが龍川駅に向かって真っ直ぐに伸びている。

　伊丹は枕木の上に腹ばいになってホーム周辺を見渡した。彼らは特別列車の通る線路だけを死守すればいいと考えているのか、引き込み線に止められているタンクローリー車と貨車周辺には人民軍兵士の姿は見えない。

　伊丹は身をかがめながら枕木の上をホームに向かって走った。ホームの一キロメートル手前に引き込み線のポイントがあり、そこからレールが分岐している。銃撃戦は駅舎周辺で散発的に行なわれているにすぎない。すべての引き込み線には貨車が停車している。反乱軍の援護があれば貨車の陰に隠れてタンクローリー車まで容易く辿り着く。

　特別列車の通過が近いのか、駅舎の明かりは相変わらず点灯したままだ。人民軍の兵士は物陰に隠れてはいるものの、闇からの狙撃に次々に倒れていく。伊丹は本線から二つ目の引き込み線に止まる貨車の下に潜り込んだ。

　駅舎の方が急に騒がしくなった。駅舎周辺の銃撃戦が激しくなった。おびただしい人民軍兵士がホームに現れ、四方に向けて発砲し始めた。多勢に無勢とはこのことだ。

駅舎からサーチライトが灯され、照明弾が夜空に向けて何発も発射され、周囲は昼間のような明るさに変わった。

「発砲、止め」

拡声器から人民軍指揮官の声が響き渡った。

「金正日将軍様にたてつく虫けらども、いいか、よく聞け。武器を捨て両手を頭に置いて、いますぐ投降すれば命だけは助けてやる」

新義州駅の警備を担っている劉英基大尉だった。人の命をなんとも思わない劉大尉の悪どさは麻薬の密売グループからいやというほど伊丹は聞かされていた。

〈あのヤローがなぜここに〉

理由は一つしかない。反乱軍蜂起の情報が人民軍に流れたのだろう。

〈どうして〉

しかし、今となってはそんなことはどうでもいい。人民軍が肥料を積んだ貨車とタンクローリー車を取り囲んでいないということは、具体的な計画は彼らにはまだ伝わっていない。

特別列車が接近しているのは間違いない。

一瞬、静寂に包まれた。しかし、劉大尉のメッセージに応えるかのごとく、反乱軍が一斉射撃に出た。銃弾が尽きるのは時間の問題だ。伊丹は銃撃戦の隙に、貨車の下を潜りながらタンクローリー車の下まで辿り着いた。

タンクローリー車の陰に人民軍の兵士が一人だけ身を潜め、暗闇に向けて発砲している。数百メートル先の暗闇に時折、銃口から噴き出した炎が見える。兵士はその方向に向けて銃を乱射している。

タンクローリー車のタンク上部に設けられた蓋を開け、そこに起爆装置を取り付ける必要がある。貨車に積み込まれた肥料の硝酸アンモニウムはすでに必要な量がタンクに投入されている。これだけでは爆発はしないが塩化物イオンを触媒にして亜酸化窒素を発生させ、二〇〇度以上に加熱すれば爆発を起こす。

背負ったリュックの中にはそれらのすべてが入っている。起爆装置を備え付けるには、兵士を倒さなければならない。伊丹は枕木の上を這いつくばりながら、兵士が立つ近くまで前進した。一瞬で倒し、タンクローリーの下に引きずり込まなければならない。

兵士は反乱軍を制圧することに夢中で、タンクローリーの下になどまったく注意を払っていない。伊丹は腰のベルトに付けたアーミーナイフのホルダーホックをそっと外した。

発砲した光が暗闇に浮き出ると、兵士はその方向に狙いを定めて銃を構えた。記憶した炎の位置に照準を合わせている。伊丹は身をかがめたままレールをまたぎ、兵士の背後に回った。兵士がまさに引き金に力を込めようとした瞬間、伊丹は立ち上がり、左手で口を塞ぎ、右手に握ったナイフを首筋に突き刺した。生温かい鮮血が右手に降りかかる。兵士が後ろを振り返ろうとするが、そのまま崩れるようにして膝を折った。伊丹はナイフをさらに深く突き刺した。兵士は感電したように手足を痙攣させた。首を貫通させ兵士が絶命したことを確認するとナイフを素早く引き抜いた。

兵士の襟首を掴み、タンクローリー車の下に引き込み、車輪の陰に死体を置いた。タンクローリー車の後部にはタンクの上に上るための梯子がある。その梯子を駆け上り、触媒を投入し、起爆装置を取り付けた。起爆装置のスイッチは無線を受信するとONになるように改造されている。

装置を取り付けるのには一分とかからなかった。発砲音が次第に少なくなっていった。反乱軍の銃弾が尽き、制圧されてしまったのかもしれない。銃声はますます散発的になった。

銃声が止むと、ホームから劉大尉の声が響いた。

「虫けらども、こっちを見ろ」

伊丹は構わずその場を離れようと、貨車から貨車へと身を隠しながら移動した。

「反乱軍のリーダーは誰だ。この餓鬼に聞いても、何も答えようとしない。この餓鬼を助けてほしければ、指揮した奴はすぐに名乗り出ろ」

伊丹は足を止め、貨車の陰からホームに目をやった。劉大尉が少年のこめかみに銃を突きつけて立っていた。朴鎬然少年だった。

反乱軍からは何の返事もなかった。

劉大尉は何のためらいもなく、銃を朴鎬然の足元に向けて発射した。少年は声一つ上げなかったが、糸が突然切れた操り人形のように左膝を折った。銃弾は左足の甲を貫いたようだ。

「なかなか根性のある餓鬼だ。殺すのは惜しい。もう一度、言う。反乱軍を指揮したヤツは出てきやがれ。そんなに命が惜しいのか、この卑怯者が」

膝を折ったままの少年が叫んだ。

「ハラボジも勇敢に戦って死んだ。俺の命などどうでもいい。最後の一人まで戦ってくれ。こんなクソ野郎の言いなりになるな」

劉大尉は何も言わずに朴鎬然の額に向けて銃を発射した。割ったスイカのように朴少年の頭部が飛び散った。劉大尉の軍服にも血や肉片がこびりついた。付いた肉片を銃口でゴミでも払うように取り払っている。劉大尉が少年にしたのと同じように、額に銃弾を撃ち込んでやりたいほどの怒りがこみ上げてくる。

〈鎬然、お前の死は絶対に無駄にしないからな〉

伊丹は引き込み線を離れ、民家の陰から特別列車の通過を待った。

本線すぐ横の引き込み線に止められた有蓋貨車の上に、突然反乱軍兵士が立った。その隣の引き込み線には、タンクローリー車がある。

「お前には年寄り、女子供しか殺せないのか」

サーチライトが貨車の屋根に仁王立ちした男を映し出した。尹吉松だった。

「ケーセキ（犬畜生）、お前は無抵抗の人間しか殺せないようだな」

尹吉松は両手をだらりと下げ、右手に拳銃を握っている。衣服は真っ赤に染まり、被弾しているのは間違いない。

「あの時もそうだったな」

「何が言いたいんだ、この死にぞこないヤローが」劉大尉は薄笑いを浮かべた。

「脱北を見逃してもらおうと、俺の家族が賄賂を差し出したが、お前は受け取った国境警備兵に俺の家族を射殺させ、最後はその警備兵を鴨緑江に飛び込ませて、挙句の果てに部下に射殺させた。人を殺す度胸がお前にはないのか」

「そうか。お前はあの時、家族を見捨てて脱北したロクデナシか。そんなに俺に殺してほしいのか」

劉大尉は朴鎬然の血と肉片の一部がこびりついている銃口を尹吉松に向けた。尹吉松は仁王立ちのままで微動もしない。

「一発で仕留めなければとんだ恥さらしだぞ」

挑発するように怒鳴った。

劉大尉が引き金を引いた。尹吉松は跳ね飛ばされたように尻もちをついた。しかし、尹吉松はすぐに立ちあがった。腹部から血が流れ出ている。右手に握った拳銃をホームに立つ劉大尉に向かって投げつけた。左手で腹部を押さえ、腰のバンドに挟んでいたナイフを取り出し、右手に握って天に向かって突きあげた。

「お前が男なら、このナイフで俺の心臓を突き刺してみろ。恐ろしくて小便ちびっているんじゃねえのか。このチョッカトゥンセキ（腰抜けヤロー）」

新義州方面から小さな灯りが近づいて来るのが見えた。金正日を乗せた特別列車だろう。劉大尉も列車の接近には気づいているのだろう。通過直前まで銃撃戦を展開していたことが金正日に知られたらまずいと思ったのか、あるいは臆病者と罵られ、このままでは部下の手前、メンツが保てないと思ったのか、劉大尉はホームから線路に飛び降りた。

足早に本線を飛び越えて、尹吉松が立つ有蓋貨車の屋根に駆け上った。

尹吉松がナイフを屋根の上に放り投げた。

「腰抜け大尉、心臓はここだ」

腹部に当てていた左手を心臓の上に置いた。

接近する列車が警笛を鳴らした。慎重な金正日は新義州に入ると、ラッセル車のような鉄板を機関車前部に取り付けさせ、石や枕木程度の障害物は弾き飛ばしながら走行できるように改造していた。

ホームに倒れたままの朴鎬然少年の遺体を駅舎の外に運び出し、人民軍兵士が整列した。有蓋貨車の天井で繰り広げられる死闘を部下に注視される羽目になった劉大尉は、ナイフを拾った。失敗すれば無様な姿をさらすことになる。

「ここだ、大尉、一突きで殺せなかったら笑いものにされるぞ。お前らもよく見ておけ」

特別列車がホームに接近した。

劉大尉がナイフを拾い一歩ずつ尹吉松に接近した。

列車がホームに滑り込んでくる。速度を落としている気配はない。

先頭車両の機関車がホームに入った。人民軍兵士たちは一斉に敬礼の姿勢を取った。かろうじて立っているだけの尹吉松の左胸に劉大尉はナイフを突き刺した。尹吉松は身を預けるようにして劉大尉に抱きつき、劉大尉の背中に両手を回して身動きできないようにした。

特別列車の客車がホームを通過する。

尹吉松が最後の力を振り絞るようにして叫んだ。

「俺の息のあるうちにやってくれ。今だ、やれ」

伊丹はスイッチを入れた。

タンクローリー車の蓋の部分に二、三メートルの火柱が上がった。

その瞬間、タンクローリー車が真っ二つに割れ、火柱を空に向かって噴き上げた。ナパーム弾が炸裂したような炎が一帯にひろがり、轟音が地響きとともに伝わってきた。特別列車を牽引する機関車が爆風で横倒しになり脱線した。中央部に連結されている客車は、爆風の直撃を受け跡形もなくなっている。前部と後部の客車も脱線し、炎に包まれ炎上し、窓から炎が激しく吹き出している。

民家から寒そうな格好で住民が飛び出てきた。周辺の民家も瓦が吹き飛び、窓ガラスが割れたようだ。駅周辺に集まってくる住民にまぎれて、伊丹は現場から姿を消した。

X地点には、定州から新義州までは鉄道に沿って進むのがいちばんの近道だが、警備の厳しいそのルートを進むわけにはいかない。別ルートで柳世栄は年老いた白光泰、黄敬愛、剛勲の姉弟、そして日本人の白石蓮美を連れてX地点に向かった。

黄敬愛、剛勲の二人は三十代だが、栄養失調同然でふらふらしながらついてくる。

X地点に辿り着いたとしても、鴨緑江を渡れるのか不安になる。白石蓮美は健康上の問題はないようだが、精神的に追い詰められているようだ。張奉男にナイフを突きつけられ、殺されそうになった。そのために柳世栄は躊躇うことなく張奉男の首を刺した。

一瞬、ホースから水が飛び出すように鮮血が首から放物線を描きながら噴き出した。北朝鮮では栄養失調や病気で、路上でのたれ死にした遺体など珍しくもない。おかゆ一杯をめぐって殺人も起きる。

柳世栄はX地点までなるべく車が通れない道を選んで歩くようにした。その道さえも五人に不信感を抱いた村人が当局に通報する可能性がある。過酷であっても山中を進むのがもっとも安全なのだ。

四月二十二日午前一時過ぎ、夜明けまでにはまだ時間がある。一キロでもX地点に近づきたい。休まずに歩き、近くの山中に身を隠したい。柳世栄は前方から人が接近してこないか全神経を集中した。後方は黄剛勲が白石に寄り添いながら注意を払ってくれているが、やせ細った身体では、人民軍兵士に物陰から突然襲われれば、抵抗することは無理だろう。

歩き始めて四時間、休憩している余裕はなかった。他の四人の体力は限界に来ていた。夜明け前には山の中腹まで上り、そこで夕方まで身体を休めたい。休む場所は予め見当はつけてある。人民軍はもちろん村人も近づかない場所が、定州、宣川《ソンチョン》、龍川、新義州近くの山中にそれぞれある。場所によって呼び方が異なるが「野獣の住む森」

「獣の森」「獣村」などと名付けられている。柳世栄はこうした場所に身を隠しながらX地点に四人を連れていく計画なのだ。

定州と新義州の間は鉄道に沿って国道一号線が走っている。警備はいつになく厳しくなっている。ここを通るのはあまりにも危険すぎる。柳世栄は定州の北にある深《シ》源山《ムォンサン》の中腹まで四人を連れて入った。この山は「獣山」と呼ばれ、一般の人は決して近づかない。

午前五時近くになると、東の空が闇から群青色に変わり日が昇り始める。木々の根元には、幹に寄り掛かって休んだのか、腰が納まるような窪みがあり、そこには枯れ葉が敷き詰められていた。四人は倒れ込むようにして、各々が木の根元に腰を下ろし、木の幹にもたれかかった。

柳世栄は四人に休憩するように言って、暖を取るための枯れ枝を集めに山に分け入った。薪はすぐに手に入る。何人ものコッチェビが人目を避けて深源山で暮らしているからだ。戻ってくると、寒さのために眠れずに震えていた。しかし、暗くなるまで寝て体力を回復しておかなければならない。

薪で焚火を起こした。すぐに弾ける音をたてながら炎があがる。

薪が燃え始めるとすぐに四人が集まってきた。食糧はやはりコッチェビが集めてくれたジャガイモだった。柳世栄はコッチェビのリーダーに金を渡し、二ヶ所の山に薪と食糧を用意させておいたのだ。

ジャガイモを焚火で焼いて、それで空腹を満たさなければならない。白石以外の三人は慣れた手つきで焼いて、頬張っている。しかし、白石はなかなか口にしようとしない。

白光泰が食べるようにしきりに勧めているが、古くてその上しなびたジャガイモなど食べたことがないのだろう。

「食うものはこれ以外には手に入らなかった。昼間のうちに休んで、今晩は暗いうちに山を下りて明日の朝から一日かけて義州まで移動する。とにかく胃の中に入れておかないと、体力がもたないぞ」

柳世栄は白石にジャガイモを食うように言った。白石がジャガイモを食えない理由はそれだけではない。腰を下ろした一帯に異臭が漂っているのだ。日本から来た白石はハンカチで鼻と口を押さえている。

他の三人は異臭の原因に思い当たるのだろう。何も聞かずに黙々とジャガイモを食っている。北朝鮮の地理と交通事情がわかっていれば、明日の行程は今日よりも厳しいのはすぐに想像ができる。食えるだけ食っておかなければ空腹で距離がかせげなくなるのだ。白石はネズミがかじるように少しずつジャガイモを口に運んだ。

「兄さん、これは何の臭いなのでしょうか」白石が聞いた。

「暗くなればこの山を離れる。それまでの辛抱だ」

白光泰は異臭の理由について説明しなかった。

空腹が満たされ、焚火の暖かさにすぐに睡魔が襲ってくる。いつのまにか柳世栄も眠りに落ちていた。

焚火の近くには薪を積んで置いた。目を覚ました者が時折薪をくべて火を絶やさないようにした。四月末の日中とはいえ深源山の中腹の寒さは二、三度で、焚火なしで過ごすことはできない。

深夜から朝まで歩き通して全員が疲れ切っていた。どれほどの時間眠っていたのだろうか。女性の叫び声で目を覚ました。周囲を見渡すと、白石の姿が見えない。

飛び起きて声のする方に向かって山の斜面を駆け登った。

すぐに白石は見つかった。やはり焚火が燃やされ、数人のコッチェビが真っ黒な顔に白い目をむき出しにして白石を見つめていた。

白石は激しく嘔吐している。食べたジャガイモを吐き出し、咽《む》せながら胃液まで吐き出している。唾液が糸を引き、地面につきそうだ。

焚火の周りの枝には切り刻まれた肉片がかけられている。コッチェビたちは肉を焚火の炎で乾燥させようとしていた。異臭の原因は枝にかけられている肉片だった。骨から肉をそぎ落として、他のコッチェビに渡していた。その肉片が次々に枝にかけられていた。肉をそぎ落とした骨は無造作に山の斜面に放り投げられていた。その骨を白石は無言で指差した。

柳世栄は激しく嘔吐する白石を抱きかかえると、元の場所に連れ帰り、白光泰の隣に座らせた。

「今、見たことはすべて忘れろ」

白石は胃液を吐きながら頷いた。

「見てしまったのか」白光泰が柳世栄に視線を送りながら聞いた。

柳世栄は頷いた。

「共和国は金一族と労働党幹部にとっては天国だ。それ以外の人間には地獄だ。その地獄でも俺たちは生きていかなければならないんだ。もう一度言っておくぞ。今見たことは忘れてくれ」

親に身捨てられたり、親が強制収容所送りになったりした子供は、物乞いをしながら生きていくしか術がない。残飯をあさり、食えるものは何でも口に入れる。そのうち免疫力が強くなり、腐敗したものでも食えるようになる。その腐ったモノを奪い合い、縄張り争いも起きる。コッチェビ同士で食糧をめぐって奪い合いが起きる。

しかし、そんなコッチェビにもリーダーが現れる。コッチェビ同士の争いを避け、生き延びる方法は一つしかない。看取る家族もなく生き倒れた人間の肉を分け合い、食うことだ。コッチェビが人間を食っているという噂は村人にも広がった。彼らが身を隠す山が「野獣の森」などと名付けられ、誰も近づかないのはそのためだ。

深源山で暗くなるまで身体を休め、やはり焼いたジャガイモを食った後、闇の中を西に向かって下山した。宣川に通じる道路に辿り着きたいのだ。

その幹線道路は西に向かって走り、国道一号線と宣川で交差する。特別列車が通過する宣川駅もあり、警備は厳しくなるはずだ。そこを通り過ぎてしまえば幹線道路は天魔《チョンマ》に向かって北上する。天魔から西に向かって走れば義州に至る。

白光泰、黄敬愛、剛勲の三人が同時に姿を消したのだ。当然、脱北を疑われる。それに朝鮮系中国人の白石も同行しているとなればなおさらのことだ。追手が組織されるだろう。

国道一号線を行き交う人たちへの監視の目は厳しくなるが、深源山に入り、山越えをするとは誰も思わないだろう。たとえ想像したとしても「獣山」までは追ってはこない。深源山の西側斜面を下り、宣川に向かう道路に出れば、そこからは人民を農場へと運ぶトラックや物資の輸送する車に同乗させてもらえばいいのだ。宣川をどのように通過するかが脱北のカギになる。

深源山の下山は登るより楽だが、道路に出るまでの距離が長い。夜明けまでに山を降りて、すでに渡りをつけてあるトラックとの待ち合わせ場所まで移動しておかなければならない。

この日の夜も白石が遅れがちになった。山の斜面はほとんどの木々が燃料として伐採されてしまい、岩肌が露出していた。裸足や粗末な履物になれ、足の皮膚そのものが靴底のように厚くなっている北朝鮮の人間には何でもない道が、白石にとっては鋭い小石が散乱する河原を裸足で歩いているように感じられるのだろう。

懸命に白光泰が手で支えているが、白光泰の栄養状態も決していいとは言えない。それでも白石の身を気づかっている。二時間歩いて二十分ほど休憩を取った。深源山の西側まで追手が迫ってくる危険性はほぼない。昨日よりは安心感が柳世栄にもあった。

夜明けまでには下山し、約束の場所になんとか辿り着いていた。木の陰に四人は姿を隠し、柳世栄だけが、道端に出て、迎えの車を待つことにした。あとは迎えの車が来るかどうかだ。日の出から二時間以内に迎えに来るという約束なのだ。村の労働党幹部には十分すぎる賄賂を贈り、義州まで送り届けることができれば成功報酬で同額の賄賂を渡す約束を取り交わしている。

定州出身の柳世栄の噂は当然耳にしているはずだ。万が一、裏切って情報を当局に流せば、報復が待っていることくらいはわかるだろう。それよりも義州まで言われた通りに人を運んだ方がはるかに実入りはいい。柳世栄は車を手配する幹部に百ドル紙幣の束を見せ、半分を渡し、目的地に着いたら残りを渡すと告げてあるのだ。

地方の労働党幹部などには、今では配給物資も回ってこないのだ。一万ドルあれば、数年間は生活の心配がなくなる。情報を売ったところで、何の得にもならないことは十分にわかっている。

しかし、二時間以上経過しているにもかかわらず迎えの車は来ない。あと一時間待って来なければ違うルートで義州まで行く方法を考えなければならない。三時間が過ぎようとしている頃、ほとんど車が走らない道路に車のエンジン音が聞こえてきた。トラックのようだ。幌付きの「勝利五八型」だ。

トラックには運転手と金を渡した幹部が助手席に乗っていた。

「遅い」詰《なじ》るように柳世栄が言った。

「燃料がなかなか手に入らなかった」幹部が言い訳をした。

柳世栄は荷台に誰も乗っていないか確認し、隠れている連中に向かって手を挙げた。四人が木陰から小走りに走ってくる。四人を荷台に乗せ、助手席に柳世栄も乗った。

トラックはひたすら西に向かって走り、宣川の手前の細い道に入った。宣川の中心部に入らずに天摩に通じる道に出られる。

しかし、悪路を十分も走ると、臨時の検問所が設けられていた。柳世栄も幹部も顔色が変わった。まったく予期していない検問所だった。金正日の特別列車が走るために、臨時に設けられたものだと思うが、不吉な予感が走る。

検問所に近づくと、五人の人民軍兵士が突っ立ったままタバコをふかしていた。緊張感はまったくない。年齢はどの兵士も二十代と見られる。

運転手は兵士の前まで来ると、トラックを止めた。やせこけた兵士が聞いた。

「どこまで行くんだ」

助手席に座った幹部が、運転席の窓から乗り出し、胸に付けられた三個のバッジを見せつけるようにして答えた。

「同志、ご苦労様です。我々は将軍様の意向を受けて、義州まで食糧の調達に行くところです」

兵士には助手席の男が労働党の地方幹部だというのはそれで伝わる。

「念のために荷台を見せてもらう」

幹部、そして柳世栄はトラックから降りた。

「この連中は？」

「荷物を積み下ろしする労働奉仕のためです」

人民軍兵士は、他の連中とは明らかに異なる身なりの白石に気づいた。

「お前も労働奉仕をするのか」

「いいえ、私は同胞のために中国から物資を共和国に運び入れています」

白石は中国訛りの朝鮮語で答えた。丹東周辺に暮らす朝鮮族と同じような抑揚を持つ朝鮮語で、彼女が日本で暮らす在日朝鮮人だと思う者はいないだろう。それくらいに白石の会話は朝鮮族の話す言葉に酷似している。

「旅券はあるのか」

白石はパスポートを取り出すと兵士に渡した。パスポートには百ドル紙幣が五枚ほど挟んである。兵士はパスポートに貼られた写真も見ずに、百ドル紙幣を抜き取り、白石に戻した。

鴨緑江周辺では朝鮮系中国人は、北朝鮮人民にとっては憧れの的であり、容易く金を巻き上げられる便利な存在なのだ。北朝鮮に中国の安い物資を運び入れ、親戚になにがしかの金を渡すというのは、彼らにとっては常識になっている。国境周辺を移動する時に、朝鮮系中国人がいれば、人民軍は警戒心を解く。

白光泰に力仕事ができるのかどうか一目瞭然だが、彼らにはドル紙幣の分配にしか興味はないのだろう。

検問所をうまくすり抜けると、あとは「勝利五八型」トラックが目的地の義州まで走ってくれるかどうかだけだった。燃料の純度が低いせいなのか、エンジンの性能が悪いためなのか、排気ガスは真っ黒だった。

義州に着いたのは午後七時過ぎだった。新義州ほどのにぎわいはここにはない。鴨緑江に近い山の中腹で、体力の回復を図ることにした。

「今夜、河を渡る。体力を維持するために少しでも寝ておいてくれ」

こう言うと柳世栄は、これまでの緊張がほぐれたのか鼾《いびき》をかいて寝てしまった。

ここでも運ばれてきた食糧はやはりジャガイモだった。相変わらず白石の顔は青白い。しかし、コッチェビがおかれている現実を知ったためなのだろうか。彼女は昨日とは違っていた。ジャガイモに付いていた泥を手で払うと、それを火の中にくべた。焼き上がると皮もむかずに、ジャガイモを口に放り込んだ。

日本では飢えた経験などしたことがないのだろう。しかし、その晩の白石は取りつかれたようにジャガイモを食った。五人分の食糧を確保するためには、現金を持って闇で食糧を提供する農民や闇市の商人を一軒一軒回らなければならない。

ドル紙幣をちらつかせればすぐに食糧は集められるが、コッチェビがドル紙幣を持って闇市の食糧を買えば、そのドル紙幣が狙われる。コッチェビが一人死のうが二人殺されようが、そんなことに心を痛める人間は北朝鮮にはいない。

五人分の食糧を得るために、自分が食いたいのを我慢して多くのコッチェビが集めてきた食糧だということを、白石も昨晩知ったようだ。

鴨緑江の河岸までは一時間も歩かずに着くことができる。明日の明け方には中国側に渡り、熱い湯の風呂につかって疲れを癒しているか、あるいは脱北に失敗し、死体が鴨緑江に浮かぶかのどちらかだ。

第十章　再会

　伊丹は金正日を乗せた特別列車が吹き飛ぶ様子を確認し、予め決められていたアジトに急いだ。山の中腹にはコッチェビが暮らす洞穴がある。そこからX地点に向かう手はずになっている。運が良ければ柳世栄が手配してくれたトラックに乗り、労働者にまぎれて義州に辿り着くことができる。X地点に集合し、車忠孝らと脱北する計画だ。もし時間までに戻らなければ、伊丹を残して鴨緑江を越えるように伝えてある。

　戻る時間がなければ警備の手薄な場所を見つけて、北朝鮮に入ったように河を泳ぎ切ればいいだけのことだ。

　アジトに着くと、殺された朴鎬然と同じくらいの年齢のコッチェビが待っていた。

「金正日はまだ生きている」

　コッチェビが言った。

「列車は今、爆破した。お前も見ただろう」

　山の中腹からなら龍川駅に噴き上がった炎と爆音は確認できたはずだ。

「見た。でも、新義州の仲間からたった今、連絡が入った。特別列車がさっき鴨緑江を渡り、新義州駅に止まっているって」

「爆破したのは囮の列車か」

「特別列車はいくつもある」

「定州の連中も知っているのか」

「今、仲間がリレーしながら伝えている」

本物の特別列車が定州を通過するのであれば、計画は続行できるが、金正日が鉄道を使わなければ、計画は失敗だ。

無言で考え込む伊丹にコッチェビが話しかけた。

「臆病者の金正日は列車を使うと思う。あいつが自由に車に乗れるのは平壌だけなのさ。平壌を一歩出れば何が飛んでくるかわからない。だから少し遅れても列車に乗るはず。兵士が線路の補修に取りかかっている」

線路の補修が二、三日で終わるような爆破の規模ではない。本線と駅舎は完全に吹き飛ばされ、おそらく隕石が落ちたような穴が抉《えぐ》られているはずだ。

「いちばん端の引き込み線が使えそうで、レールを覆っている残骸を兵士が総力を挙げて取り除いているって」

引き込み線の新義州側、定州側の二ヶ所のポイントは爆発地点から一キロ近くも離れている。ポイントが破壊されていなければ、ホームからいちばん離れた引き込み線の残骸を取り除けば特別列車は運行を再開することができる。

もうすぐ夜が明ける。運行再開するために突貫工事をさせるだろうが、日中はスパイ衛星に捕捉され、ミサイル攻撃されるのを恐れ、金正日は列車を走らせるのは夜と決まっている。爆破テロの犯人追及に部下を怒鳴り飛ばしながら、今晩は金正日は一睡もできないだろう。

龍川駅の爆破によって新義州の兵力はかなり削がれたはずだ。日本から持ち込まれた化学肥料と軽油の化学反応が引き起こした爆破だと、原因が判明するには、この国なら二、三日はかかる。定州にも同じ爆破貨物が待ち受けているとは思わないだろう。

伊丹は高橋と合流し、再度、金正日を乗せた特別列車の爆破を考えた。

「定州に今日の夕方までには着きたいが、案内できるか」

「次の駅までなら。そこから先は仲間が安全な道を案内する」

高橋となるべく早く合流したい。大掛かりな捜索が始まっただろう。このアジトも決して安全とは言えない。

「よし行くぞ」

コッチェビが命がけで伊丹を案内しようとしている。コッチェビは先頭に立って歩き出した。頼りになるのは月明かりだけだ。コッチェビは山道を完全に記憶しているのか、迷うことなく険しい山道を突き進んで行く。

タイ、ミャンマー国境の山岳地帯で傭兵としてカレン族に加わりミャンマーの軍事政権と戦った。カレン族は闇の中でも自由に動き回り、拠点だったマナプロウでは深夜に、カレン語で話しかけられカレン語で答えられなければ即座に射殺された。そうしなければ自分たちが反対に殺されたからだ。そんな緊張を強いられる生活を続けていたら、伊丹もいつのまにか月の薄明かりでもかなり遠くまで見渡せるようになり、暗闇の中でも人の気配を感じられるようになった。

コッチェビも飢えと恐怖で動物的な感覚を限界まで研ぎ澄ませているのかもしれない。二時間ほど歩いて休憩した。伊丹が休もうと言わなければ、コッチェビは歩き続けただろう。

「もうすぐ夜が明ける。仲間のいる場所はすぐ近くだ」

「腹が空いていないか」

「大丈夫、二日前にメシを食ったから」

栄養失調の子供が暗く険しい山の斜面を上り下りしながら案内をしている。いったいこの国はこれからどうなるのか。

「お前の親はどうしたのだ」

コッチェビは闇の中で獲物を狙う獣のような目で伊丹を睨みながら答えた。

「殺された、俺の目の前で銃殺されたんだ」

コッチェビは涙一つ見せずに言った。金正日体制の転覆どころか不満を漏らしただけで、強制収容所送りになるか、あるいは銃殺されてしまう。見せしめのための処刑場があり、処刑現場を見なければ収容所送りになりかねない。そうやって恐怖を増幅させ、諦めだけをこの国は国民に植え付けてきた。

同行しているコッチェビを支えているのは、今この瞬間を生きようとする本能的な衝動だけだ。希望ではなく、憎悪と絶望だけがコッチェビの心をむしばんでいくように感じられた。

再び歩き出し、しばらくすると東の空が赤く染まり、日が昇り始めた。間もなく焚火の周りで暖を取っている数人のコッチェビが見えてきた。

案内役のコッチェビはよほど疲れたのか、焚火の近くに座りこむと居眠りを始めた。伊丹はコッチェビの首袖から十ドル紙幣数枚をねじり入れた。コッチェビが驚いて目を覚ました。

「ご苦労だった。これでメシを食え」

コッチェビが笑みを浮かべながら答えた。「カムサムニダ（ありがとう）」

北朝鮮に入って初めて見た子供の笑顔だった。

「次の案内役は誰だ」

すっと立ち上がり「俺が案内する」とやせた長身のコッチェビが言った。日本の中学生くらいの印象だ。

コッチェビは金で融通の利く運転手を知っているのか、労働者を運ぶトラックの荷台に便乗し、三回ほど乗り継いで、夕方には定州に着いていた。

高橋の隠れ家もコッチェビらの働きですぐにわかり、連絡も取れた。完全に日が暮れ、人通りが少なくなった頃、伊丹は高橋が身を隠していた民家を訪ねた。民家には年老いた老婆が一人で暮らしていた。認知症のようで、一言も発することもなく火の入ることのないオンドル部屋に座り、布団をかぶりじっとしている。コッチェビが食糧と薪を運び、その代わりに数人のコッチェビがこの家で暮らしているようだ。

龍川爆破で破壊したのは囮の列車だったという事実を、高橋はすでに知っていた。

「あいつは今夜新義州を出発する。龍川駅の支線を使って平壌に帰る気だ」

「確かなのか」

「一刻も早く平壌に戻りたい事情があいつにはあるのさ。お前が龍川駅を爆破した直後、警備が手薄になった。その隙にすでに仕掛けをしておいた」

龍川駅で爆破した金正日の特別列車は囮であることを、高橋は最初から見抜いていた口ぶりだ。

「最初に囮が走るのを知っていたのか」

伊丹は思わず言葉を荒らげた。

「知ったのは新義州を発車した直後だ。お前に連絡しようにもその方法がなかった」

高橋が答えたが、伊丹はそうは思わなかった。高橋は最初から囮が走るのを予期していたのだろう。

いったい何のために朴鎬然は頭を粉々に打ち砕かれて死ななければならなかったのか。

尹吉松は劉大尉と組み合ったまま、爆破された列車とともに吹き飛んだ。

その他にも銃撃戦で三十人もの人間が死んでいる。

それを思うと言いようのない怒りがこみ上げてくる。しかし、高橋はそんな人間の死に心を乱されることはまったくないように見える。高橋にとっては金正日暗殺を遂行するための作戦の一環でしかないのだろう。

伊丹も戦死する仲間を何人も見てきた。負傷した伊丹を担ぎあげ、命を救ってくれた仲間がミャンマー軍の砲弾でバラバラになって死んだ。悲しみ、怒りを感じないわけではない。戦場では悲しんでいる余裕などない。自分の感情を冷徹に抑制するしかない。戦場ではそれができないものはいずれ死ぬことになる。しかし、高橋には感情そのものがないようにさえ思えた。

「お前は遠くから見ていればいい。任務は俺一人で遂行する」

「そういうわけにはいかない。計画を教えろ」

「邪魔になる」

「教えなければ、俺のやり方で列車を爆破する」

伊丹は本気だった。

伊丹を外そうとしても無駄だと悟ったのか、高橋は計画を伊丹に説明した。特別列車の発車を確認してから、高橋は動きだす計画だ。高橋が小脇に抱えているミリタリーリュックには衛星電話が入っている。特別列車の動きはＣＩＡから伝えられるのだろう。丹東あるいは新義州にもスパイが送り込まれているか、あるいは反体制派から寄せられる情報を収集しているのかもしれない。

老婆の部屋にはコッチェビが二人いた。そのうちの一人が案内役をするようだ。もう一人が食事の用意を始めた。食事といってもトウモロコシを引いた粉で作った団子だった。老婆はそれを二つ食べると床に転がり、寝息を立てて眠ってしまった。

コッチェビは自分たちは食べずに、団子を高橋と伊丹に差し出した。

「俺たちはいい。お前たちにも手伝ってもらいたいことがある。お前たちが食え」

伊丹が告げると、二人は団子を飲み込むようにして食った。コッチェビにとってはご馳走なのだろう。

高橋は迷彩色の特殊部隊の服を身につけている。顔には黒のドーランが塗られ、戦闘態勢だ。無言のまま眠るでもなく身動き一つしない。

一時間が経過した頃、高橋はカッと目を見開いた。リュックから衛星電話を取り出すと、無言のまま受話器を耳に当てた。

「了解」

答えたのは一語だけだった。

「特別列車は機関車と客車六両、どの車両に金正日が乗っているかは不明、以上」

伊丹に伝達すると、高橋は「いくぞ」と声をかけた。

リュックからM16自動小銃とM9自動拳銃を取り出し、M9を伊丹に放り投げた。

「持っていろ」

伊丹は鴨緑江を闇にまぎれて越境する時、車忠孝の依頼で武器も運び入れていた。

「案内してくれ」コッチェビに向かって高橋が言った。

向かうのは定州駅手前の山裾を蛇行しながら走るカーブの多い地域だ。人民軍兵士が各駅に急遽派遣され、沿線にも配備されている。しかし、龍川駅の爆破によって多くの死傷者が出ている。山間の鉄路は警備が手薄になる。高橋は最初からそれを狙っていたのだろう。

案内役のコッチェビが立った。

「この時間ならほとんど人目につかずに山に入れる」

コッチェビが自信ありげに言った。

普段から食糧を求めて町をふらつく以外は、人目を避けて暮らしているのだろう。人通りの少ない通りや、夜になると人影がまったくなくなってしまう路地を知っている。伊丹は拳銃を腰の後ろに差し、銃弾マガジンをポケットに突っ込んだ。腰のベルトにはアーミーナイフ、両足にはサバイバルナイフがホルダーに納められ、すぐに取り出せるようになっている。

高橋はM19を肩にかけ、リュックを背負った。顔を黒く塗り、朝鮮の人が使う防寒帽を深く被った。高橋には近寄りがたい殺気が漂っている。

高橋は作戦を邪魔するものは、人民軍兵士であろうが、労働党員であろうが、片っ端から殺してしまうつもりなのだろう。

カミソリの刃を首筋に当てられているような緊迫感を高橋からは感じる。それはコッチェビも同じなのだろう。伊丹のところにくっついたまま離れようとしない。家を出る前、案内役のコッチェビに、ドル紙幣を渡した。

「二、三日は定州に近づくな。特に駅周辺に行ってはいけない。いいな。仕事が終わったら飯でも食え」

コッチェビは無理に作ったような笑みを浮かべた。

三人は寝静まった定州の街に出た。しかし、老婆の家は元々定州の外れにあるのか、家を出て五分も歩くと、田畑に出た。さらに十分も歩くと、完全に木々のおい茂る山の中に入ってしまった。

目的の場所は定州駅からそれほど離れていないが、明かりはまったくない漆黒の闇だ。

「ここからは俺たちに任せろ。駅には誰も近寄るな」

高橋がコッチェビに言い聞かせるように言った。

コッチェビが山を駆け下りる音が聞こえた。しかし、すぐに静寂の闇が戻ってくる。

「ここから二十メートルも走れば線路に出る。ここだけ三キロの直線だ。列車はここで急停車するかあるいは速度を必ず落とす」

高橋はその理由を説明しなかった。伊丹もそれを聞こうとはしなかった。

「停まったら俺は先頭車両から列車に乗り、金正日が何両目に乗っているかを確かめる。お前は最後尾から乗ってくれ。金正日が確認できたら照明弾を打ち上げろ」

高橋が照明弾を装填した銃を伊丹に手渡した。

「俺が先に確認したら照明弾を打つ。そうしたらすぐに飛び降りろ。駅の手前で大きく蛇行し、それを過ぎると定州駅が視界に入る。その手前で降りなければ列車ごと吹き飛ぶ」

一方的に話すと、高橋も闇に消えた。

あとは特別列車が来るのを待つだけだ。

高橋は金正日と自爆する気だろうか。それは伊丹も同じだ。いつ終わりにするかずっと考えて生きてきた。生きたいと思ったことなど一度もない人生だった。傭兵として生きてきたのも、死に場所を探していたようなものだ。

いつも見えるのは闇だけ。それ以外に見えるものは何もない。もの心ついた頃から、ずっとそうだった。

一時間以内に死ねるのかと思うと急に心が穏やかになるのを感じた。

やがて鉄路が微かに冷気を震わせた。特別列車が近づいているのだろう。

列車を牽引するディーゼル機関車のライトが闇のかなたに浮かび上がった。

鉄路に響く列車の走行音が山の斜面を這うようにして伊丹のいる場所にも伝わってくる。伊丹は斜面を駆け下りた。

機関車の頼りないヘッドライトの先に、一瞬、目がくらむような閃光が弾けた。高橋が仕掛けておいた閃光弾が炸裂したのだろう。

闇と空気を切り裂く金属音が走った。運転手は急ブレーキをかけたようだが、特別列車の速度は落ちない。全速力で定州駅を通過しようとしていたのだろう。車輪とレールがこすれ火花を散らしながら爆走してくる。

ディーゼル機関車が接近してくる。速度は落ちているが、飛び乗れる速度ではない。

運転手が窓から身を乗り出すようにして前方をうかがっている。閃光の正体を見極めようとしているのだろうが、機関車のライトでは発光装置を発見するのは困難だ。伊丹は木の陰に身を置き、列車が通過するのを待った。

穏やかなカーブに機関車が差しかかろうとしている。客車が伊丹の目の前を通り過ぎていくが、すべての車両がカーテンを閉ざし、中の様子は外からはうかがい知ることはできない。

客車はどの車両もデッキの付いた車両で、そこにはコートを羽織った人民軍兵士が小銃を構えて警備にあたっている。手すりにつかまりながら前方に視線をやっているが、何事が起きているのか、彼らにも想像がつかないのだろう。

特別列車は速度を落としたが、徐行運転の速度で停車する気配はない。客車がカーブに差しかかると、ディーゼル機関車が唸るようなエンジン音を上げた。先頭車両は三キロの直線コースに入った。停車しないでこのまま定州駅を突っ走るように命令が出されたのだろう。

伊丹は列車に並行しながら枕木の上を走った。特別列車が速度を次第に上げていく。最後部のデッキが迫ってくる。デッキに備え付けられている乗降客用のタラップと並んだ。人民軍兵士が伊丹に気づいた。照準を合わせ発砲しようと構えた。

伊丹はタラップに飛び移り、銃口を掴むと思い切り引いた。人民軍兵士は銃を奪われまいと自分の方に引き寄せた。その力を利用して伊丹はデッキに飛び乗った。人民軍兵士は転倒し、背中を床につけたまま銃口を伊丹に向け、引き金を引こうとした。

その刹那、伊丹は兵士の股間を、全体重を載せ踵で踏みつぶした。苦痛に呻く声を兵士が漏らした。小銃を奪い取るとデッキから投げ捨て、兵士の襟首を掴むとそのまま後方に投げた。枕木の上に放り出されると、兵士は起きあがろうともしなかった。

デッキのドアから車内を覗いてみた。客席などはなく、車内は貨車のように空洞になっていた。将校と兵士が中央に集まっていた。車両の中央部にストーブらしきものが燃えているのが見えた。

伊丹は屋根に上るとそのまま前方デッキまで一気に走った。最後部車両の前方デッキには兵士はいなかったが、後ろから二両目の後方デッキには警備の兵士がいる。車両と車両をつなぐ連結器にはブリッジが渡されているが、手すりなどはなく落ちれば間違いなく客車に轢かれることになる。屋根に腹ばいになり、足のすねに隠し持ったサバイバルナイフを取り出した。

兵士は列車が速度を上げたことに安心したのか、前方にも後方にも注意することなく客車のドアを背にして立っている。

伊丹は屋根から何事もなかったかのようにデッキに飛び降りた。屋根から人が降りてくるとは想像もしていなかったのだろう。兵士は一瞬動作が遅れた。

伊丹はナイフを相手の喉目がけて放った。目を開いたまま兵士はドアにもたれかかるようにして倒れた。伊丹はブリッジを渡り、兵士をそのまま放り投げた。

ドアの窓から後部二両目の中をのぞいてみると、カーテンを少し開け、将兵たちが外の様子をうかがっている。椅子に腰かけて中央で暖を取っている老人が見えた。見覚えのある老人だった。

在日から「生血を飲む男」と吸血鬼のように揶揄《やゆ》されていた全慶植だ。

「何故、この列車に乗っているんだ」

殺す前にどうしても聞いておきたいことがある。高橋は最前列の客車から乗り込み、金正日が乗っている客車を探し当て、その列車がタンクローリーの横を通過する瞬間に爆破のスイッチをＯＮにするだろう。列車が爆破される前に、自分の手で全慶植の命を奪いたいと思った。その間にタンクローリーが爆破され、道連れになったとしても後悔もしないし、悲しむ人間もいない。決断は一瞬だった。将兵は五人、全員が窓に額を擦りつけるようにして外を見つめている。小銃を肩にかけている兵士が三人で、残り二人は将校でベルトに取り付けられた拳銃ホルダーが見える。ホックがかけられたままで拳銃を抜くまでに数秒の間がある。

伊丹は高橋から譲り受けた拳銃を握り締めた。

ドアを開いた。全員が伊丹の方を見た。伊丹は丹東で手に入れた人民軍兵士のカーキ色の軍服を着ていた。食糧を手に入れるために、国境警備の人民軍が中国人に横流ししたものだろう。

一瞬、彼らが戸惑い、躊躇いの表情を浮かべた。その一瞬にすべてが終わっていた。伊丹は小銃を肩にかけていた三人の兵士を正確に心臓、そして頭を狙って仕留めた。二人の将校はホルダーから拳銃を抜く前に射殺されていた。

全慶植は何が起きているのかまったく理解できない様子で、椅子に座ったままぼんやりと車内に転がる五人の遺体を見つめていた。噴き出した鮮血が客車の床を真っ赤に染めていく。

銃口を全慶植に向けた。

「時間がない。質問に答えれば、それだけ楽に死ねる。三十年前、大阪で徐根源をテロリストに仕立ててソウルに送ったのはお前だな」

伊丹は日本語で聞いた。

「お前は誰なんだ。お前こそ生きてられると思うな」

伊丹は躊躇うことなく、全慶植の右膝を正確に打ち抜いた。

「ウッ」という呻き声を上げ、唇を噛んだまま伊丹を睨みつけている。

「もう一度聞く。俺のオヤジ、徐根源に朴正熙大統領の暗殺を指示したのはお前に間違いないな」

全慶植は唾を伊丹に向かって吐きかけた。

伊丹は続けざまに二発右膝を狙って銃を発射した。

右膝を完全に砕かれ、皮一枚と肉片でつながっている状態だ。伊丹は全慶植に歩み寄ると、右足のふくらはぎを蹴り上げた。

全慶植の膝から下の右足が切断され大根を放り投げたように転がった。揺すった炭酸飲料水の蓋を取った時のように膝から血が床に飛び散った。

伊丹は左膝に銃口を突き刺すように垂直に突き当てた。

全慶植の顔に恐怖が滲む。

「俺は権在玄の命令に従っただけだ」

「最高責任者は誰だ」

「統連の当時の委員長……」

伊丹は全慶植が答え終わる前に引き金を引いた。

左足だけが感電したように床から一瞬跳ね上がった。

「ダルマになりたいのか」

「金日成主席だ」

「拳銃は誰がどうやって入手した」

暗殺にはスミス&ウェッソン三八口径が使用された。

「大阪の派出所から我々が強奪した」

大阪南区の交番から拳銃二丁が何者かによって奪われていた。統連の闇の組織が高津派出所を襲撃していたのだ。

徐根源が朴正熙暗殺に失敗し、逮捕された時から全慶植とその左右の腕と称されていた崔棟元と金東硯の名前は上がっていた。

「やったのはこの二人だな」

全慶植は頷いた。

「オフクロを殺ったのは誰だ。はっきり答えてもらおう」

この質問には答える気がないのだろう。全慶植は目をつぶった。左足も吹き飛ばされるのを覚悟したのだろう。

伊丹は引き金を引かなかった。その代わり全慶植の左足のふくらはぎを力任せに蹴った。左足が一本の棒のようになり、屋根を突き上げるように跳ね上がり、すぐに踵が床に付いた。全慶植は激痛に悲鳴を上げた。

「楽には死なせないと言っただろう」

伊丹は再びふくらはぎを蹴り上げた。

「答える気がなければ、左足が引きちぎれるまで蹴り上げてやる」
五、六回ほど蹴り上げたら、爪先と踵が入れ変わった格好で床に着いた。

全慶植は右足からの出血量が多いためなのか、あるいは激痛のためなのか失神した。その時、突然列車が揺れ、速度が落ちた。その衝撃で全慶植は椅子から転げ落ちて床に転がった。異様な衝撃に伊丹は状況を確認するためにデッキに出た。

連結器が外され、後方二両だけが惰性で走り、前の客車との距離が開いていく。もはや飛び移れる距離ではない。四両目後方デッキを警備していた将校に異変を察知されてしまったようだ。銃声を聞かれたのかもしれない。

〈高橋を信じ、あとは彼に任せるしかない〉

計画が成功するか、失敗するかは数分後にわかることだ。

最後部車両に乗っていた兵士たちが後部二両目の車両に進入してくるのは明らかだ。伊丹は後部デッキに走った。兵士たちがブリッジを渡ろうとしていた。先頭の兵士を射殺すると、後続の兵士に向けて手榴弾を投げた。最後部車両の兵士を一瞬で全滅させた。

客車の中に戻ると、全慶植は両肘を着きながら近くの将校ににじり寄っていた。血の海に這った跡が残されている。

横たわる将校の足に手が届くと、足を引っ張り肩にかかる自動小銃を引き寄せようとした。銃床に手が届いたのを見定めて、伊丹は銃を発射した。全慶植の右手が豆腐を落としたように四方八方に飛び散った。

「残念だがそこまでだ」

全慶植が首をねじりながら伊丹の方を振り向いた。苦痛に耐えるために唇を噛んだのか、血を含んだ涎が糸を引きながら口から流れ出していた。

「もう一度だけ聞く。オフクロを殺したのは誰だ」

沈黙を決めたのか、全慶植は仰向けになった。

「殺したければ……、殺せ」

途切れ途切れの声で言った。

「最初から殺すと言ってあるだろう。心配するな」

伊丹は全慶植に近づくと、脛に取り付けたホルダーからサバイバルナイフを取り出した。

全慶植は刺殺されると思ったのか、恐怖ではなく安堵の表情を浮かべた。伊丹はナイフを握り締めると、ハムでも削ぐように右の耳たぶをゆっくりと切り落とした。

激痛に掌を失った右手で耳を押さえた。

「苦しいか。でも俺たち親子が味わってきた苦しさはそんなものではなかったんだよ。楽になりたければ答えろ。殺したのは誰なんだ」

全慶植は首を横に振り、拒否の意志を示した。伊丹は左耳も削ぎ落した。全慶植は喉を押しつぶされたような悲鳴を上げた。それでも全慶植は答えようとしない。

伊丹はナイフを振り上げると、たくあんでもぶつ切りにするように左手の指に振り下ろした。

中指と薬指の先端が切れ、文字通り皮一枚で繋がっているような状態だった。

伊丹はさらにナイフを振り上げた。

「止めてくれ。李淑美を殺したのは啓寿だ」

全慶植は伊丹の母親を殺した男の名前を告げた。全啓寿は全慶植の長男だ。全慶植が北朝鮮に戻って以来、統連の資金集めを担ってきた男だ。

「これで楽になれると思ったら大間違いだ」

伊丹はストーブを力任せに蹴って倒した。真っ赤に燃え盛る石炭が床一面に広がり、床を焼き焦がしていく。煙が車内に充満していく。石炭が入ったバケツから小さなスコップを取ると、燃え盛る石炭をすくい伊丹は全慶植の腹部に載せた。

衣服はすぐに燃え、石炭の炎が直接、全慶植の皮膚を焼いていく。身をよじって石炭を落そうとするが、伊丹は足で全慶植の胸を押さえつけた。

「高英姫がオフクロに宛てた手紙には、崔棟元と金東硯が渡瀬彰子の遺体を埋めたと書いてあった。殺せと命令したお前が遺体を埋めた場所を知らないわけがない。答えろ」

「知らん……」

「そうか、この期に及んでも思い出せないのか」

伊丹は全慶植の髪の毛を引っ張ると、引きずるようにして燃え盛る石炭の上に上半身を寝かせ、上から踏みつけるようにして胸を押さえつけた。皮膚を焦がす臭いが充満した。暴れるたびに切断された右膝から血液が噴き出した。

北朝鮮の工作員とは知らずに結婚し、渡瀬彰子は黄大宇との間に三人の子供をもうけた。公安に工作員だということを知られ、日本海側から黄大宇は妻と子供を残したまま北朝鮮に帰還した。

二人の子供は崔棟元と金東硯によって母親から引き離され、渡瀬彰子は殺害された。他の工作員によって二人の子供は北朝鮮に拉致された。公安も事実は把握していたが、遺体が発見できずに、結局、崔棟元、金東硯の二人の逮捕には至らなかった。

伊丹は燃え盛る石炭をスコップですくい取ると、

「簡単には死なせないと言っただろう」

全慶植の右膝に押し当てた。血が焼け、異臭を放つ蒸気が上がる。全慶植の残された右足が壊れたメトロノームのように激しく上下した。

「感謝しろ、止血してもう少し生きられるようにしてやる」

苦痛のために唇を噛みしめ、口からは血と唾液が尾を引いて流れ落ちた。

伊丹はデッキに出て切り離された前方の車両を見た。すでにホームに入ったのか、視界には入らない。爆破の音もしない。失敗したのだろうか。

伊丹の乗る車両も最後のカーブに差し掛かろうとしていた。そのカーブを曲がれば駅のホームが見えてくる。

スコップで燃える石炭を一つすくうと、手で全慶植の口をこじ開けた。

「火の塊をなめながら死んでいくのがお前にはふさわしい」

全慶植はその苦痛には耐えられないと思ったのか、「吹浦だ」と叫んだ。

渡瀬彰子の遺体は山形県と秋田県の県境の山中に埋められているという情報はあった。山形県側の山深い山村に吹浦はある。

「吹浦のどこに埋めた」

「吹浦に林《リム》という在日がいる。彼が所有している山林だ。正確な場所は二人だけが知っている」

聞き出すべきことは聞いた。もはや全慶植に用はない。後部デッキに出た。伊丹は手榴弾のピンを抜くと、全慶植に向けて転がした。同時にデッキから飛び降り、山に駆け上った。

大木の陰に転げ込むようにして身を隠した。その刹那、手榴弾が炸裂し、客車の窓が閃光とともに吹き飛ぶのが見えた。爆風に煽られ、客車の炎はさらに燃え広がり、砕かれ散った窓からは炎が後方になびくように流れた。

しかし、タンクローリーの爆発音はまだ聞こえない。

三両目と四両目の車両だけは堅牢な造りに見えた。高橋が飛び乗ったのは、先頭車両後方のデッキだった。侵入者に気づいた兵士が向けた銃口を握ると、力一杯に引き寄せた。兵士は一瞬にして線路わきに投げ出された。高橋はデッキに飛び乗った。

二両目車両のデッキにいた兵士が高橋に銃口を向けた瞬間、高橋はナイフを兵士に向けて投げ放った。兵士は視線を自分の喉に向け左手をそっとやった。流れ出る自分の血を見ながら兵士は絶命した。

時間の余裕はない。兵士の襟首を握り立たせると、二両目前方のドアを蹴り開けた。血しぶきを噴き上げた兵士に、客車内が騒然とした。客車内は中ほどで黒の強化ガラスで仕切られていて、奥は見えない。しかし、武装した将校は五人だ。

高橋は立たせた兵士を楯に右手で将校に発砲した。三人は一瞬で仕留めることができた。残るは二人だけ。そのうちの一人が小銃を乱射した。鈍い音を立てながら銃弾が死体に食い込む。もう一人の兵士は客車のライトを狙い撃ちにして客車内は暗闇と変わった。

肉の塊と化した兵士を前方に向けて蹴り飛ばした。数メートル先に倒れ込んだ。音のした方向に二人の将校が発射した銃口から炎が上がる。

その一瞬、高橋は正確にその炎に狙いを定めて小銃を発射した。二発の銃弾だけで敵を倒した。高橋は強化ガラスのドアに手を伸ばしたがすぐに手を離し、前方デッキに戻ると列車の屋根に飛び移った。

機関車は徐々に速度を上げていく。ディーゼルエンジンが唸りを上げ排気ガスが鼻をつく。屋根を這いつくばりながら三両目車両に向かった。異常事態に陥り、三両目車両前方のデッキには二両目後方ドアに照準を合わせた五人の兵士が自動小銃を構えている。

屋根の高橋には気づいていない様子だ。後部車両に目をやると、最後部と五両目の車両が切り離され、距離が開いていくのがわかる。伊丹の襲撃が始まったのだろう。このまま列車を走らせ、タンクローリーの横を通過した瞬間、爆破装置をＯＮにすれば、金正日を爆死させることは可能だが、金正日の存在を確認する必要がある。

金正日の存在を確認できれば、直接殺すことも可能だ。

三両目のデッキの警備の仕方を見ると、金正日は三両目に乗車している可能性が高い。あるいは四両目に移動したかもしれない。確認するためには、三両目前方デッキの五人を倒さなければならない。先頭車両、そして強化ガラスで仕切られていた二両目後方には、忠誠心の高い護衛兵がかなりの数いるはずだ。

最終的に存在が確認できなくても、高橋は列車を爆破するつもりだ。命など惜しくない。しかし、千載一遇のチャンスなのだ。金正日に何としても問い質したいことがある。列車の速度からすれば確認できるのは三両目の客車だけだろう。そこで存在が確認できなくても高橋は特別列車を爆破するつもりだ。

三両目前方デッキにはボーリングのピンのように五人が立ち、銃口を二両目後方のドアに向けている。全神経をドアに集中しているらしく、屋根には誰も気づいていない。五人横並びなので一瞬で片付く。

高橋は屋根に取り付けられた排気口に身を隠し、狙いを定めた。

左脇腹近くに火花が飛び散り、鈍い金属音が聞こえた。背後に敵が迫っていた。一両目の客車に乗車していた兵士たちだ。しかし、屋根には一人ずつしか登ってこられない。高橋は身体を反転させると同時に、最初の敵の心臓に狙いを定めて発射した。

敵は突き飛ばされたように屋根を転がり、線路上に落ちていった。二人目の敵が屋根に上りかけていた。頭を撃ち抜かれ、そのまま落ちた。狙い撃ちにされるとわかると、三人目の敵は身を隠した。

再び身体を反転させ、うつ伏せになると、デッキの敵は増えていた。しかし、デッキに乗れる人数も限られている。高橋に気が付くと一斉に発射してきたが、デッキからでは高橋の位置は死角になる。高橋は小銃を持つ手を高く上げると、デッキに目がけて乱射した。

ほふく前進し、デッキに目をやると死体の山が築かれていた。立ち上がると、強化ガラスで仕切られた二両目後方の兵士が車内から屋根を目がけて乱射してきた。

高橋は二両目後部デッキに飛び降りると、ドアを蹴り破り、手榴弾を投げた。三両目のデッキに飛び移ると、死体の陰に身を隠した。その刹那、二両車両の窓ガラスが吹き飛び、ドアから黒煙を噴き出した。

特別列車はそれでも速度を落とさない。運転手にも爆発音は届いているだろうが、このまま走行しろという命令が下されているのかもしれない。

高橋は死体を線路上に突き落とし、三両目のドアを蹴った。中から拳銃の発射音が二発聞こえた。高橋は死体を楯に取り、中の様子に目をやった。明かりは煌煌と灯り内部の様子は丸見えだ。

カーキ色のジャンパーの腹部がでっぱった、背の低い男が拳銃を高橋に向けて発砲した。脅えているのか、手が震え照準を合わせることさえできない。

男は金正日だった。タンクローリーを爆破させるまでもない。ここですべてを終結させることができる。金正日は続けざまに拳銃を発射したが、銃弾はすべて高橋をそれてしまった。

弾が尽きると、高橋は小銃を金正日の心臓に狙いを定めた。

「誰だ、お前は？」金正日が拳銃を高橋に投げつけた。

「一つだけ聞かせてもらおう。小泉に託した手紙は本当に高英姫が書いたものなのか」

「お前は日本人なのか」

「俺の質問に答えろ」高橋は金正日の左足の甲を打ち抜いた。

金正日はうずくまり高橋を見上げながら鋭い視線を向けた。

「何故、それをお前が知っている？」

高橋は右足の甲に照準を定めた。右足を撃たれると察した金正日が叫んだ。「待て。いったい何が知りたい」

金正日は問い質される経験がないようだ。高橋は引き金を引こうとした。

突然、三両目後方のドアが開いた。高橋はドアから出てくる人間に小銃を向けた。

現れたのは歩くのもおぼつかない状態の女性だった。チマ、チョゴリを身につけているが、真っ青な顔で顔の骨格が浮かび上がり病気なのは一目瞭然だ。その女性が金正日の前に立ちはだかった。身を挺して金正日を守るつもりらしい。

「お逃げ下さい」

金正日はその女性の陰に隠れた。

「私を撃ちなさい」女性がかすれるような声で言い放った
女性は黒いドーランで塗りつぶされている高橋の顔を不思議そうに見つめた。高橋の右耳に何か気になるものがあるのか、枯れ枝のような指で高橋の右耳のホクロを差した。

「ノガ　ヨンナミニ？（お前は勇男なの）」

微かな声に脅えが滲む。重い沈黙が一瞬あった。

「勇男なのね……」女性が喉から絞り出すような声で叫んだ。

女性は失神し、金正日に倒れかかった。

列車は緩やかなカーブを曲がり始めた。定州駅はもうすぐだ。高橋はズボンのポケットにしまい込んだ爆破スイッチを取り出した。

女性は高英姫だった。

前方ドアから兵士がなだれ込んできた。先頭車両に乗っていた護衛の兵士たちだろう。高橋に向けて発射すれば、金正日と高英姫に流れ弾があたる可能性がある。高橋は金正日の横に立ち、銃口を金正日の心臓に向けた。

「撃つな」金正日が兵士たちに命令した。

「外に出るように言え」高橋が金正日に言った。

「外に出ていろ」金正日が命令した。しかし、兵士たちは銃を高橋に向けたままだ。

「外に出ろ」金正日が怒鳴った。

身をかがめ、抱きかかえるようにして高英姫の頬を軽く叩きながら金正日が言った。

「しっかりしろ。大丈夫か」

それでも高英姫は目を覚まさない。

「お前はホントに高勇男なのか」銃口を額に向けられながら金正日が聞いた。

高橋は何も答えなかった。

「妻はお前に会いたがっていた」

金正日が高英姫を介抱しながら言った。

列車の窓から駅舎の明かりが見えた。タンクローリーが停車している地点は数百メートル先だ。

高橋は爆破装置のボタンに指を置いた。

金正日から血の気が引いていくのがわかる。

「心配するな、一瞬ですべてが終わる」

タンクローリーが見えてきた。

抱きかかえられた高英姫が意識を戻した。

「将軍様を助けてやって……」

高橋は何も答えなかった。

「父も母もお前を残してきたことずっと後悔していた。許して……」

高橋がボタンを押そうとした。

「止めて」高英姫が叫んだ。

「命乞いをする気などない。しかし、反乱分子を押さえて統治しなければ、この国は混乱するだけだ。時間をくれ」

「すでにこの国は崩壊し、腐敗しきっている」

「私の最後の頼みです。しばし猶予を」高英姫が懇願した。

タンクローリーの横を列車が通り過ぎていく。三十秒以内にボタンを押さなければ、列車は爆破圏外に出てしまう。

列車が定州駅のホームを離れようとしていた。

高英姫はうっすらと目を開けた。

「勇男、ここへ来て」

消え入るような声で言った。

「手紙に書いてあったことは事実なのか」

高橋が聞いた。高英姫は無言で頷いた。銃口は金正日に向けたままだ。

高橋がやるべきことは金正日の抹殺だ。金正日の列車を爆破すれば、金正日王国は終焉を迎えるだろう。日本で始末すべき連中は、伊丹が生き残り、後始末をしてくれるだろう。たとえ伊丹が死んだとしても、徐根源のかつての仲間が果たすべきことをなし遂げてくれる。

高橋には子供の頃の記憶がかすかに残っているだけだ。新潟の収容所まで大阪から列車で向かった。寒い日だった。新潟駅で生まれて始めて二、三メートルもの積雪を見た。

とにかく人でごった返していた。学校の木造教室のような部屋に十数家族が収容されたような気がする。高橋は寒さに震えた。建物の中に入っても吐く息は白かった。父親は体格のいい男で、部屋を出たり入ったりしていた。母親はずっと高橋に寄りそっていてくれた。

数日後、高橋だけが家族から引き離され、再び大阪に戻っていった。その理由を知ったのは大分後のことだった。勇男だけがトラホームにかかっていて、その目の病気を治療しない限り北朝鮮には帰国できなかった。高一家に残された道は家族全員で帰国を取り止めるか、あるいは勇男だけを日本に残し、治療後、呼び寄せるかのどちらかだった。高一家は友人に勇男を預ける決断をした。勇男は母親の親友、鄭京子《チョンギョンジャ》の家に引き取られ、そこで育った。本当の母親ではないのはわかっていた。

高勇男は鄭京子に育てられた。しかし、鄭一家にも子供は多く貧しかった。高一家が北朝鮮に渡った頃は、鄭京子の夫も日雇い仕事をしながら収入を得ていた。その夫が亡くなると、一家は離散し、高勇男も中学を卒業すると東京に出た。

一時期、車忠孝が経営する同一化学工業で働いた。鄭京子は自分の手で育てた子供の就職口が見つからず、同一化学工業の評判を聞き、就職を依頼していた。しかし、高勇男はそこもすぐに飛び出してしまった。定職もなく、ヤクザの世界に身を置いた。一九七〇年代半ば頃から、ヤクザの世界ではまだ知られていないにもかかわらず公安にマークされた。それが自分の出生に理由があると知ったのは、しばらくしてからだった。

〈朝鮮人ヤロー〉

何度侮蔑の言葉を浴びてきたかわからない。高勇男は持ち前の腕力で、そうした差別的な言葉を吐いたのがヤクザであろうとなかろうと、一般の日本人でも足腰立たないほどぶちのめした。

暴力団対策課の刑事に初めて逮捕された時、取り調べの検事から、北に帰った家族のことを根掘り葉掘り聞かれた。その時に、姉の高英姫が金正日の三番目の妻として結婚している事実を知らされた。

判決後、公安の尾行が付くようになった。ヤクザの世界には戻らず、執行猶予期間が切れるのと同時に、一からやり直せると信じてアメリカに渡りグリーンカードを取得した。アメリカでも素性はすぐに知られ、ＣＩＡの監視下に置かれた。

言葉をマスターした高勇男は奨学金を取得して、ハーバード大学を卒業した。アメリカ国籍を高橋の名前で取得すると、ニューヨーク市警の警官を振り出しに、順調に出世していった。そして、彼の捜査能力、分析能力は次第に警察関係者に認められ、ある日、ワシントンに呼ばれた。ＣＩＡの一員として働くことを求められ、それに高橋は応じたのだ。アメリカ側は高橋が北朝鮮の一家とはまったく音信不通であり、北朝鮮の体制に嫌悪感を抱いていることもわかり、北朝鮮の情報収集に高橋の語学力、そして人脈が将来は役立つと考えて、ＣＩＡに勧誘したのだ。

育ての母の鄭京子は病死したとばかり思っていた。しかし、高英姫の手紙によって薬殺された事実を知った。

高英姫の様子がおかしい。

「もう私は長くは生きられません」

金正日が高英姫の病名を明かした。

「妻は乳がんだ」

「中国で最高水準の医療を受けさせていただきましたが、もはや末期で手の施しようがありませんでした」

金正日は全慶植を使って日本から在日の医師を北京に招請した。セカンドオピニオンを聞き、救う方法がないかを確かめるためだ。しかし、余命半年の診断は覆らなかった。

一日帰国を早めたのは、一刻も早く平壌に戻りたいと高英姫が訴えたからだ。

「日本では、私は悪魔の独裁者になっているようだが、国家再建のために力にはなってもらえまいか」

金正日が高橋に向かって言った。

「断る」高橋は即答した。

「お前にも我々と同じ朝鮮民族の血が流れているではないか」

「その民族の血のおかげで重荷を背負わされた」

「妻は命がけで私に尽くしてくれた。その弟のお前が、なぜ共和国に忠誠を示してくれないのだ」

「俺は国家に忠誠など尽くしたことなど一度もない。これからもない」

「そうかな。我々の調査ではお前はＣＩＡ、アメリカ帝国主義の走狗を生業にしていると聞くが」

「その通りだ。それはアメリカに尾を振るためではない。お前らに牙をむき、咽喉をかっ切るためだ」

「ダメ、勇男、お願い」高英姫の悲鳴に似た声が流れた。

銃口を金正日に向けた。高英姫がその前に立ちはだかった。

高橋には一瞬の逡巡があった。その理由は高橋にもわからない。貧しい長屋でわずか六年でも一緒に暮らしたという記憶がそうさせたのかもしれない。

列車の後部ドアが開いた。四両目にいた将校が乱入してきた。

警備兵は一斉に高橋に向けて発砲した。高橋に引き金を引く余裕はなかった。おびただしい銃弾を浴びながら、高橋は銃口を金正日に向けたままだ。左手に握っていたボタンを押した。

起爆装置がＯＮになり、まず小規模な爆破が起きた。その小規模な爆破の炎がタンクローリーのオイルと肥料に燃えうつり化学反応を起こし、炎の火柱を上げた。

赤い光が走った。周囲は雷が落ちたような明るさに変わった。

列車は速度を上げ、定州駅から猛スピードで走り抜けようとした。一瞬、宙に舞うような感覚にとらわれた。特別列車が転覆し、横転を繰り返した。

特別列車は爆破の直撃は避けられたものの、爆風によって吹き飛ばされたのを高橋は悟った。

金正日と高英姫の二人も列車の中で、まるで人形のように天井と床に叩きつけられながら、車両の中を転がった。

「国家だの、民族だのくだらない」

横転する列車の中で高橋は笑みを浮かべた。

外は燃え盛る炎のはずなのに、高橋には光も熱も感じなかった。

第十一章　脱北

四月二十三日、朝まだ暗いうちからコッチェビたちの動きが慌ただしい。車忠孝も安姉妹にも緊張が走る。

リーダー格のコッチェビが車忠孝らが囲んでいる焚火のところによってきた。

「龍川駅で大爆発が起きた。特別列車は爆破された」

車忠孝は天に向かって叫びたい心境だった。後は高橋、伊丹らが無事生還するのを祈るだけだ。この国はこれで生まれ変わる。今度こそ餓死者など決して出さない祖国を建設するために、自分の財産をすべて投げ打つつもりだ。統連にも心ある商工人はいる。彼らからも寄付を募り、建設資金を集めよう。車忠孝の心はすでに日本に帰国したかのように、急に沸き立った。

一時間もするとコッチェビの動きが再び慌ただしさを増した。朝日が昇り始めた頃、「野獣の森」をコッチェビが上ってくる。一人一人が新たな情報を運んでくるようだ。それをリーダーに報告している。

車忠孝も安姉妹も、龍川で爆破された列車は金正日の囮列車だったと知らされた。

「囮……」

車忠孝は報告の意味が最初理解できなかった。

「金正日は囮列車を何台か隠し持っていると言われています」安昌順が答えた。

落胆の思いが車忠孝に広がる。しかし、チャンスはまだある。軽油をタンクローリー二台分購入したのが幸いした。伊丹、高橋が生存していれば、定州駅での爆破の可能性もある。

金正日は平壌にいつ戻るのか。龍川駅爆破は成功している。復旧するまでには、まだ時間がかかる。車、飛行機での移動を金正日は拒否するだろう。車忠孝が中国側から入手している情報では、爆破テロに遭ったからといって、丹東、あるいは新義州で何時間も足止めになっている余裕は金正日にはないはずだ。どんなことをしてでも平壌に戻ろうとするに違いない。

コッチェビの情報は数時間おきに入ってくる。やはり金正日は丹東を出て新義州に入ったらしい。兵士、民間人を総動員させて龍川駅の復旧に全力を上げているようだ。

二十四時間以内に復旧しなければ、鉄道、軍、労働党内部から処刑される人間が出てくる。すでに爆破テロの犯人追及と同時に警備の失敗は誰の責任なのか、処罰される関係者を探し始めているだろう。

龍川駅関係者は生きた心地がしないはずだ。新義州の労働党支部、軍、鉄道関係者は混乱している。義州のX地点から脱北を強行するにはその方が都合がいい。

二十三日の午後になり、伊丹、高橋の二人は無事で、予定通り定州駅での爆破テロを決行するという連絡がもたらされた。もはやその二人を当てにせずに、自らの力で鴨緑江を越えるしかないのだ。

渡瀬哲実が連れて行くようにと言った柳世栄が頼もしく思えてくる。白石らをきっとX地点に連れてきてくれるだろう。車忠孝は自分の体力を回復させるために、日中も目をつぶり、とにかく少しでも眠ることにした。安姉妹もこれからどうなるのか、不安に押しつぶされそうな心境だと思うが、ここまで来た以上、もう引き返すことはできない。脱北に成功するか、あるいは死のどちらかだ。

義州付近の鴨緑江の河幅は一キロから二キロメートル、泳いで渡れる距離ではない。河が凍りつく冬ならば歩いて越境することは可能だが、四月下旬では舟に頼らざるをえない。

「野獣の森」の夕暮れは早い。安姉妹もいつでも出発できるように準備を整えていた。鴨緑江を越えられれば新たな人生が待っている。二人がどのような人生を望んで脱北を決意したか車忠孝にはわからない。権在玄のような男に弄ばれる代償に得られる豊かな生活など、二人にとっては屈辱以外の何物でもなかったのだろう。

夜になり、白石蓮美、白光泰のグループも義州に入ったという知らせが入った。柳世栄が彼らにはついている。安全な隠れ家で、たとえ数時間でも休養を取れば、鴨緑江を越えるだけの体力は回復できるだろう。

案内役の柳世栄を加えれば、伊丹、高橋を除いても八人となる。鴨緑江を越えるための舟の確保ができているのだろうか。不安を覚える。

最後の食事が配られた。やはり焼いたジャガイモだった。運んできてくれた二人のコッチェビは見覚えのある大人の衣服を身につけていた。黒のタートルネックのセーターを着た少年は幾重にも折り曲げた袖口から手を出していた。身長が低いために膝辺りまでセーターで覆われている。

大柄な少年は厚手の布でできたジャンパーを着ていた。肩口にどす黒い大きなシミが残されていた。コッチェビたちはセブンスターを吸いながら、車忠孝を黄ばんだ目で凝視している。

セーターもジャンパーも柳世栄が刺し殺した運転手の張奉男が着ていたものだ。コッチェビが吸っているタバコも車忠孝が張奉男に与えたものだ。

周囲には異臭が漂い始めた。安姉妹もその異臭については何も口にしない。車忠孝はそれが何の臭いなのかすぐにわかった。

車忠孝が何故「野獣の森」と呼ばれ、どうして軍隊も村人も近づかないのかを悟った。

腸《はらわた》がねじ切れるような痛みだ。煮え滾《たぎ》る憤怒だ。

〈いったい俺は何をしてきたというのだ〉

日本の戦後の混乱期は、日本人も在日も飢えていた。しかし、これほど悲惨な飢えを日本人も在日も経験はしていない。差別にさらされ、差別に抗いながら必死に生きてきた。こんな惨めな楽園を築くために、糞尿にまみれながら生きてきたのではない。

車忠孝はリーダー格の大柄な少年に何かを言おうとするが、言葉が出てこない。

涙を流しながらジャガイモを頬張る車忠孝を見て、リーダーは申し訳なさそうな表情を浮かべた。

「明日の夜には、丹東でうまいものが食えるさ」

ジャガイモを飲み込もうとする車忠孝にコッチェビのリーダーが言った。

喉が押しつぶされてしまったように苦しい。車忠孝は背中を震わせた。

リーダーも安姉妹も何が起きているのか理解できない様子だった。車忠孝は涙を拭い、鼻水をすすり、言った。

「もう少し辛抱してくれ。必ず肉もキムチも食える国にする」

「金正日将軍《チャングンニム》様みたいなことを何故急に言い出すんだ」リーダーが少し笑った。

車忠孝はリーダーの名前もまだ聞いてはいなかった。

「名前はなんという」

「姜範雨《カンボム》だ」

「いくつだ」

「わからない」

親の顔も知らなければ、自分の生まれた日もわからないコッチェビが共和国にはどれくらいいるのだろうか。「野獣の森」に住む子供たちが救えるのなら、車忠孝は日本にある財産のすべてを金正日に与えてもいいとさえ思った。この国で暮らす同胞はこうしたコッチェビに心を痛めることはないのか。

「なんとしても、なんとしても生き延びてくれ」車忠孝が喉に詰まったものを吐き出すかのように言った。

姜範雨は力なく笑った。

「いつまで生きられるのか、そんなことはわからない。毎日、仲間が死んでいく。明日が俺の番になるかもしれない」

車忠孝には返す言葉がなかった。食べるものを獲得したコッチェビだけが生き延びているのかもしれない。

「姜範雨、一日のうちでいちばん暗くなるのはいつだかわかるか」

「山の中では日が落ちた瞬間から日が昇るまではずっと闇だ」

「そうか。でも覚えておくといい。闇にも深い闇と浅い闇があるんだ」

姜範雨は興味深げに車忠孝の話に耳を傾けている。

「一日でいちばん闇が深いのは午前零時から午前二時くらいまでで、その時間が最も暗闇が深くなるんだ」

「そうなのか」姜範雨が納得したような返事をしたが、車忠孝が何故そんな話をしているのか怪訝な表情を浮かべている。

「もう一つ、お前に言っておきたいことがある」

「なんだ」

「いちばん闇が深く何も見えなくなる瞬間が、最も夜明けに近い闇だということを忘れるな」

姜範雨はきょとんとした顔をしている。

安昌順が説明を加えた。

「車先生は、今の共和国は希望の光が射さない暗闇だけど、でも今が最も夜明けに近い闇だとおっしゃっているのよ」

「俺たちも光を浴びる日がくるとでも言うのか」姜範雨が自嘲気味に笑みを浮かべた。

「車先生はそうおっしゃっている」

「だから生き延びろ」

姜範雨は何も答えずにコッチェビたちが暖を取っている焚火の方に戻っていった。悲しみを伝えるのに、カスミアプダ（胸が痛い）という言葉を使う。しかし、北朝鮮の惨状はそんな言葉では表しきれない。

〈가슴이　찢어진다（カスミ　チジョジンダ）〉

車忠孝の心は文字通り胸が張り裂ける思いだった。

二十四日午前零時、姜範雨がやってきた。

「行くぞ。用意はいいか。今がいちばん深い闇だ」姜範雨が言った。

車忠孝も安姉妹もいつでも出発できる態勢を整えていた。

「いい夜明けを迎えよう」車忠孝が言うと、姜範雨は一瞬ニコリと笑った。

アジトは山の中腹にあるようで三十分も歩くと、平地に出た。しかし、田畑を歩いているのか、周囲には民家はなかった。あっても電気を灯していないのかも知れない。

平地を歩いたのは二十分足らずだった。

その後は、背丈を越える雑草の中に入った。河のせせらぎがかすかに聞こえる。鴨緑江の河原を歩いているようだ。四月の河原はありとあらゆる雑草の枯れ草で覆われている。

姜範雨は地面に這いつくばるようにして先頭を歩いた。その後に安姉妹が続き、しんがりを車忠孝が歩いた。枯れ草の中をまるでモグラのように四人は進んだ。やがて数メートル先は河岸で、一艘の河舟が河原に乗り上げている場所に来た。

鴨緑江を越えるための舟なのだろう。暗くてよく見えないが、八人も乗れるのだろうか。不安になってくる。

「世栄の兄貴はまだ来ていな様子だ」

後は枯れ草の中に身を潜めて彼らの到着を待つだけだった。

柳世栄は白石蓮美、白光泰、そして黄敬愛、剛勲の四人を連れて義州付近の山中までやってきた。白石、白の疲労度が大きい。鴨緑江が目の前を流れている。

柳世栄がようやく氷の融けた鴨緑江を、脱北するために渡ったのは三年前だった。餓えていた。トウモロコシの団子一つを得るためにどんな仕事でもやった。人民軍の兵士や地方の労働党幹部は、配給物資を横流ししたり、横領したりするのは日常茶飯事だった。自分たちが生き残るためにはそうするしかないのだ。彼らは最も金になる麻薬密売にも手を染めた。

北朝鮮から麻薬が密輸入されてくることを知った中国側は、新義州からのトラックに当然目を光らせるようになった。以前のように松茸や海産物の底に隠して運ぶことが困難になった。

運び屋にコッチェビが利用された。鴨緑江を越え、中国側の警備の目を盗んで、丹東の密売人へ麻薬を手渡すのだ。中国側の兵士もコッチェビを殺しても、北朝鮮側から抗議がこないのは十分に把握していた。

コッチェビなどいくらでもいた。腐りきった人民軍兵士、労働党幹部は麻薬をいくつもの袋に分け、コッチェビに運ばせた。命と引き換えの仕事の報酬は団子一つか二つだった。それでもコッチェビはその仕事を引き受けた。餓死するか、中国側の兵士に射殺されるかだ。麻薬を密売人に渡して戻れば、一日長く生き延びられる。

柳世栄も麻薬の運び屋を何度も繰り返した。仲間のコッチェビが何人も殺されるのを目撃した。柳世栄が生き延びてこられたのは水泳が得意だったからだ。中国兵に見つかり、銃撃を受けても柳世栄は鴨緑江の川底を這うようにして泳ぎ切り、北朝鮮側へ逃げ伸びた。

泳ぎがうまいことが知られ、柳世栄が一度に運ぶ麻薬の量がしだいに増えていった。氷が解けたばかりで深夜の鴨緑江の水は冷たかった。対岸には密売人が待っているはずだ。しかし、柳世栄はその場所に行かなかった。息継ぎをしながらゆっくりと上流を目指した。

中国人の密売人は越境に失敗したと思って引き上げた。柳世栄は下流に流れ着くこともなかった。新義州に戻ることもしなかった。柳世栄は中国側の河岸に泳ぎ着くと、運んだ麻薬を他の密売人に売却した。

柳世栄が生存し、麻薬を他の密売人に売却していた事実は、新義州の人民軍、労働党幹部にすぐに知れ渡った。彼らは密売人の組織を使って、柳世栄の身柄を拘束し、脱北者として引き渡すように中国当局に依頼した。

丹東の事情など知らない柳世栄は逮捕され、身柄が北朝鮮側に引き渡されることになった。その柳世栄を救ったのが渡瀬哲実だった。大量の麻薬を持っているコッチェビの情報が入ると、そのコッチェビから麻薬を買い付けたのが、渡瀬の密売グループだった。

渡瀬は柳世栄が逮捕され、北朝鮮側に引き渡されると聞くと、中国当局に賄賂をつかませて、引き渡される直前に柳世栄を秘密裏に釈放させた。北朝鮮に身柄が渡れば、柳世栄は銃殺にされるか、強制収容所送りになるのは明らかだった。

渡瀬は柳世栄の身柄を引き取ると、丹東の市役所戸籍係を抱き込み、丹東生まれの朝鮮系中国人として戸籍を取らせた。

「俺のところで働くもよし。中国で新たな人生を始めても構わない。お前の好きにするがいい」

渡瀬が柳世栄に言った。柳世栄は、渡瀬が何故そこまでするのか理解できなかった。

「どうして助けてくれた」

「儲けさせてくれたからだ」

柳世栄は自分が運んだ麻薬がどれほどの価格で取引されているのか知らなかった。渡瀬は取引価格を柳世栄に告げた。想像もできない高額であることはわかるが、それがどれほどの価値になるのか、トウモロコシ団子の数や肉入りのスープの量でしか計れない柳世栄には理解が及ばなかった。

「心配するな。お前を助けるために使った金など、お前から買った麻薬の五分の一にも満たない。恩に着る必要もない」

渡瀬の説明に、柳世栄は「仲間に加えてくれ」と答えた。渡瀬のところで働けば、コッチェビを一人でも二人でも脱北させるチャンスが出てくる。それに自分たちの仲間を虫けらのように使い捨てにした連中から、麻薬をせしめ取り、中国側で成功するチャンスもある。柳世栄に迷いはなかった。


鴨緑江に舟が用意してある。動力が付いている舟であれば対岸に渡るのに一分もかからない。義州の連中には十分な賄賂は渡し、目をつぶるようにしてある。人民軍も昨晩の龍川の特別列車爆破で、義州までは警戒する余裕はないはずだ。しかし、脱北者の入国を警戒している中国側は警戒をさらに強めている。気づかれないように中国側に入る必要がある。そのためには手漕ぎの河舟を使うしかないのだ。

白石と白光泰、黄敬愛、剛勲を舟に乗せれば、後は夜の闇に乗じて鴨緑江を渡ればいい。上陸地点には渡瀬らが待っている。舟の係留地点には、姜範雨が車忠孝を連れてきているはずだ。白石、白光泰の疲労は十分に回復したとは思えないが、これ以上、山に留まっているわけにはいかない。

「出発の時間だ」柳世栄が言った。

山の斜面を柳世栄が先頭に立ちゆっくりと歩いていく。昼間であれば難なく下りていける緩やかな傾斜だが、明かりは何もない。柳世栄は白石蓮美の手を引き、黄剛勲が白光泰の手を握り、最後尾から黄敬愛がついてくる。黄敬愛、剛勲の二人は闇に目が慣れているのだろう。苦労している様子は感じられない。白石は常に光のある生活に順応したために、暗闇での視力は完全に退化してしまったようだ。

なんとか斜面を下りきった。後は鴨緑江沿いに上流に向かって藪の中を二キロほど進んだところがX地点だ。藪の中から対岸の中国側の明かりが見える。白石も白光泰も自然に歩調が速くなる。

柳世栄は、藪をかき分けるようにして前進した。河のせせらぎや時おり魚が跳ねる音が聞こえてくる。白石、白光泰の二人の激しく乱れる呼吸だけが、柳世栄の耳に届いた。黄敬愛、剛勲の二人は息を殺して柳世栄についてくる。

「少し休む」

白石、白光泰に休憩を取らせておく必要があった。十分程度休み、二人の呼吸を整えさせた。X地点に着けば、そのまま舟に乗り全員で漕いで対岸に渡らなければならない。河幅は二キロほどある。一気に中国側に渡り、舟を乗り捨てて中国当局の目の届かない場所に逃げ切る必要がある。

「もう少しでX地点だ。大丈夫か」

柳世栄が聞くと、白石は「平気です。それよりも兄の様子が心配です」と答えた。白光泰の呼吸は乱れ、歩くのもつらそうだ。十分な栄養が日ごろから摂れていないために体力の消耗が激しいのだろう。

「白先生、ここまで来たのだから、なんとしても日本の土を踏むまでは頑張りましょう」

黄敬愛が励ますように声をかけた。

「これまでの御恩に報いるために、私が背負ってでも日本に連れて帰ります」

黄剛勲が言った。

衰弱しきった白光泰だが、二人の激励にわずかだが精気が蘇ってきた様子だ。

「急ごう」

柳世栄は再び先頭に立ち、藪を払いのけながら進んだ。河原沿いに一時間ほど歩いただろうか。柳世栄は突然歩みを止めた。枯れ草を分けて鴨緑江を見ると、河舟が河岸に係留してある。五人は息を潜めて、あたりをうかがった。異様な静けさだ。

すでに車忠孝のグループもX地点に辿り着いているはずだ。何の気配も感じられない。

五分経ち、十分が経過した。嫌な予感がする。車忠孝のグループは途中で何かの障害に立ち往生しているのかもしれない。

三十分待ったが、彼らはやってきそうにもない。これ以上の待機は自分たちの身にも危険が降りかかってくる可能性がある。

柳世栄はコッチェビ同士にしかわからない合図で、彼らが近くに来ていないか確認してみようと思った。

野犬の遠吠えを一声だけ藪の中から叫んでみた。周囲にコッチェビがいれば、同じように返してくるはずだ。反応は何もなかった。

「俺たちだけで河を越える」柳世栄は四人に告げ、「俺が合図したら舟まで走ってきてくれ」と、一人闇に乗じて舟に向かった。

河原は砂地で、周囲を見回しながら舟まで辿り着いた。手を上げ合図を送った。四人が中腰のまま舟まで走り寄ってきた。

砂浜に乗り上げた格好の舟を、河に押し出す必要がある。舟を押そうと舳先に五人が手をかけた。

「そこまでだ」

藪の中から声がした。五人は舟の陰に身を隠した。藪の中から車忠孝と姜範雨、それに見知らぬ女性二人が現れた。横一列に並んだかと思うと、背後から七、八人の兵士が現れた。いや人民軍兵士ではなさそうだ。武器を持っていたから兵士に見えたが、民間人のようだ。

男の声には聞き覚えがある。辛聖漢だ。元は人民軍兵士で、後に労働党の新義州支部の幹部に成りあがった。しかし、裏では麻薬の密売を行なってきた。辛聖漢のために、何人ものコッチェビが運び屋をやらされ、失敗しては中国側の兵士に射殺された。あるいは口封じのために人民軍に銃殺され、命を失っていた。コッチェビの命などなんとも思っていない男だ。

柳世栄は舳先の前に立った。

「いいか、チャンスと思ったら、舟を出して逃げろ」

小声で言った。

姜範雨、車忠孝、そして女性二人が銃身で小突かれながら近づいてくる。辛聖漢も柳世栄とわかったようだ。

「お前か、丹東でずいぶん出世したらしいな。こんな仕事まで引き受けているとは思わなかった」

「お前こそ、相変わらず麻薬密売と人身売買で儲けているらしいな」

辛聖漢は、脱北する女性を中国人に売って金儲けをしていると柳世栄の耳にも入っていた。

「こんなところで俺たちを相手にしている暇があるのか、お前に」

柳世栄は小馬鹿にしたように辛聖漢に言い放った。

「偉大なる将軍様に楯つくお前たちを捕まえなければ、俺たちの身が危ういんでな」

脱北が行なわれると、どこからか聞きつけたらしいが、辛聖漢は爆破の原因をまだ知らないようだ。龍川駅のホームが爆破され、それが軽油に引火したくらいにしか思っていないのだろう。

「本気で俺たちを将軍様に突き出す気でいるのか」柳世栄は大声で笑いながら言った。

「お前こそ、何をしでかしたか知らないが、囮の列車を爆破して、将軍様を抹殺したとでも勘違いしているのだろう」

「何も知らないのはお前たちの方だぞ」

「コッチェビのボスはどうやらおかしくなってしまったようだな……」

辛聖漢は爆破の真相をまったく知らない。

「今頃、金容三の轢死体がどこかに転がってるか、首を吊っているはずだ。そんなこともわからないでいるんだから能天気なやつらだ」

　辛聖漢は二十歳過ぎの若造にバカ呼ばわりされ、腹が立ったのか銃で撃ち殺すように部下に命じた。部下と言っても、新義州支部の党員だろう。兵士たちはすべて鉄道の警備と龍川の復旧作業に動員されているはずだ。

「彼の言っていることはホントだ。いますぐにでも家族を連れて脱北しなければ、君も君の家族も収容所送りになるぞ。脱北すれば、その後は私が援助してやる。だからこの場は目をつぶれ」車忠孝も辛聖漢を憐れむように言った。

「何を訳のわからないことを言い出すのだ」

「お前らもよく聞け」車忠孝が怒鳴った。「辛聖漢と一緒にいるところを国境警備の兵士に見られれば、龍川爆破の責任を追及され、身の破滅だぞ」

　彼らは顔を見合わせた。脅えが顔に滲んでいる。

「今ならまだ間に合うぞ」車忠孝が決断を迫った。

「こんな老いぼれの言う世迷言に惑わされな」

「世迷言かどうか、お前らにもわかっているはずだ。龍川駅は跡形もなく吹き飛んでいるだろう。爆薬になる肥料と軽油をあそこに置くように指示したのは、朴富億駅長と辛聖漢、それに劉英基大尉だ」車忠孝が龍川駅爆破の真実を告げた。

「俺たちを突き出したければ、やるがいいさ。俺たちより先にあの世に行くのはお前たちだぞ。そんなこともわからないのか」柳世栄はおかしさをこらえられずに腹をよじるようにして言った。

辛聖漢が銃を構えた。

「撃ちたければ撃つがいい。すぐに国境警備の兵隊がやってくるぞ」

柳世栄は辛聖漢の前まで歩み寄った。

「死ぬことなど俺は恐れてはいないぞ。さあ、撃つがいい、早くやれ」

柳世栄は銃身を握ると、左胸に押し当てた。配下の連中は明らかに動揺していた。銃で脅かせば、すぐにでも連行できると思っていたのだろう。さらに特別列車爆破に辛聖漢や朴富億駅長まで関与していた事実を突きつけられ、自分たちは巻き添えになると脅え出したのだ。

辛聖漢の手下が後ずさりを始めた。銃声を聞かれれば、いくら非常事態で手薄とはいえ警備兵がかけつけてくる。辛聖漢と無関係とは言えない。

柳世栄が銃身を握ったまま辛聖漢に迫った。辛聖漢は一歩後退した。それを見ていた手下が辛聖漢を見捨てて藪の中に逃げ込んだ。

「戻ってこい」

しかし、手下は雲の子を散らすように一目散に逃げ去った。

「悪いことは言わない。お前も脱北しろ。見逃してくれれば、お前と家族を迎える用意をする。俺の言うことを聞け」車忠孝は辛聖漢に決断を迫った。

一瞬の逡巡が辛聖漢にはあった。その隙をついて、そっと背後に回った姜範雨が河原の石を拾い、辛聖漢の後頭部を一撃した。その場に辛聖漢は倒れ込み、河原に血が流れ出した。

「皆、舟を押せ」

全員が舟まで走った。舟を押し、河の流れに押しやった。

ジープの音が聞こえてきた。騒ぎを国境警備兵に察知されたのかもしれない。姜範雨も脱北させるしかない。しかし、九人も舟に乗ることはできない。車忠孝、白光泰、白石、安姉妹、そして黄敬愛、剛勲の七人で舟にはこれ以上乗ることは不可能だ。

姜範雨と柳世栄が少しでも舟を沖に流そうと、水につかりながら押し続けた。

舟には櫓が二本あり、車忠孝と黄剛勲が必死で漕いだ。

「お前たちも鴨緑江を渡るんだ。舟から手を放すなよ」

車忠孝は柳世栄と姜範雨に言った。舟はしだいに岸から離れていく。二人は胸までつかりながら懸命に舟を押し続けた。

岸辺に近づいてくるジープのライトが見えた。

岸から銃声が響いた。意識を回復した辛聖漢が舟に向けて銃を乱射した。

「姜範雨、後は任せたぞ。お前は河を渡るんだ」

柳世栄は岸に向かって泳ぎ出した。「追手を引きつける」

辛聖漢は櫓を漕ぐ音の方向に向けて発射した。自動小銃の銃火が闇に映し出される。姜範雨の悲鳴が聞こえた。撃たれたのかもしれない。辛聖漢は柳世栄が戻ったことにはまったく気づいていない。

銃火に向かってジープが速度を上げ接近してくる。早く銃を取り上げ、ジープからの掃射を阻止しなければ全滅する。

ジープが土手の上で停止した。

〈サーチライトを照らせ〉

命令する声が聞こえた。サーチライトが河面を照らした。下流から上流に、上流から下流に何度も往復する。

河から上がると、柳世栄は拳大の石を持って辛聖漢に向かって突進した。銃口を向けられたが、石が辛聖漢の頭を砕く方が一瞬早かった。

〈いたぞ〉

サーチライトによって舟が発見された。

柳世栄は頭をつぶされ死んだ辛聖漢から自動小銃を奪い取った。

〈撃て〉

ジープから命令する声が響いた。

自動小銃が一斉に火を噴いた。

「兄貴」姜範雨の悲壮な叫び声が聞こえた。

「死ぬな」車忠孝の絶叫が響いた。

柳世栄はサーチライトに向けて銃を撃った。ガラスが激しく砕け散る音がした。鴨緑江は暗闇に戻った。

柳世栄は奪った自動小銃を乱射しながらジープに向かって走った。ジープからも反撃してくる。柳世栄の銃弾はすぐに尽きた。それでも柳世栄はジープに向かって力の限り土手を駆け上った。

土手の道に出ると仁王立ちになった。ジープのヘッドライトに映し出された柳世栄は全身血にまみれていた。

すでに弾は切れている。それでも柳世栄は銃口を敵に向けた。相手は一斉射撃で応じた。柳世栄は操り人形のように両膝を折り、そのままの格好で絶命した。


岸から撃った辛聖漢の銃撃で、姜範雨が被弾した。左肩から激しく出血しているのがわかる。舟のへりから手を放し河に沈んでいく。その右手を車忠孝が握った。

「手を放すな」意識を失いそうな姜範雨に叫んだ。水中から顔を出し、うっすらと目を開けた。「こんなところで死ぬな」

中国側、北朝鮮側から同時に二艘の高速艇がエンジン音を響かせて接近してくる。

中国側から発進した高速艇は中国国旗を掲げ、船全体に明かりを灯した。

北朝鮮側の河岸から出た船は、真っ暗でライトは灯していない。しかし、高速艇からサーチライトが灯され、舟に照準を合わせて接近してくる。

何故か銃撃してこない。捕捉するように命令されているのかもしれない。

中国側の高速艇から拡声器の声が流れてきた。

「国境は数メートル先にあります。そこを越えてください。中国当局の了解の元に皆さんを保護します」

聞き覚えのある声だ。拡声器の声は朝鮮語に変わった。芳賀領事の声だ。

「舟に日本人が乗船しています。日本国の名の元に邦人を保護します」

中国側の高速艇は北朝鮮の高速艇に向けて突然サーチライトを灯した。強いサーチライトに照射され、視界が遮られる。北朝鮮の高速艇は蛇行を開始して、サーチライトを振り切ろうとした。

しかし、中国側の高速艇も北朝鮮の高速艇の操舵室に照準を合わせたままで、舟に接近できないように妨害を続けた。北朝鮮の高速艇もそのまま蛇行航行している。

櫓を懸命に漕いでいるのは、黄敬愛と黄剛勲の二人だ。

闇の中でもう一隻のエンジン音が接近してくる。中国側から近づいて来ているように感じられた。

蛇行する北朝鮮艇から突然銃撃が始まった。脱北者を鴨緑江で逮捕するのは無理と判断したのかもしれない。高速艇は停止して、サーチライトを舟に当てた。銃を構えた兵士数人がデッキに立った。中国艇は兵士に向けてサーチライトを照射し、兵士の視界を遮ろうとした。しかし、銃撃が始まった。

「伏せろ」車忠孝が叫んだ。

北朝鮮の高速艇から発射された銃弾が水面に吸い込まれ、水しぶきを上げた。車忠孝は河の中に飛び込んだ。意識を失いそうになっている姜範雨の背後に回った。車忠孝は背後から姜範雨を包むようにして抱いた。舟の中の六人は、舟底に身を伏せた。

車忠孝は背中に焼けた火箸を突き刺されたような痛みを覚えた。さらに激痛が走った。数発被弾したようだ。

闇の中をフルスロットルのエンジン音を響かせて、船が接近してくるのがわかる。中国側から接近してくるが、ライトは何一つ点灯していない。銃撃が一瞬止んだ。

「皆殺しにしろ」

北朝鮮の高速艇の操舵室からデッキの兵士に命令する声が響いた。銃撃が再開された。

中国艇からのサーチライトに謎の高速艇の姿が浮かび上がった。

「敬子、剛……。兄ちゃんだ。今、助けてやるぞ」

絶叫が河面に流れた。

北朝鮮艇の船体中央部目がけて速度を上げた。

兵士が悲鳴を上げた。謎の船はそのまま北朝鮮の高速艇に激突し、二艘とも爆音を上げて大破した。

その隙に六人を乗せた舟は国境線を越えた。中国艇から縄梯子が下ろされ、次々に救助される。

芳賀領事が水に飛び込み、車忠孝を救助にやってきた。

「私よりもこの子を」

芳賀によって姜範雨にロープが巻かれた。

「引き上げてくれ」芳賀が船上の中国人に合図した。姜範雨が一瞬意識を覚醒した。車忠孝に向かって何かを呟こうとしていた。

「夜明けはお前が見るんだ」車忠孝が言った。

その瞬間、身体に鉛でも流し込まれたように重く感じられた。そのまま河底に引き込まれていくような錯覚を覚えた。

「車先生、死なないでください」

白石の泣き叫ぶ声が微かに聞こえた。

エピローグ　濃霧

車谷基福に瀋陽の領事館から電話が入ったのは四月二十四日午前八時だった。相手は芳賀武領事だった。

「車忠孝さんが亡くなられました」

いずれこうした電話が入るだろうと覚悟していた。

「すぐ瀋陽に向かいます」

その日の夕方には瀋陽領事館に着いていた。

車忠孝と一緒に脱北を試みたコッチェビが北朝鮮の銃撃を受け負傷していた。中国の国境警備艇に収容され、ヘリコプターで救急搬送されたが、車忠孝は収容された時点ですでに死亡が確認された。コッチェビの姜範雨は病院で手術を受け、生命に別状はなかった。

「お父上をお救いできずに申し訳ありません」

脱北した連中は瀋陽領事館に全員保護されていた。車忠孝から可能な限りの日本政府の協力を取り付けると聞いていた。全員の身柄が瀋陽領事館で保護されているということは、中国側も車忠孝たちの脱北には目をつぶったのだろう。

芳賀は深々と頭を下げた。

「いや、父はすべて覚悟の上で行動を起こしたのです。それよりも日本政府のご協力に心から感謝します」

車谷は礼を述べた。

脱北者から聞いた話を、領事室で芳賀が車谷に説明する。不思議と悲しみが込み上げてくることはなかった。父は満足して死んでいったと車谷は確信を持つことができた。最初に父親が計画したよりはるかに多い人間が国境を越えた。

日本国籍は白石、渡瀬敬子、剛の三人で、残りの四人は共和国の国籍だ。北朝鮮は当然引き渡しを求めてくるだろう。

「それは心配ありません。中国側は今回の脱北はなかったという対応を取るはずです」

日本と中国の間で政治的な決着がすでについているのだろう。身柄は秘密裏のうちに日本に移されるという。それぞれに事情聴取を行なった上で、日本に滞在するか、あるいは韓国か、それ以外の第三国への亡命手続きが取られるだろうと見通しを語った。

「車谷さんとの面会は日本で可能になるように手配します」

芳賀は約束してくれた。

「高橋勇男と伊丹夏生の消息は把握されているのでしょうか」

芳賀は首を横に振った。

「死んだ可能性もあるということですか」

「今、情報収集していますが、二ヶ所での大爆破から生還することはまず無理でしょう」

龍川、定州の衛星画像がアメリカから、近く発表されるらしい。

翌日にはまるで隕石が落下したようなクレーターの画像が世界中に流れた。その直後に、北朝鮮当局は、工事中に鉄道の架線が切れ、支線に停車中だったタンクローリーに電気の火花が引火し、大火災を起こしたと発表した。

金正日を狙ったテロではないかと、各国のメディアが分析したが、それを否定する形で、金正日の特別列車が通過した後で、金正日は無事だったと国営放送は伝えた。

脱北者は公表されずに日本の土を踏んだ。

公安当局はすべての脱北者に関心を寄せた。

一時は日韓国交断絶寸前までに追い込まれた朴正煕暗殺未遂事件について、安昌順、玉姫の二人から徹底的に聴取したようだ。伊丹の尋問に権在玄は事件の全貌を白状していた。金日成の指令の下に、暗殺を実行に移したのが権在玄だった。万景峰号の船内で徐根源をテロリストに洗脳し、ソウルへと送り込んだ。

大阪で資金の調達から拳銃の強奪と裏で手を引いていたのが全慶植で、手足となったのが崔棟元、金東硯の二人だ。当時、日本の警察は証拠不十分で、彼らの逮捕までには至らなかった。そのことで当時の日韓関係は最悪な状態に陥った。また安姉妹からは統連がらみの送金システムがどうなっているのか、公安は詳細に聞きとったようだ。

車谷基福が最初に会ったのは、白石蓮美と白光泰だった。車忠孝がこの計画を実行に移さなければならないと判断したのは、白光泰との出会いからだった。

白光泰は都内にある白石のマンションに身を落ちつけていた。

「イデオロギーやプロパガンダに踊らされてしまった。『地上の楽園』とはよく言ったものです。あのまま日本に残っていればと思うと、言いようのない虚しさがこみ上げてきます」

白石の話だと、テレビにかじりついたままで、白石が取っている三つの新聞をすべて読んで一日を過ごしているという。

車忠孝とは、興南肥料化学合弁会社建設中に知り合った。白光泰が日本からの集団帰国者であることを知り、白光泰も車忠孝に少しずつ集団帰国者の実情を伝えた。東京に残った妹の白石蓮美とも音信がつながったのは、車忠孝のおかげだと二人は感謝していた。

北朝鮮の現在の窮状を打破するには、金正日体制を崩壊させるしかないという結論に車忠孝は達した。

決行のために必要な人間として、高橋勇男、伊丹夏生、そして白石蓮美の三人に協力を求めたのだ。

「兄の白光秀は体制批判をしたとして強制収容所に入れられ拷問によって虐殺されました。私も収容所に送られましたが、体制批判したのは一人だけと、兄がすべての責任をかぶり、私は生き延びることができました」

収容所には意外にも元工作員が収容されていた。黄大宇だった。黄大宇は日本生まれの二世で、自ら工作員として生きる道を選んだ。日本人女性、渡瀬彰子と結婚し、それを機に日本に帰化し、渡瀬大志を名乗っていた。二人の間に子供が三人誕生していた。

自衛隊に入隊し、日本の自衛隊の戦力、国防戦略情報を北朝鮮に送っていた。しかし、公安当局にその活動が知られ、黄大宇の身辺に捜査の手が伸びてきた。

一九七三年、黄大宇は富山県の海岸から小型ボートで沖に出て、共和国の工作船に回収され、北朝鮮に渡ったのだ。妻彰子には一千万円の小切手を残し、姿を消した。

家族の再会を望む黄大宇は、統連関係者に家族を共和国に連れ出すように依頼した。

その誘拐を行なったのが、全慶植の飼い犬と呼ばれた崔棟元、金東硯だった。真相を知った妻彰子は、子供は絶対に渡さないと激しく抵抗した。彰子は絞殺された。

「長女の黄敬愛、二男の剛勲の二人だけが、新潟県沖から工作船に乗せられ、共和国に拉致されました」

白光泰が黄大宇から聞いた話を語った。

二人は紛れもない日本国籍で、渡瀬敬子、剛として北朝鮮によって拉致された特定失踪者のリストにも名前を連ねていた。平壌で二人の子供と黄大宇は再会を果たしたが、子供たちの話から妻が殺されたことを知り、黄大宇は金日成体制を厳しく批判するようになった。

「私と黄大宇は強制収容所で知り合い、彼も兄と同じように拷問によって殺されました。共和国にいる二人の子供を頼むというのが、彼の最期の言葉でした」

白光泰は生き延びるために、ひたすら共和国に忠誠を誓ったふりをして生きてきた。強制収容所をなんとかして出ると、収容所近くの村でコッチェビ同然の生活していた黄敬愛と剛勲の二人を引き取り、今日まで生きてきた。

「私たち三人が餓死しなかったのは、妹からの送金と、車忠孝先生が目をかけていてくれたおかげです」

白光泰は、強制収容所の実態や、在日の集団帰国者がどのような待遇で生きてきたのかを詳細に語った。

黄大宇にはもう一人長男がいたが、消息は不明だった。その行方不明の長男の情報を伝えてくれたのは、車忠孝が自分の命と引き換えに救った姜範雨だった。

北朝鮮の高速艇に体当たりした高速ボートを操縦していたのは渡瀬哲実だった。何故北朝鮮の麻薬を買い付け、日本に密売しながら金を儲けているのか、その理由を渡瀬は柳世栄に語っていた。

当時、父親の渡瀬大志は北海道帯広駐屯地に勤務していた。しかし、自衛隊官舎には住まずに、少し離れた一軒家で暮らしていた。

〈日本国籍の妹弟が定州で暮らしている。二人を共和国から奪還するためだ〉

夕方、渡瀬哲実が遊んで帰ると、家の前に見知らぬライトバンが止まっていた。家の中から母親の彰子の絶叫と、妹弟の泣く声が聞こえてきた。渡瀬哲実は裏に回り、勝手口から中の様子をうかがった。

母親が二人の男に首を絞められ、ぐったりしていた。二人の男は、母を運びだしライトバンの荷台に放り込んだ。泣き喚く妹弟を後部座席に押し込むと、どこかへと走り去った。渡瀬は目撃したことを帯広警察に訴えたが、まったく相手にしてもらえなかった。

〈お前のオヤジは北朝鮮のスパイだったんだよ〉

罵声を浴びた。

渡瀬はその後、養護施設に収容された。

母と妹弟が連れ去られてから数ヶ月後、母の首を絞めていた男二人をテレビの画面で、渡瀬は見ることになる。

「朴正熙を暗殺しようとした徐根源に資金と拳銃を渡した二人として、韓国側が名指しで非難していたそうです。それでも渡瀬は警察に通報する気はなく、復讐と妹弟の救出は自分でするしかないと腹をくくって、闇の世界で生きることを決意したと柳世栄に語っていたようです」

自分の最期を予期していたかのように自分の生い立ちを渡瀬哲実は、柳世栄に伝え、柳世栄もまたその話を姜範雨に語っていた。一部始終が車谷に伝えられた。

黄敬愛、剛勲の二人は、公営住宅に身を寄せていた。自爆覚悟で自分たちの脱北を成功させてくれたのが、兄の渡瀬哲実だったことを知り、毎日泣き暮らしていた。

現在は東大阪市に住む崔棟元、和歌山市で暮らす金東硯の二人が大阪府警に呼ばれ任意で事情聴取を受けた。二人は以前と同様、徐根源の朴正熙暗殺未遂については、韓国のＫＣＩＡが捏造したもので事実無根と主張した。

渡瀬彰子殺害と死体遺棄に関してもまったく知らないと、警察に対しても平然と答えていた。二人は何故、突然に四十年も前の容疑がむし返されるのか憤りを堂々と口にしていた。彼らはまだ龍川、定州の爆破事件の真相を知らないのだろう。

しかし、ゴールデンウィークが終わった頃、山形県警が吹浦の山林をブルドーザーで発掘し始めた。作業開始から数時間後、白骨化した遺体が発見された。ＤＮＡ鑑定が行なわれていないのにもかかわらず、山形県警は渡瀬彰子の遺体と断定した。

再び崔棟元、金東硯の二人に事情聴取が行なわれたが、二人とも完全黙秘を通した。すでに時効が成立していた。身柄は一週間足らずで釈放された。

車谷基福は、安姉妹と姜範雨にも面会した。都内の警視庁官舎で暮らしていた。面会が可能なのは、公安関係者と韓国領事部の限られたスタッフだけだった。

安昌順、玉姫の二人は、名前を変え、韓国での亡命生活を望んでいた。

姜範雨は推定十五歳、日本なら中学を卒業する年齢だ。車谷は、難民申請をして日本で暮らす選択をするなら、可能な限りの協力を惜しまないと姜範雨に伝えた。しかし、姜範雨は安姉妹同様、韓国での生活を希望した。

「車先生が命がけで教えてくれたことを心に刻んで生きていきます」

「オヤジが君に何か教えたのか」

「共和国は夜明けに最も近い暗黒だけど、必ず希望の日が射すと。だからその日が一日でも早く来るように韓国で頑張りたいと決心しました。共和国にいちばん近い韓国で、その夜明けの時には真っ先に定州に行き、仲間と再会したいと思います」

姜範雨はその後口をつぐんだままで、何も語ろうとはしなかった。

「韓国で困ったことがあれば、いつでも私に連絡をくれ」

こう言って、車谷は官舎を出ようとした。

「チェソンハムニダ（許して下さい）」

姜範雨は泣いていた。

「どうしたんだ」車谷が聞き返した。

姜範雨はどうして助かったのか、自分の口から説明したかったようだ。姜範雨は肩を震わせ嗚咽した。

「何も言わなくていい。オヤジも君のような少年の命を救えたことで満足していると思う。君の言葉を聞いて、私も納得している。だからもう何も言わなくていい」

車谷は姜範雨を抱きしめた。過酷な環境の中で生きてきた姜範雨の眼光は鋭く、すべてを拒絶する雰囲気が漂っていた。しかし、目の前の姜範雨は十五歳の少年の心を持つ子供だった。車谷は救われたような気持だった。

脱北者が語った情報の中でも、公安や韓国当局が最も注目したのは、黄敬愛と剛勲の二人から聴取した拉致被害者の動向だった。

二人は共和国に連行された直後は、拉致被害者や工作員を住まわせる「招待所」と呼ばれる施設で暮らしていた。外界との接触は完全に断たれていた。二人はしばらくの間は、平壌に近い「招待所」で生活していた。

二人はこの間に、拉致された日本人を複数目撃し、子供だったということもあって、かなり自由に拉致被害者とも会っていた。二人が会った日本人について、公安、外務省は拉致被害者の写真を見せて確認作業を進めていた。


崔棟元は東大阪で、金東硯は和歌山市で悠々自適の生活を送っていた。四十年前は日本の警察、そしてマスコミ、韓国のＫＣＩＡの手先と思われる連中までもが、常に彼らの周辺にいて、徐根源との関係を探り出そうと躍起になっていた。

しかし、今回は日本の公安だけで、マスコミも動いている気配はない。車忠孝が仕掛けた脱北と龍川、定州の爆破事件は完全に秘密が守られている。崔棟元、金東硯の二人も何故今頃になって、あの当時の事情聴取を受けるのか、理解はしていない。

統連大阪支部で今後の対応策を練るために東大阪の自宅を出たところを崔棟元は拉致した。黒塗りのリムジンで、窓ガラスにはスモークフィルムが貼られ、中の様子は外からは見えない。

金東硯は毎朝紀ノ川沿いの遊歩道を散歩するのが日課だ。散歩中の金東硯の横を大型ワンボックスカーで徐行し、ドアを開けたのと同時に車内に引きずり込んで、その場を走り去った。

二人とも日本の公安警察に拉致されたと思ったのか、弁護士を呼べと車内で喚き散らしていた。しかし、二人はサバイバルナイフを首筋に押し付けられ、目隠しをされ、さるぐつわを噛まされた状態で連れてこられた。場所は大阪市生野区の廃屋だった。

廃屋には朴昇一が待っていた。情報漏れを防ぐために、朴昇一が一人で計画を立て、実行に移した。拉致した実行グループは金で雇ったヤクザで、十分な報酬を支払った。拉致彼らも殺しではなく、拉致だけで二千万円のシノギになると、飛びついてきた。拉致には、二人に外傷を与えないという条件を付けた。

廃屋は数年前まで自動車修理工場として使われていたものだ。所有者は在日で、北朝鮮に家族を帰還させていた。両親と二男夫婦が北に渡り、長男夫婦と子供一人で修理工場を経営していた。子供は結婚もせずに、父親の仕事を手伝った。北に帰還した家族を養うためには、それしか方法がなかった。寄付という名目で、全啓寿と崔棟元、金東硯から金を絞り取られ、疲れ果てて三人で首を吊って死んだ。

修理用のエンジンを滑車とチェーンで吊り上げられるように天井には鉄骨が組まれている。鉄骨からは二本のロープが吊り下がっていた。

ロープの下には今にも潰れそうな引っ越し用の段ボール箱が置かれていた。箱はMサイズで縦に立てられ、高さは六〇センチほどある。二人の首にロープが巻かれ、段ボールの上に立たされ、目隠しとさるぐつわが外された。ヤクザはその場から立ち去った。

「下手に動けば段ボールが潰れ、一瞬にして首が絞まるぞ」

　朴昇一が二人に言った。

　二人は自分が置かれている状況をすぐに理解した。段ボールの角に足を置き、つま先立ちの格好だ。両手は天井から下がっているロープを握っている。助かるにはロープを両手でつかみ、天井まで上がり、そこでロープを首から外すしかない。年老いた二人にはその力はない。

「ここがどこだかわかるな」

　二人は声を出すことも、頷くこともできない。

「お前たちがさんざっぱら金を絞り取った同胞の自動車工場さ」

　二人は少しでも動けば段ボールが潰れると思い、ピクリとも動かない。両足のどちらかに重心が偏れば段ボールは歪み、潰れる。

「二人で渡瀬彰子を殺し、吹浦に埋めたんだってな」

　二人は首を横に振った。

　朴昇一は遺体を隠した場所や二人の犯行だとわかった経緯を、時間をかけながらゆっくり説明した。

「全慶植がすべてを伊丹夏生に自供したんだよ」

二人の両足が震えている。同じ格好で立ち続けるのが体力的に限界に近づいているのだろう。

「俺は捨て子同然で育った。育ててくれたのは鄭京子だ。お前たちがテロリストに仕立ててソウルに送った徐根源の母親だ。あいつは朴正煕さえ殺せば、俺たちみたいに貧しい在日は解放され、差別からも、貧困からも逃れて自由に暮らせるようになると、お前たちのプロパガンダに乗せられてテロリストに変貌した。しかし、何故、あんなに人のいい鄭京子まで殺す必要があったのだ。答えろ」

朴昇一の怒声が廃屋に響いた。

崔棟元のズボンが風になびく小旗のように揺れ始めた。

「話すから助けてくれ」崔棟元が命乞いをした。

「黙れ。何もしゃべるな」金東硯が喘ぎながら喚き散らした。

廃屋の隅に使用済みのブレーキオイルを入れる円形のベール缶があった。高さは五〇センチ足らずで段ボール箱より低い。段ボールをどかしてベール缶を置くと、崔棟元はバレリーナのようなつま先立ちをしながら、垂直に立った。

「何故、鄭京子を殺す必要があったんだ」

「ソウルに向かう前、外部との連絡を断つために強制的に我々の配下の病院に強制入院させたが、徐はソウルから母親あてに手紙を書き送っていた。そこには朴正煕暗殺に関わった統連のメンバーの名前が記されていた。それをＫＣＩＡや日本の公安に渡されたら大変なことになると思って、鄭には死んでもらった」

隣の金東硯の足が激しく動き出した。朴昇一が段ボールに目をやると、潰れかかっていた。金東硯はつま先立ちができる縁を懸命に足で探っていたが、動けば動くほど段ボールは変形し、呼吸困難のためか顔が紅潮していた。

異様なうめき声を上げ、唾を吐き出した。土嚢《どのう》を地面に落としたような音が一瞬響き、天井からゴミがパラパラと落ちてきた。失禁したようで、ジャージーのパンツから大量の尿が、段ボールの上に音を立てながら流れ落ちた。

それを横目に見ながら朴昇一は続けた。

「薬物はどうやって手に入れた」

「全慶植から渡された」

朴昇一は崔棟元を見上げた。

「南と北が統一されて、祖国と呼べる立派な国ができれば、日本人から差別されない誇り高き民族になれると信じてきたが、そんなものは幻想だったよ。人間は生まれた場所で精一杯生きればいいのさ。差別するなら、差別する日本人に差別の愚かさを教えればいい。そんな簡単なことを理解するのに四十年もかかってしまった。俺もあんたも同じようなものさ。でもな、俺は同胞を踏み台にしてまで金を儲け、生き延びるような卑劣な真似だけはしなかった」

朴昇一はベール缶を思い切り蹴飛ばした。缶が転がる音が響いた。

鉄骨を揺さぶるような重い音が一瞬聞こえた。朴昇一は振り返ることもなく、廃屋を出ていった。

朴昇一は中学を卒業すると、鄭京子の紹介で車忠孝の会社で働いた。車忠孝に共鳴してささやかだが北朝鮮に献金した時期もあった。しかし、徐根源の事件を機に車忠孝の会社を辞め、自分の事業を起こすために必死で働いた。

第一回目の小泉訪朝の直後、朴昇一は伊丹淑美の訪問を受けた。淑美から保管するようにと高英姫からの手紙を預かった。

伊丹淑美は身の危険を察知し、いずれ殺されることを覚悟していたのか、コピーを車忠孝にも送っていた。手紙を読んだ車忠孝が突然、朴昇一を訪ねてきた。

「伊丹夏生と高橋勇男の所在を知っているか」

その理由を尋ねると、車忠孝は伊丹淑美から送られてきた手紙を朴昇一に見せた。

伊丹淑美が何故二人に手紙を託したのか。朴昇一にも車忠孝にも、伊丹淑美の命がけの最期のメッセージのように思えた。

――真実を明らかにしてほしい。

それ以来、二人は綿密な計画を練り、それを遂行してきたのだ。

伊丹は定州駅のホームを通過した直後に起きたタンクローリー爆破を確認した。しかし、金正日が乗っていた客車を破壊できたかどうかまではわからずじまいだった。その後、夜間に山伝いに移動し、鴨緑江は泳いで越境した。

帰国後、朴昇一からすべてを聞かされた。高橋勇男が金正日暗殺に失敗したのは残念だが仕方がない。高橋の生存は今なお不明だ。

全啓寿は大阪で暮らしている。すでに父親の全慶植が殺されたのは知っているはずだ。父親が北朝鮮で死んだ以上、全啓寿が共和国のために忠誠を尽くす必要はまったくない。父親のかつての部下が二人、首を吊って死んだ情報もすぐに伝わる。当然、身辺を警戒するだろう。

全慶植の死は朝鮮統連関係者にも一瞬にして伝わった。共和国への脅迫めいた献金要求はしばらくの間止まると、胸をなでおろしているメンバーも多いだろう。全啓寿も当分の間は大人しくせざるをえない。強制的な献金要求は控えるだろう。

身の危険を感じた全啓寿は、統連に警護を求めたがいとも簡単に断られたと、朴昇一が統連の内部情報を伝えてくれた。これまでの集金ぶりがたたって周囲は掌を返した。

結婚はしたが、すぐに離婚し、一人で大阪市内の高層マンションで一人暮らしをしているようだ。マンションには、ホテル並みの受付を通さないと、中には入れないシステムになっている。

しかし、伊丹は母親を殺したのが全啓寿だとわかっても、母親の復讐はすでに十分に果たしたと思った。伊丹は自分の仕事に復帰するだけだった。タイ国境に近い山岳地帯でミャンマー軍と戦っているカレン族から一日も早く帰ってきてほしいと連絡が入っていた。

その前に八王子にある伊丹淑美の墓を訪ねてから日本を出国しようと思った。中央線高尾駅からタクシーで南多摩霊園に向かった。供花も水桶もなく手ぶらでの墓参りだ。

墓の前に来ても特別な感慨はない。

〈これでいいだろう。またミャンマーに戻るが、命があればまた墓参りにくるよ〉

手を合わせるでもなく、心で呟き、伊丹は墓を去ろうと思った。

「ここで待っていれば必ず会えると思っていた」

ひと際大きい墓石の陰から声がした。

伊丹は振り向きもせずに聞いた。「全啓寿か」

「そうだ」

全啓寿が墓石の陰から現れた。

「少し付き合ってくれ」

全啓寿が先頭に立って歩き出した。その後に伊丹は無言でついていった。霊園入り口に二人が立つとすぐにベンツが走り寄ってきた。勧められるがまま伊丹は後部座席に乗り、その横に全啓寿が座った。

ベンツは大垂水峠の林道に向かった。林道に車を止めさせると、「すぐに戻る」と運転手に告げ、全啓寿は「ついてきてくれ」と伊丹を誘った。

「オヤジを殺したのはあんたなんだろう」

「そうだ」

「このままでは俺のメンツもまるつぶれだ。死んでくれ」

全啓寿は感情のこもらない声で言った。腰のベルトに差していた拳銃を取り出した。ブラジル製の拳銃タウルス三八口径だ。不発の確立も高いし、命中の精度も最悪で、戦場では水鉄砲と呼ばれている。

「そんなモノで俺が殺せるとでも思っているのか」

「やってみるか」全啓寿が息まいた。

「やるならやるがいいさ。その前に俺を殺す理由を聞かせてもらおう」

「お前こそ、何故俺の親父を殺した」

「オヤジをテロリストにしてソウルに送ろうが、年老いたオフクロを殺そうが、そんなことはもはやどうだっていいんだ。全慶植が死ねば、統連の中にも北との縁を切れる人間がたくさんいるからさ」

「あんなオヤジでも祖国建設のために必死だった。朝鮮民族の国家を取り戻すために、日本で稼いだ金すべてを投げ打つのが我々の使命なんだよ。お前にはわが民族の血が流れていないのか」

「お前のオヤジにおだてられテロリストとしてソウルに送り込まれた徐根源の血が流れている。そのために俺は日本で生きる場を失った」

「それなら何故国家を建設しようとしない」

「祖国が金で建設できるとでも思っているのか」

「まったく考え方が違うようだ」

「〈地上の楽園〉が在日にどれほどのことをしてくれたというのだ」

「話してもむだのようだな」

全啓寿がタウルスを伊丹に向けた。

「もう一度考え直せ」伊丹が諭すように言った。

「何をだ?」

「今のお前は俺と同じだと思わないのか。親父が死んだ瞬間から、共和国にとっても統連にとっても、お前は用済みなんだよ。お前と親父が忠誠を誓った共和国は平気でお前を見限ったのがまだわからないのか」

「統連の腑抜け幹部は、お前を殺せば、以前のようにすぐにかしずくさ」

「北と南、朝鮮と日本、国家の狭間に落ちた人間に、安住の地なんてないぞ」

「いや独裁国家であろうと、なんと言われようと、俺たち民族の国家を建設してみせる」

「俺には生きる場がありさえすればそれでいい。たとえそこが戦場であっても」

統連からは無法者と排斥された。民団からは裏切者扱いにされた。日本への忠誠心を問われる自衛隊で日本人になりきろうとしたが、テロリストの息子と蔑視された。

全啓寿がタウルスを両手で包み、両手を真っ直ぐ伸ばした。

伊丹はそのまま銃口に向かって距離を縮めた。

恐怖に引きつった表情を浮かべたのは全啓寿の方だった。

全啓寿が引き金を引いた。乾いた音がした。伊丹は左肩を突き飛ばされたような衝撃を受けた。銃弾は左肩をかすっただけだった。

「これだけの至近距離で心臓を外せば、戦場ではナイフで心臓を突き刺されるか、首の骨をへし折られている」

こう言うと、伊丹は全啓寿の両手を肘のところから折り曲げ、そのままタウルスの銃口を全啓寿の口にねじ入れた。

何かを喚こうとした瞬間、引き金が引かれた。口が真っ赤に染まり、後頭部から血しぶきが流れ飛んだ。

伊丹は胸のポケットから一通の手紙を取り出して、仰向けに倒れ口から血を流す全啓寿に向かって放り投げた。

高英姫が李淑美に宛てた手紙だ。高英姫は李淑美が伊丹淑美の名前で帰化したことを知らなかったのだろう。

【李淑美姉さんへ

長い間、手紙も差し上げずに申し訳ありません。同胞を介さず幼なじみの淑美姉さんに手紙を送付するにはこの方法しかありませんでした。

私の命はそれほど長くないと共和国の医師から宣告されています。命のある間に謝罪と弟の安否を知りたくてこの手紙を小泉首相に託しました。

淑美姉さんもご存じの通り、弟は新潟で帰国船に乗ることはできずに、大阪に戻されました。弟を母として育ててくれた女性は鄭京子さんで、大阪に住む同胞なら誰もが知っている女性です。

貧しい在日の子供をだれかれとなく引き受けて育てていた女性です。私の両親は弟の目の治療と、トラホームが治癒した後、帰国船に弟を乗せるよう依頼し、私たち一家は共和国に向かいました。

弟は、共和国の土を踏むことはありませんでした。その後、共和国に帰還する在日は激減し、鄭京子さんにも弟を共和国へ帰還させることを躊躇う事情があったのでしょう。

私の両親も死の直前まで弟の安否を心配していました。

弟の消息をご存じでしたら、なにとぞ小泉首相にお伝えください。私の最後のお願いです。

もう一つ、心から謝罪しなければならないことがあります。それはあなたの大切な恋人を死地に送ってしまったことです。偉大なる首領様、金日成国家主席の下で、功を焦った連中が徐根源をテロリストに仕立て上げソウルに送り出しました。徐根源がソウル地検で供述したことはすべて事実です。

計画したのは権在玄、日本で徐根源に様々な支援をしたのは全慶植、そしてその一派の崔棟元、金東碩の二人です。

全慶植の罪はそれだけではありません。

徐根源は、ソウルからすべてを母親に手紙で伝え式典に向かっていたそうです。

事実を知った鄭京子さんが事実を暴露することを恐れ、病死を装わせて殺しているのです。これは金日成主席から私が直接聞いた話です。

日本に置いておけば、共和国も国際的に不利な状況に追い込まれるのは必至で、仕方なく全慶植を共和国に呼び、幽閉する形を取ったのです。

拉致事件も実は金日成主席が許可したから実行できたのです。金日成主席に取り入ろうと多くの軍人、党幹部が関与し、全貌は私にもわかりません。

私が知っているのは、黄敬愛と剛勲の姉弟の二人です。父親は工作員、母親は日本人です。父親は日本の公安部に身元を割られ、身の危険を察知し、日本海側から密出国して共和国に帰還しています。

二人の子供は後に工作員によって共和国に強制的に連れてこられています。母親の渡瀬彰子は、その時に崔棟元、金東碩によって殺害されています。埋葬場所を知っているのは、崔棟元、金東碩の二人です。

日本に帰りたいと泣いていた二人の子供を知っています。二人は地方に追いやられています。

数人の拉致被害者は近いうちに帰還することになるでしょう。私は黄敬愛と剛勲の姉弟の二人も日本に帰してやってほしいと、金正日将軍に進言しましたが、二人の父親は共和国の人間で返すわけにはいかないということでした。

私は日本に帰してやると二人に約束しています。彼らは定州の農場にいて、帰国を切望しています。

もし、淑美姉さんが弟の行方を知っているのなら、生きている間に会いたいと伝えてください。

淑美姉さん、私の最後の願いをかなえてください。

高英姫】

ベンツに戻ると、伊丹は運転手に言った。

「成田空港に向かってくれ」

「全先生はどうされましたか」声が震えている。

「彼のことなら心配しなくて大丈夫だ。それよりも出発時間が迫っているんだ。急いでくれ」

伊丹は成田空港からタイ航空でバンコクに向かった。

龍川、定州の二回に及ぶ爆破テロは金正日に大きな衝撃を与えたのだろう。それから一ヶ月も経たない五月二十二日、小泉首相は再び北朝鮮に訪れ、平壌で金正日と会い、拉致家族五人を連れ帰った。その時には高英姫の姿はなかった。

高英姫の死亡説はその頃から流れ始めた。

二〇〇四年六月、病気治療先のパリからの帰国途中、モスクワでこの世を去ったと一部の報道機関から情報が流れた。

さらには八月十三日、平壌で高英姫はがんのために死亡したと報道された。李淑美に手紙を書き送った頃には、高英姫のがんはかなり進行していたのかもしれない。

その一方で北京から戻る特別列車に同乗していて、定州駅でテロ攻撃を受け、金正日は奇跡的に助かったが、高英姫は死亡したというテロ死亡説が消えることはなかった。

後に高英姫の墓が確認された。

石造りで、平壌市内の大成山付近にある湖に近い墓地で、「一九五二年六月二十六日生まれ、二〇〇四年五月二十四日死去」と刻まれている。定州駅爆破のあった四月二十四日を高英姫の命日にしたくなかったのだろう。

また金容三は龍川、定州での「爆発事故」の責任を問われ、九十九発の銃弾を受け、公開処刑された。

「北朝鮮で真実が明らかにされることは何一つない」と伊丹夏生は思った。

本作品は当文庫のための書き下ろしです。

なお本作品はフィクションであり、実在の
個人・団体などとは一切関係ありません。

文芸社文庫

北からの使者

二〇一六年二月十五日　初版第一刷発行

著　者　麻野涼
発行者　瓜谷綱延
発行所　株式会社　文芸社
〒一六〇-〇〇二二
東京都新宿区新宿一-一〇-一
電話　〇三-五三六九-三〇六〇（編集）
〇三-五三六九-二二九九（販売）

印刷所　図書印刷株式会社
装幀者　三村淳

ISBN978-4-286-17319-1

［文芸社文庫　既刊本］

トンデモ日本史の真相　史跡お宝編
原田　実
日本史上の奇説・珍説・異端とされる説を徹底検証！　文庫化にあたり、お江をめぐる奇説を含む2項目を追加。墨俣一夜城／ペトログラフ、他

トンデモ日本史の真相　人物伝承編
原田　実
日本史上でまことしやかに語られてきた奇説・珍説・伝承等を徹底検証！　文庫化にあたり、「福澤諭吉は侵略主義者だった？」を追加（解説・芦辺拓）。

戦国の世を生きた七人の女
由良弥生
「お家」のために犠牲となり、人質や政治上の駆け引きの道具にされた乱世の妻妾。悲しみに耐え、懸命に生き抜いた「江姫」らの姿を描く。

江戸暗殺史
森川哲郎
徳川家康の毒殺多用説から、坂本竜馬暗殺事件の謎まで、権力争いによる謀略、暗殺事件の数々。闇へと葬り去られた歴史の真相に迫る。

幕府検死官　玄庵　血闘
加野厚志
慈姑頭に仕込杖、無外流抜刀術の遣い手は、人を救う蘭医にして人斬り。南町奉行所付の「検死官」が、連続女殺しの下手人を追い、お江戸を走る！